新生代作家小说 精选大系

蓦然回首许多年

孟祥宁 ◎ 著

MORAN HUISHOU XUDUO NIAN

时代出版传媒股份有限公司
安徽文艺出版社

图书在版编目(CIP)数据

蓦然回首许多年/孟祥宁著.—合肥:安徽文艺出版社,2015.3
ISBN 978-7-5396-5118-7

Ⅰ.①蓦… Ⅱ.①孟… Ⅲ.①长篇小说-中国-当代
Ⅳ.①I247.5

中国版本图书馆 CIP 数据核字(2014)第 221747 号

出 版 人:朱寒冬
策　　划:朱寒冬　张　堃　　　　责任编辑:刘姗姗　周　丽
封面绘图:朱　蕾　　　　　　　　装帧设计:许含章　徐　睿

出版发行:时代出版传媒股份有限公司　www.press-mart.com
　　　　　安徽文艺出版社　www.awpub.com
地　　址:合肥市翡翠路 1118 号　邮政编码:230071
营 销 部:(0551) 63533889
印　　制:安徽新华印刷股份有限公司　(0551)65859128

开本:880×1230　1/32　印张:10.875　字数:260 千字
版次:2015 年 3 月第 1 版　2015 年 3 月第 1 次印刷
定价:28.00 元

(如发现印装质量问题,影响阅读,请与出版社联系调换)

版权所有,侵权必究

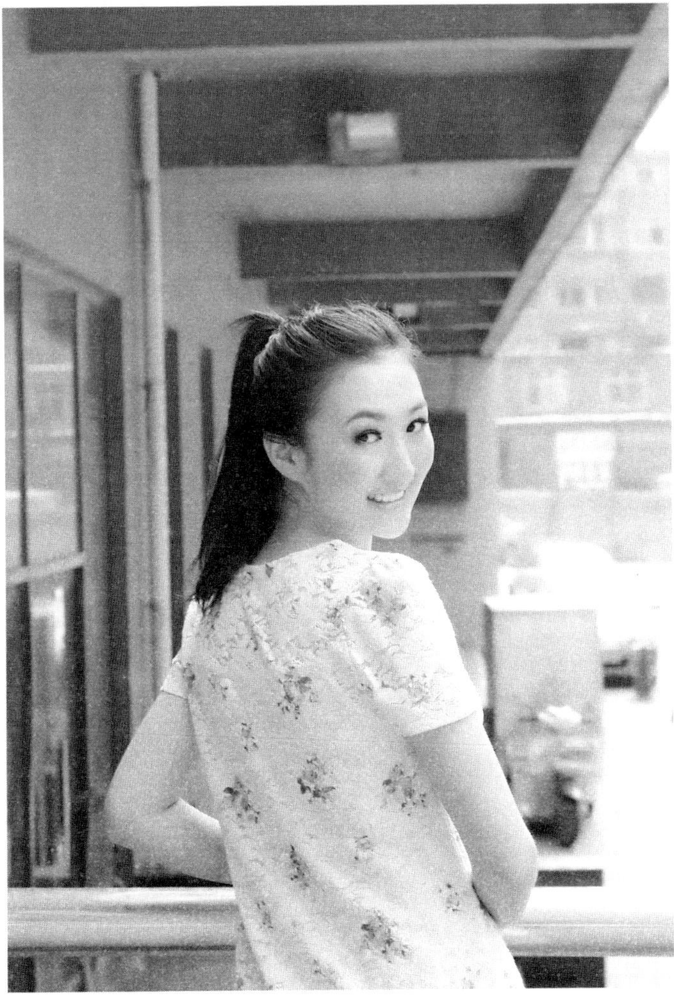

孟祥宁/青年女作家,1993年12月生,现就读于河北大学文学院。11岁开始文学创作并发表作品,16岁加入河北省作家协会、河北省散文学会,2010年度入选中国90后十佳少女作家,现为中国90后作家联谊会副主席兼形象大使。高中时出版文学作品集《我的初中生活》《我的青春是首歌》,长篇小说《像向日葵一样成长》。大学期间,已出版散文集《青春在疼痛中成长》《麻雀在窗边低语》。部分作品被收录《如果时光也能折叠》《优等生成长故事书系》《感动学生一生的友情故事》《最温情的校园散文》《新概念90后作品选·女版典藏》《青春纪:90后新概念作家写作档案》等畅销书。

目录

前言：愿阳光，将所有黑暗照亮 001

第一章　清明节的西游记　001

第二章　不可告人的秘密　021

第三章　萝莉变身成女神　041

第四章　谢你陪我过生日　062

第五章　订婚引起的风波　080

第六章　寄居不等于同居　100

第七章　他有致命的缺点　　122

第八章　我愿做你的天使　　146

第九章　防人之心不可无　　163

第十章　深藏不露真男人　　183

第十一章　可怜天下父母心　　206

第十二章　最毒不过妇人心　　226

第十三章　生活有时很无奈　　249

第十四章　若你幸福便知足　　273

第十五章　我的蝴蝶不飞了　　294

第十六章　蓦然回首许多年　　309

番外篇　　323

后记：一切都会过去的，一切都会好起来的　　335

前言:愿阳光,将所有黑暗照亮

在故事开始之前,我想先说一个小故事。

有这样一个女孩儿,典型的乖乖女,没有见过什么世面,更没有接触过复杂的社会,内心充满幻想,单纯又善良,一直相信这个世界,相信这个世界上的所有人。

和她一起长大的男孩儿,比她大三岁,她一直叫他哥哥。从小,他就是她的榜样,她尊重他、敬佩他,希望自己有一天也能和他一样优秀。

在一次生日聚会散场后,男孩儿喝多了,对她说他一直很喜欢她,要和她在一起。

女孩儿愣住了,她说她只是把他当成一个大哥哥,当成一颗挂在天上的星星,只是用来仰望的。

但是,在酒精的麻醉下,男孩儿什么都没有听进去,他将她按在他家的床上,像一只凶猛的野兽。

女孩儿从来没有想过,自己最信任的人,竟然一瞬间变成了魔鬼。

她大喊,挣扎,带着一颗受伤的心,拼命地逃了出去。

■ 蓦然回首许多年

　　这时，男孩儿才清醒了，他痛苦万分，他突然意识到刚才的举动是多么的无耻，这是他做过的最后悔的一件事情，他千不该万不该向最信任自己的人动了邪念。

　　男孩儿每天都在自责、悔恨，希望她能够原谅他一时的糊涂。

　　如果你是那个女孩儿，你能够原谅他吗？

　　我先不说我的答案，等你们看完这本书后，自然就会知道了。而这本书所讲述的故事，同样也是一个关于爱与恨、背叛与救赎的故事。

　　这个故事很久之前就在我的脑海中扎下了根，我仿佛能够看到他们在我的生活中走来走去。相拥，亲吻，撕扯，吵架，流泪，欢笑。他们还常常对着我的耳边说话。

　　我知道，那是他们想要告诉我他们的故事。

　　也许因为一时的贪念，便忘记了曾经许下的承诺。

　　也许因为一时的冲动，便要为此付出一生的代价。

　　席慕容说过，每一条走过来的路都有不得不这样跋涉的理由，每一条要走下去的路都有不得不这样选择的方向。

　　所以，我们没有权利去指责他们的行为，对也好，错也罢，都有可以被原谅的理由。

　　番外篇中有这样一句话："监狱里的墙都很高，窗户也很高，但是也能够看得到太阳。我每天除了干活，就是坐在椅子上，看窗户外面的阳光射进来，将所有的黑暗都照亮。我不知道会不会有一天，阳光也能够把我照亮。"

　　我一向不喜欢剧透，但此时我还是忍不住想把这段内心独白写在这里。

青春是一路跌跌撞撞走来的,因为年轻,所以我们会冲动会犯错,因为年轻,所以我们可以从头再来。

可是,有时候为此付出的代价,有可能是一辈子。

放下怨恨,学会爱人。这个世界才会少一些纷争,多一份美好。

愿这本书,能够像一束阳光,照耀着你。

照亮你的灵魂,照亮你前方的路。

2014.3.28

第一章　清明节的西游记

1. 你丫才在马桶里洗脸!

　　我是被冻醒的,这该死的停了暖气后的北方的天气,温差竟然如此之大,虽然已经到了四月份,温度仍然像冬天寒冷的时候一样。每天早上醒来我都像是一具在冰柜里冷冻了很久的尸体,浑身冰凉,尽管身上压着厚厚的两床大棉被,窗户依然挡不住奋力往里面挤的冷风。这让我不禁联想到那些挤破头也要挤进重点高中或重点大学的学生们,用尽一切手段,有缝就钻,无孔不入。

　　我翻了个身向左侧躺着,冰凉的右手指像蛇一样从光滑的脖颈下面伸到背后,将厚厚的大棉被狠狠地一拽,掖得死死的,不留一丝空隙。我再用被子蒙上头,温热的呼吸在狭小密闭的黑暗空间中无限膨胀,薄荷清香的牙膏味溢满了每一寸空气。我大口喘着气,觉得憋得不行,可是这呼吸却能使自己的身体变得温暖起来。

　　我迷迷糊糊地想要重新钻回那个梦中,我是有这种奇特功能的,只要我重新睡着,之前做的那个梦就会继续完成,那个美好的带着些潮湿的梦。梦里的杨小夕光着上身，露出那迷人的健壮的肌肉，他坐在床的一端，拥抱着一个女生，女生背对着我，但我认为那人就是我自己，我在旁观自己的梦境。因为只有我才能够拥抱杨小夕，他是属于我的，我也是他的唯一。这是他的原话，一字不差。

我打了一个哈欠，正努力让自己睡着，却忽然想起来一件大事，我一个激灵赶紧坐了起来。

手机呢？我的手机呢？我在黑暗中摸索着，将衣服一件一件扔到背后，终于找到了。慌乱之中，我按亮了屏幕，彩色的数字显示为7:13。

"啊啊啊——"我激昂嘹亮的尖叫声比任何一个闹铃都管用，往常睡得和猪一样任我拳打脚踢都叫不醒的林静淑像诈尸似的直挺挺地坐了起来。

"怎么了？有敌人偷袭？我怎么听见防空警报的声音了？"她警觉地问，环顾四周。

"你做梦打鬼子了吧！"我一边讽刺她，一边将胳膊伸进衬衣里，将扣子一个一个系好了之后才悲哀地发现，不是我系错位了，而是里面没穿内衣……我只得无奈地又将扣子一个一个地解开，将藏在被子里好不容易才被我逮到的内衣戴上，手因为冰凉几乎失去了知觉，僵硬得怎么也扣不上后面的环。

"啊！真是的！"我气急败坏地叫，"怎么就是扣不上啊！"

林静淑在确定没有鬼子偷袭也不是防空警报声音之后，安稳地重新躺回被窝，她看了我一眼，嘲笑道："袁艺，你说你丫到底是不是女人啊？"

我扭头狠狠地瞪了她一眼，继续战斗。在我用冰凉的手指哆哆嗦嗦地试了好几次无果之后，我放弃了，但是放弃并不等于我就不穿了，而是猛地想起来《秘密花园》中女主和男主在互换了灵魂之后,男主不知道如何使用这个女生专属品,所以学的一招,将内衣的环在胸前扣好,然后转一圈转到后背,再把胳膊伸进肩带里,大功告成!

我赶紧穿好衣服,看了一眼手机的时间。"啊啊啊——"我被这飞速增加的数字吓得尖叫了一声,这次有种河东狮吼的震颤感。

林静淑又一次诈尸了。但是这次她的表现很淡定,她坐直身子,悠悠然地说:"你丫要是再尖叫,我就把你拖到梦里用大铡刀斩了。"很显然,她这次梦到的是刘胡兰。

我丝毫不怀疑她有这种把我斩了的能力,每当我在宿舍看恐怖片看到精彩环节往往会止不住惊悚地尖叫的时候,她都会大喊一声:"姐妹们,上!"于是我的手被梁洁按着,脚被陆彤按着,林静淑则负责拿出一卷宽胶带,剪下来一截,毫不留情地贴到我的嘴上。那卷胶带除了贴过我的嘴之外,我都没见她在别的地方用过,敢情她是专门为我奉献的啊!

林静淑刚来宿舍的时候,还是一副人模人样的感觉,拖着沉重的行李箱,安静地站在她妈妈的旁边,见到我们有礼貌地说:"嗨,你们好,我叫林静淑。"那时她穿着一件粉色的连衣裙,白色的蝴蝶结系在脖子前面。那时我还感叹呢,真是一个文静的淑女啊,怪不得叫林静淑呢。我帮着她收拾好了床铺,她还对我客气地说了声谢谢,我心里美得呀。等她妈妈千叮咛万嘱咐了一大堆离开之后,刚出这个宿舍门,林静淑就一把将自己的脖领扯开,一边解蝴蝶结一边抱怨:"真是热死我了,我妈也真讨厌非要我穿这身上学……"后来熟悉了之后才发现,她本人与她的名字完全成反比——根本不是文静的淑女,而是一个刁蛮的泼妇,这也就是为什么有的大人会给孩子起像什么狗蛋啊黑子啊虎妞啊之类名字的原因了。

没时间了没时间了,我心里一直在想这句话,我的火车是8:10的,现在马上就要7:30了,我计划了好多天的惊喜可不能就这么泡汤啊。

我穿好衣服后下床,蹬上拖鞋才发现穿反了,算了也顾不上这么多了,就这么趿拉着到了洗手间。我快速地刷牙洗脸,左手将白色的洗面乳均匀地往脸上涂,右手拿着牙刷不停地刷着牙。镜子里的我完全是一副狰狞的面容,所以我再怎么着急也没有忘记把洗手间的门锁上,估计进来的人一定会被我这个模样吓个半死的。

我正要低头将这一脸白色泡沫冲洗干净的时候,洗手间的门被敲得震天响,不用说了一定是林静淑,除了这丫别人没这么大劲儿。

"袁艺啊!你洗好了没?快点出来啊!"刚开始她的声音还是挺柔和的。

"还早着呢,您慢慢等啊!"我叼着牙刷不紧不慢地回了一句。

"你丫快点给姐滚出来!姐憋不住了!"她终于原形毕露了。

"马上就好了,你再等会儿!"我也增大了音量。

"快点给姐开门!你又不在马桶里洗脸!"

"噗——"我将漱口水喷了一镜子,"你丫才在马桶里洗脸!"我嘟囔道。

这种话也就她能想得出来。我赶紧把门打开了,我怕她憋急了不知道又会说出什么更加恶心的话。

她一个猛扑冲了进来,差点把我撞倒了。我稳稳身子,以最快的速度洗漱完,赶紧出去了。我实在受不了她在里面一边解决一边发出的声音,如果不看人只听声音的话，一定令人浮想联翩。

我正从桌肚里掏出梳子准备梳头发，就听见从洗手间里传来一声比我的尖叫还响亮的尖叫声。

2. 关于卫生巾的糗事

林静淑这一声尖叫，音量大得使我手一颤，握着的木梳子啪地掉到了白色瓷砖地上，成功地碎成了两段，这可是我前两天刚在谭木匠挑的牛角梳啊！花了我将近一张红色的毛爷爷呢！就这么不堪一击脆弱地被林静淑这一声吼吓到了地上，自尽了，而且还是腰斩。

我伤心欲绝地从地上捡起它的尸骨，站起来对着卫生间的门气急败坏地喊道："林静淑你吼什么啊吼！不要告诉我你发现你怀孕了！这么狗血的情节我可不想在今天这么美好的日子里上演！"

"你才怀孕了呢！我大姨妈来了！你快点从我柜子里给我拿包卫生巾进来！"林静淑用一贯命令人的口吻说道。

"真是服了您了，"我小声嘟囔着，"还说我不是女人，自己的日子也不算着点儿。"

"袁艺你说什么呢我听不清啊！"

"啊，没有没有，您慢慢等啊，我马上就给您送过去。"时间已经不允许我再废话了。

我按照她的指令找到她的钥匙将她的柜门打开，瞬间哗啦一声就像是山体滑坡——各种膨化食品从柜子里面掉出来，散落一地，花花绿绿的。

■ 蓦然回首许多年

■ 006

"你柜子怎么这么满啊！"我在堆得满满当当的柜子里面寻找着她说的蓝色塑料袋，"不仅满，而且极其混乱！"我简直无法相信自己的眼睛，这根本不像是一个女生的柜子。

这都什么跟什么啊！换洗的内衣和苹果挨着！笔记本电脑下面压着一袋子面包！卫生巾竟然和薯片放在一起！我不可思议地像挖坟掘墓一样将林静淑说的七度空间少女系列找了出来，然后扔给了她。

她缓缓地说："我的柜子……没吓到你吧？"

我瞪了她一眼。

她还恬不知耻地向我微笑了一下，补充道："谢谢你，亲爱的。"

我赶紧捂住嘴逃了出来，我怕我再多待一秒会把昨晚的晚饭吐出来，那样的话我的肚子就彻底空了。

替女生送卫生巾这件事情不禁让我想起了我的高中时代。那时我和我同桌罗莎莎如胶似漆相亲相爱，恨不得天天黏在一起，当然她是个女生，这直接导致很多人误认为我们两个是在百合。那时同性恋并不太流行，因此没有多少人注意，既然学校明确规定男女之间不能恋爱、不能牵手、不能拥抱，女女之间就可以理所当然地进行这一切并且不会被老师揪出来写检查叫家长，所以我明里与罗莎莎看似关系不正常，暗里与杨小夕恋爱。

我不得不承认我这行为真的很无耻，我打着我同桌的幌子在老师眼皮底下招摇撞骗，让她三年以来一直认为我这个人性取向有问题。实际上我每天下了晚自习和杨小夕公然地在黑暗的操场角落里接吻，这件事情她一直不知道，为此我很骄傲。我唯一觉得对不起的就是我同桌罗莎莎，她那么纯洁无辜的一双大眼睛,每每看到都像是一汪清泉,令人不自觉就会眼含热泪。

扯远了,回到卫生巾上。我和罗莎莎下了课也是结伴去厕所,不管有没有想去的意识,只要一方去另一方也绝对会跟着去。于是那天我就是在不想上的情况下陪她去了,没想到我还真派上用处了。她隔着门板压低了声音对我说,袁艺啊你帮我从我书包里第一个夹层中拿一包卫生巾来吧,要二百六十毫米的那个,我以为我放兜里了,一摸竟然忘了带。

我出了女厕所的门,就看到了杨小夕。他是去旁边的男厕所的,我对他浅浅地笑了一下。在学校里我们是不公开情侣关系的,因为不知道身边会不会潜伏着一个老师派来的眼线。他说你也上啊,我说是啊好巧。然后我回到教室旁若无人地翻起了罗莎莎的书包,嘴里还一直嘟囔着二百六、二百六,估计看见我奇怪举动的同学一定在纳闷为什么我说的不是二百五……

我将一包白色的卫生巾紧紧地攥在手心,带着像董存瑞攥着炸药包时一样的严肃表情,向女厕所快步走去。谁知道这时正好撞上刚从男厕所解决完了的杨小夕,他带着一副非常诧异的表情看我。看了好久他终于吐出来一句话,你刚才不是上过了吗?怎么又来?我的脸涨得通红,我怎么好意思说我是给同桌送卫生巾呢?我支支吾吾地搪塞着,啊就是啊,我刚才去过了,呵呵,我就是没事干了我……

我正绞尽脑汁地想该怎么把话说圆了,就听见班主任在背后一声喊,袁艺啊,快来帮帮忙,把这摞作业发了。我扭头看到班主任抱着作业本在办公室门前招呼我,我心一狠,将卫生巾偷偷塞给杨小夕,小声说帮我给里面的罗莎莎,说完我就仓皇而逃了。我不知道下文了,一个大男生是如何将卫生巾安全送到女厕所里的罗莎莎手上,我也不好意思问他,我一直觉得这件事我做得特别不厚道……

我胡乱地将地上那堆零食抱起来塞进柜子里,然后趁它们还没有掉出来一把关上了柜门。我把锁挂在上面,拍拍手,像是完成了一件很伟大很艰巨的任务。

我正得意呢,随手就按亮了手机。妈呀!不看不知道一看吓一跳啊!我的生活为何如此惊悚总是给人意想不到的打击,7:36这个巨大的彩色数字再一次亮瞎了我的眼。我用比逃难还迅速的速度将头发梳顺了,穿上我失眠了好几晚上终于想好要穿的外套和鞋子。

我满意地看着镜子里的我,黑色的碎花衬衣外面是一件白色镂空线衫,收腰的长款灰色大衣上别着一列可爱的蝴蝶结,修长的牛仔裤下是一双干净的白色帆布鞋。我又对着镜子将齐肩的直发梳了梳,齐齐的刘海儿起了静电,贴在额头上面,有些痒。我顾不上那么多了,将粉红色的发卡戴上,背上装好日常用品的书包后,拉开门出发了。

3. 开"过山车"的大叔

我一出校门,伸手拦了一辆出租车,直奔火车站。我坐在副驾驶的位置上,眼睛直直地看着前方的路,左手和右手的手指捏在一起,都攥出汗来了。

我明明记得昨天晚上定了闹铃的,怎么没有响呢?总之千万不要误点啊,老天保佑。我双手在胸前合十。这可是我精心策划的一场惊喜呢,杨小夕,你一定会非常开心的。我的脑海中甚至出现了杨小夕看到我突然出现在面前时既惊讶又激动的表情,一定是张大了嘴,瞪大了眼,半天说不出一句话。想到这里,我扑哧一声乐了。看到车内镜子里司机的眉毛突然皱了一下,我赶紧用手捂住了嘴,却还是止不住嘴角溢出来的兴奋之情。

宿舍现在只剩下林静淑一个人了,原谅我出门的时候没有向洗手间里的她道别,一个人霸占四个人的宿舍对她来说是非常难得的,相信她享受高速上网的乐趣一定会压过被我们无情抛弃她的不满。清明节这三天假,一向孝顺的梁洁回离学校很近的家祭祖去了,陆彤和她男友张顺天去周边一个旅游景区开始过美好三日游了,我则计划好了要从H大所在的东城去西城的W大找我最最亲爱的杨小夕,并给他一个大大的惊喜,这在我的日程规划里起了一个很好听的名字,叫作——西游记。

我忐忑激动的心越发地按捺不住了,我一个劲儿地催促,说:"大叔啊!你可不可以再快一点?"

他一扭头瞪了我一眼,没好气地说:"你叫谁大叔呢?我看起来有这么老吗?"他整整耳边的头发。

我咽了一口唾沫,都快满头白发了,我没喊你大爷就不错了。

"你是不是觉得我白头发太多了所以觉得我很老?"他笑笑。

我一惊,他难道会读心术?

他自顾自地说:"我是少白头啊,想当初那一年,自从我经历了那件……"

"哥哥,打住,"我换了一个口气,"可不可以……再开快一点点呢?"我最后一个音扬了起来,用很嗲的声音违心地说,说完一向不晕车的我都快要吐了。

"啊,好啊!"他明显露出了不一样的笑容,听到女学生叫自己哥哥是多么值得欣喜的事情啊,尤其是对于上了年纪的大叔大爷们来说更是求之不得的,虽然我在心里依旧认定他为大叔。

司机大叔像被打了鸡血,一踩油门,一按喇叭,嗖地超了过去。我没坐稳,险些被甩到挡风玻璃上面变成肉饼。

东城的司机就是猛啊,我都怀疑他们以前是不是开过山车的。往常需要四十分钟的车程竟然被压缩了一半,到火车站的时候手机刚好显示 8:00。

"谢谢大叔!不对,谢谢哥!哥再见!"我将车门一关,心想我可不想再和你见面了,这一路坐过来我的心脏都快跳出喉咙了。

4. 和帅哥慢慢说

要是跑得再快一点儿我肯定来得及检票!我撒丫子就跑,跑到安检口的时候,我穿着帆布鞋在光滑的大理石地面上滑出了好远好远。安检阿姨充满怒气地将我拽回来,以为我是故意捣乱的,特意用黑色的探测器仔仔细细上上下下彻头彻尾连耳朵缝都没有放过地将我全身检查了一遍才放我过去。我心里那个急啊,她还像押犯人一样对我说别乱动老实点。

话说我们这一届高考的时候,是第一批赶上用探测器的,没有经验,只有从其他曾用过的省借鉴。不能佩戴任何有金属的东西,老师一再嘱咐道。为了以防万一我们将所有细节都考虑到了,从头到脚改造了一番:将鞋子换成了鞋带上没有金属环的鞋子,裤子没有金属拉链而是松紧带的运动裤,带金属的首饰一律摘了,别刘海儿的发卡都换成了全塑料的,甚至还有……内衣的金属环，为此我们女生私下里偷偷地询问过班主任，没有经验的她也不知道该如何回答。

估计那个时候因为我们都学疯了，神经异常紧张敏感，所以特别夸张，生怕在高考考场上出一点点小问题影响心情，导致整场考试都无法安心。以防万一，我和罗莎莎特意买了两件棉布小背心……事实证明，将近四十度的高温下，我没有因为探测器发出嘀嘀嘀的声音扰乱心情，换来的却是后背一身汗涔涔的黏腻感，就这样以一种煎熬的姿态很难受地熬过了黑暗的两天。

好了让我们再次回到火车站。我从安检口疯狂地冲向候车室的时候，无意中扫了一眼挂在墙上的大大的电子液晶屏，因为火车票上都写着在第几检票口呢，所以我一般不会去注意电子屏。可是我正在扶梯上百无聊赖的时候瞥了一眼，我立马看到了我即将踏上的那趟火车，后面两个鲜红的字在一片绿色中格外刺眼，就像是一片碧绿的大草原中突然冒出来一朵红色的鲜花一样。

"晚点?!"我有些不敢相信我这个没有戴眼镜的近视眼，我又再次确认了一下，就是"晚点"二字！

"哈哈哈哈……"我突然放声大笑，同时大声激动地叫道，"晚点啦！"

扶梯上前后的人瞬间看向我，目光灼灼，估计他们的心里只响起一句话：这丫脑袋被驴踢了吧？

我赶紧收敛了笑容，在心里暗自窃喜，慌乱紧张的心早已平静了下来，敢情这火车也知道我睡过了怕我误点所以特意推迟了。真是趟好火车，下次我还坐你。

我不紧不慢地迈着小碎步，满脸上菜市场买菜的悠闲神色，晃荡着晃到了

22 检票口处。我扫视着前方的一片座椅，大部分都坐满了人，空着的座椅上也都是旁边人的行李，我转了好几圈愣是没有找到一个空位子。

我也不能就这么站着啊，我心想，不行，谁让他们的包都放在椅子上呢，这是坐人的座位又不是行李寄存处，我怎么着也要找个位置坐下！

就你啦！我看着前面一个放着黑色双肩包的座椅，心想。

我径直走向它。

我刚想对旁边正在玩手机的包的主人吼一番让他乖乖地把座位交出来，他就自己抬起了头，我立马石化了。

尽管他戴着一个黑色的口罩，仍然掩饰不住眉宇间的英俊与帅气，和《城市猎人》里的李敏镐真是有的一拼了！浓黑的眉毛，大大的眼睛，长长的睫毛，犀利的眼神……

"你、你、你……"我和所有花痴的女生一样一见到帅哥就会口吃。

他将耳机摘下来，又将口罩摘下来，露出了整张脸。

这完全就是从韩剧里走出来的男主角！

"我？"他用手指指着自己的脸诧异地问我，"我怎么了？"

"不是不是！"我赶紧摇头摆手。

"你认识我？"他又问，一脸茫然。

"不是不是！"我像个傻子一样。

"你别着急，坐下来慢慢说。"他看着我涨得通红的脸笑了笑，将黑色双肩包从旁边的座椅上拿起来放在腿上，示意我坐下。

天啊，这么轻易他就把座位让给我了，那我还有什么可"慢慢说"的呢？

5. 这就是传说中的缘分啊!

我有些拘谨地坐了下来,双手不自然地放在双腿上,就像是在幼稚园里挨了老师的批评,坐在椅子上不知所措。

我此刻大脑的运转一定比电脑还快,我搜索着可以聊的话题,对了,就问这个吧。我扭过头认真地看着他,问了一句:"你为什么要戴口罩?"

他已经将口罩收了起来,笑着说:"因为 H7N9 啊!"一脸连这个都不知道啊的表情。

我一拍脑门,心想你这个傻孩子连这个都忘了。电视上、网上层出不穷的报道可是闹得人心惶惶啊,病毒已经从南方传到北方了,大街上戴口罩的人是越来越多了呢。怎么不问个别的问题偏偏问了这么白痴的一个问题?肯定让我在他心目中的智商一下子就下降了很多。

"对啊!呵呵呵呵……"我傻笑着。

他也附和着我傻乐。看他纠结的表情真是难为他了。

他肯定是觉得气氛有些尴尬,便问我:"你还在上学吗?"

我点点头:"对,上大三。"

"哦?"他一脸很惊讶的表情,眼睛从上到下地打量了我一番,傻子都能看出来他一副完全不相信我竟然上大三这个事实,倒觉得我好像是刚进大学的一个大一小女生。

"别看了,不相信吗?"我有些鄙视他,心想你这个大叔你以为你多成熟啊,你难道没有经历过年轻幼稚的岁月吗?估计你现在看到我一定特别想回到学生时代吧。"虽说我长得年轻幼稚了点,但是我心理是很成熟的。"我补充道。

"哪有。"他竟然笑了,然后他强忍住笑意又问,"我大四了。你在哪儿上学?"

"H大。"我答道,看来他也不算很大嘛。

"我也是啊!原来我是你学长啊!"他的眼神露出仿佛见到了亲人一样的亲切感。

"啊,学长好!"我礼貌地叫了他一声。

"学妹好!"他也不客气地回应我。

"你学的什么专业?"我问他。

"行政管理。你呢?"他又问我。

"中文。"我说。管理学院的家伙们头脑一定不简单,不像我们文学院的每天就是沉浸在一个个美好的梦幻里,没事看看电影读读小说谈谈恋爱,不当吃不当喝的。不过话也不能这么说,怎么着我也算是码字大军中杰出的一员,在网络上有着自己的一片小天地和一群小粉丝呢,赚个零花钱还是绰绰有余的。

"其实我也是一枚文艺小青年呢!"他说,神情有些激动。

"是吗?你也喜欢文学?"我眨着一双大眼睛问他,这回碰上知己了。

"对啊,尤其是苏俄文学,我正在看《死魂灵》呢。"他扬扬手上握着的手机,显然是在看电子版的,"普希金写得真好呢!"

"呃……"我咽了咽唾沫,有些不好意思地指出他这个明显的常识性错误,"是果戈理写的。"

"啊对,是果戈理,看得太多了有些就弄混了,呵呵……"他挠挠头,尴尬地解释。

"呵呵呵……"我也尴尬地笑。一时气氛有些僵。

他突然打破了这个沉默的场面:"你这是要去哪里玩?"

"哦,西城。"我给他看看我手里的火车票。

"真巧,我也去西城,"他看了一眼我的票,"咱俩竟然是一趟车!"

"哦? 真的吗?"

"对啊,而且座位是挨着的。"他把兜里的火车票掏出来,和我的对照了一下。

"这就是传说中的缘分啊!"我不由自主地就喊了出来。说实话在茫茫人海中碰上和自己坐一趟火车并且还挨在一起的人,而且还是校友的几率都快赶上中彩票了。最重要的是,他还是一个帅哥。虽说我都已经有男朋友了,但花痴一下也不算是罪过。

"你一个人去西城干什么?"

"随便逛逛,听说 W 大的桃花很美。"他说这话的时候,眼睛露出了一丝渴望,似乎这是他向往了很久的,不过又没有见他的神情里有一丝开心,反而很茫然。

"你一个大男生还有赏花这癖好?"我有些怀疑他是不是一个纯爷们。

"没什么,不说了,你说说你吧,你去西城干什么呢?"他把话题转到了我的身上,不知道他到底想避开什么。

"我呀,"我立马激动了,"我去见我男朋友!"

"哦,"他的眼神明显黯淡了,但我不知道为什么,"祝你愉快。"

"谢谢。"我礼貌地回答他,不过看他的眼神并不像是在真心祝福我,反倒更像是一句客套话。我又瞥了一眼他的火车票,原来他叫苏志浩。

"你要听歌吗?"苏志浩把一个耳机递给我。

我愣了一下。

这也太随便了吧,他难道不会不好意思吗?我脑海中的小袁艺对我喊道,语气颇为不满。

她是存活在我脑子中的另一个我,就像是《猫和老鼠》中汤姆的脑海中总是会有一只恶魔样的猫和一只天使样的猫,每当它不知道如何抉择的时候心中都会响起两个不同的声音。

对于和一个才说了几句话的异性并排坐在一起,一人一个耳机听歌这件事情,除非发生在情侣身上,或者接近情侣还在相互暧昧阶段的男女适用,像你这样早已经有了男朋友的女生怎么可以这么轻易地就把自己的耳朵交给一个陌生的男人呢。小袁艺又对我说。

就是的,这也太随便了,我对小袁艺这么说了一句,手却早已不自觉地把耳机接了过来……

6. 你会选择离开他吗?

"谢谢,我最喜欢听歌了。"我把耳机戴到自己的右耳上。

小袁艺又开口说话了:我突然想起来一句话,我不是随便的人,但我随便起来不是人。今天我算见识到了。

去你丫的,我骂了小袁艺一句,怎么能这么说呢,人家好心让自己听歌,这过分吗？不过分。我听歌过分吗？也不过分。关键看你怎么对待这件事了，你要是以一种随便的态度来看，那就成了一件随便的事情，你要是很客观地看呢，就变成了一件客观的事情。我们之间是陌生人的纯友谊。我解释得头头是道。

我真是服了你了，下次再遇到这样的事情不要把我叫出来。小袁艺气愤得像一阵风一样从我的脑海中消失了。

"哈哈哈……"我被我终于打败了我脑海中的自己逗乐了，情不自禁就笑出了声。

"这首歌很逗吗？我觉得它很伤感啊！"苏志浩一脸狐疑地看着我，像看一个精神不正常的人。

"啊？"我从遐想中走出来，刚才根本就没有仔细听耳机里播放的是什么歌曲，经他这么一提醒我才听了一句。原来是张信哲的《从开始到现在》："难道我就这样过我的一生，我的吻，注定吻不到最爱的人，为你等从一开始盼到现在，也同样落的不可能……"

"是啊，是很伤感……"我说着说着又陷入了回忆当中。

我和杨小夕就是因为这首歌认识的，那是高中开学的第一天，到了新的班级里，我一个人找了个靠窗户的角落坐下，将耳机戴上，开始听张信哲的歌，那时第一首放的就是《从开始到现在》。这个情歌王子的歌声是那么的忧伤，我看向窗外陷入了自己酝酿的悲伤中，正思绪乱飞感慨万千呢。突然我的右耳机被人生硬地从耳朵里拽了出来，我一甩头刚想破口大骂，转念想到这是一个新的环境所有人都不认识我，我可不能在第一天就把自己辛辛苦苦摆出的淑

■ 蓦然回首许多年

女造型毁于一旦,破坏我在新同学心目中的美好形象。

于是我强颜欢笑压住怒火,对坐在我旁边的男生礼貌地说了句,同学你好,请问你是不是想听歌,如果你想听歌的话完全可以告诉我,而不是直接这么没有礼貌地把我耳朵里的耳机拽过去塞到你的耳朵里,你不说你想听歌我怎么会知道你想听歌呢,你要是说了你想听歌我还能不给你听吗,所以你只要告诉我你想听……闭嘴!我话还没说完呢就被他这一声吼硬是憋回了肚子里,我用一种很不友好的眼神上上下下地打量着他。

我还清楚地记得那时的杨小夕穿着一件印着字母的白色 T 恤和一条深蓝色牛仔裤,头发很长,刘海儿都要挡住了眼睛。我发现他长得也不难看啊,怎么脾气这么差呢,我正在心里为这孩子的前途感到担忧的时候,他说了一句,你竟然听张信哲的歌,你这个年纪的女生不都喜欢什么 S. H. E 啊张韶涵啊周杰伦啊 Super……什么猪的。Super Junior!我纠正他。对对,就是那个,你竟然在听张信哲的歌,不可思议。我手机上都是张信哲的歌,没别人的,我又说道。真看不出来,你这人还挺……成熟的,他用一种不知道算是夸赞还是讽刺的语气说。我谢谢你,我当时没好气地说。我就坐你旁边了,以后多多指教,他伸出手想要和我握一下,见我没理他又偷偷地缩了回去。

之后老师按照身高排座位,他被排到了最后一排,我被排到了第三排,不过那个时候我就记住了他——杨小夕,再后来我们两个戏剧性地恋爱了。

"你也喜欢张信哲的歌?"我问苏志浩。

"是啊,他的歌能让我产生共鸣。"

"共鸣?"我笑笑,"你失恋了?"我试探性地问他。

他没说话,眼睛像是蒙了一层大雾,让人捉摸不透。

我也很识相地闭了嘴,安静地听歌。毕竟才刚见面就打听一个陌生人的隐私是很不道德的行为,我不想让这位学长认为我是一个非常爱八卦的八卦精,尽管事实就是这样。

时间悄无声息地从一首首歌中溜走,我们那趟火车还是一如既往地呈现出晚点时间待定的状态,像是遗忘了在候车室中带着大包小包行李等待着前往远方的人们。

苏志浩突然扭过头来,将我的耳机摘下来,认真地问我:"如果给你一千块钱,让你离开你最心爱的人,你会离他而去吗?"

"笑话,我当然不会了。"我笃信地说。

"那要是给你一万块钱呢?"他又问。

"那也不会!"我依旧坚定不移地说。

"十万呢?"他将价钱提高了。

我有些犹豫,不知道该怎么回答他,他看出了我的犹豫不决,继续增加了筹码,当他开出的价钱越来越高,从十万到一百万再到一千万,我知道我不淡定了。

"一千万呢?你还会不会坚持你当初的想法?"

我的目光开始游离,我不敢看他越来越逼近的像是要看穿我的眼神。

"你还会坚持吗?或者,你会离开他?"

"不要逼我了!"我嘶吼一声,抓着我的头发,我不想回答,因为我不知道答

■ 蓦然回首许多年

■ 020

案。我不想承认每个人的骨子里其实都有些拜金主义,我也不例外。

　　苏志浩像是早就知道结果会是这样,不再强求,扭回头坐正身体望向远处,自言自语地缓缓地吐出一句:"果然,女生都一样。"

第二章　不可告人的秘密

1. 矮矬穷 or 高富帅

不用说我也能猜个八九不离十，眼前的这位大男生苏志浩学长就是一个典型的穷学生，刚刚遭遇女朋友的背叛。那女的一定是跟个高富帅跑了，否则他怎么会问我这种问题。

我不禁有些同情他了。怪不得他要到西城的 W 大看桃花呢，一方面可以散散心排解排解心中压抑已久的烦恼，另一方面也是非常重要的一方面，那就是沾染沾染桃花的灵气，说不定还能撞上桃花运呢！

我在心里为自己绝妙精密的分析感到非常自豪与骄傲，然后偷偷地看了苏志浩一眼，他深邃的黑色瞳孔就像是看不见底的潭水，泛起点点忧郁的涟漪。

这么帅的帅哥竟然也会被甩，真是天理难容啊天理难容！一张英俊帅气的脸竟然比不过一张冷冰冰的薄薄的银行卡，怪不得有人说二十岁的女人找男朋友的标准是长得帅就行，三十岁的女人找老公的标准是有钱就行。

■ 蓦然回首许多年

■ 022

　　这么说的话,苏志浩的女友,哦不,是前女友,是一个三十岁的熟女?啧啧,不要再瞎想了!小袁艺又开始训我了,你是不是又要构思一部新的言情小说?还是描写姐弟恋的?矮矬穷男主因为女主和高富帅在一起后伤心欲绝悲愤不已最终自杀了……打住打住,你自己的那点事还没有解决完呢,就开始关心别人了,你真是活雷锋啊!

　　对啊,我差点忘了我此行的最终目的,是去W大找杨小夕。这家伙已经好几天不和我联系了,每次我在QQ上和他聊天他都是忙碌或者离开的状态,估计十有八九是在打游戏。我是一个极其善解人意的模范女友,他打游戏的时候我绝对不会打扰,因为我知道一旦打帮战的话,一个人分心会导致整盘游戏的倾覆。那可是熬夜苦战好几个月的成果啊,就这样付诸东流了,还是因为女朋友的原因,那么杨小夕一定会被那群禽兽般的室友锁到阳台上冻他一个晚上不让他出来,还会把"猪一样的队友"这顶帽子扣在他的头上,这点我是毫不怀疑的。

　　每次打电话给他,他也是敷衍几句就挂了,总说自己在忙,我都纳了闷了,这小子一天到晚都在忙什么啊,忙得连他宝贝女友都不理了。在微博上找他好几次他也都不回复,搞得我一个人分饰两角,我累不累啊我。

　　他不理我是吧,索性我到他宿舍找他去,反正他寝室那帮狐朋狗友们我又不是不认识,刚开学那会儿还是我帮他整理的床铺呢。他们那栋男生宿舍楼管得极其松,杨小夕冲着宿管大妈微微一笑说这是我姨帮我抬东西呢,宿管大妈看到一帅哥对她温柔地笑,不禁一边点头一边也笑得花枝乱颤,于是乎我就这么进去了。进到他们宿舍我关上门就给了他一脚,我吼他,把我说得这么老,你就不能说我是你妹啊!

2. 外面不安全

"开始检票了,我们进去吧!"苏志浩站起来把包背上,对我说。

"好。"我也背上包,跟在他的身后。

我拿出手机,按亮了屏幕,都已经9:00了,火车整整晚了50分钟!要是早知道这样我才不打车过来呢,一块钱就能到的偏偏花了我二十五元车费,有这钱我还能多买几包蘑古力呢。

这让我想到了一次电影赏析的选修课上,在我们看完了《劳拉快跑》这部德国经典电影之后,口若悬河滔滔不绝的老师总结道:人生就是充满了许多的未知与偶然,我们永远无法知道前方等待着我们的是什么,不同的选择往往会导致不同的结果,打个比方说,你的生命就具有偶然性,你爸妈本来不想要你,但那次避孕没避好……说完之后全班爆笑。

我们在拥挤的人群中挤来挤去,苏志浩在前方给我杀出了一条宽阔的道路。他站起来我才发现他是真的很高,目测至少一米八五,他在前面走路的身影好像一个会移动的电线杆,让人看了都有一种想往上面贴小广告的冲动。

我们费劲千辛万苦经历了一番类似肉搏后,终于踏上了通往西城的火车。我们在狭小的过道艰难地挪动着双脚,看着座位上空的数字由小变大,终于找到了我们的位置。

"这是我的座位请您让一下好吗?"我对着坐在我位置上的一位跷着二郎腿的男士说道。

他很不情愿地站起来，白了我一眼，站到过道上了。

我心想，明明你一个站票有什么理由不起来啊，非要霸占我的位置，还瞪我一眼，搞得我要抢他座位一样。

我一屁股坐下来，瞬间陷了进去，虽说是硬座但它也不是钢筋水泥做的，海绵垫还是很有弹性的。感情那男的坐这个硬座坐了这么长时间，都像陨石落地一样砸出了一个大坑，还有摩擦出的火花残留下来的余热。

"你坐到里面吧，"苏志浩对我说，"外面不安全。"

我挪到靠窗户的座位上，看他坐到了外面的位置，心中突然涌上来了一阵感动。

外面不安全，所以他让我坐到里面。我可以理解为他是要保护我吗？我的小心脏扑通扑通比平时跳得快了一倍。

"把你的包看好，火车上小偷特别多。"他又嘱咐我。

"哦，谢谢。"我把包抱紧了一些，感激地对他说。

窗外的风景从我的眼前掠过，时间不知不觉地在一排排向后飞快消失的树木中流走了。我的眼皮有些沉，昨晚失眠了，因为今天能够见到杨小夕所以精神一直处于极度亢奋当中，一点儿也不觉得困，激动到好晚才入睡。

可是现在，困意却从头到脚覆盖了我，一颠一颠的火车更让我像是处于一个巨大的摇篮中，晃来晃去，要是再来一首催眠曲我就真的可以去见周公了。

广播员还真是配合啊，火车里立刻响起了一首缓慢的钢琴曲，我的上眼皮已经迫不及待地去找下眼皮了，完全没有受我意识的控制，这两个家伙每天晚上都黏合在一起现在还不想分开不觉得腻歪啊。

我的头也不知不觉地靠向了窗户,冰凉的玻璃贴着我温热的脸。随着火车的颠簸一撞一撞的,旁边一辆火车呼啸而过,巨大的震动感令我的牙齿都不自觉地打起战来。

　　我的意识越来越弱,隐隐约约听到右耳传来苏志浩轻轻哼歌的声音,就这样伴着他的歌声,我进入了梦乡……

3. 看来只能这样了

　　"喂,醒醒,"我在睡梦中感到有人在晃我的肩膀,"袁艺,醒醒,到站了。"

　　"嗯?"我揉揉双眼,直起身子,看到苏志浩背上了包,正用尽全力像抖筛子一样摇着我。

　　"到站了,快点背上包走了。"苏志浩说。

　　"哦哦,马上!"我瞬间清醒了,用手将嘴角流出来的口水一把抹掉,背上包站在过道里排队下车。

　　"你呀你呀,"苏志浩摸了摸我的头,"真是傻得可爱。"

　　我浑身一颤,感觉像触电了一样,这种久违了的感觉让我又想起了杨小夕。杨小夕特别爱讽刺我,说我傻说我白痴说我没脑子,每次说的时候都用他那双宽厚的手掌摸一下我的头,把我好不容易梳整齐的刘海弄凌乱了。这就好比打了你一巴掌之后又在你通红的脸颊上安慰性地轻轻抚摸一下,真搞不懂这是一种什么心理。杨小夕每次都说这样叫你是爱称,爱称知道吗。我撇撇嘴,你叫我白痴那我就叫你黑痴……

　　我们随着人流下了火车,西城的火车站是翻修过的,很宽敞明亮,比以前那个站台要好很多。白晃晃的灯在头顶排列得很整齐,整个大厅呈现出一种金碧辉煌的感觉,这么一装修搞得和宫殿一样。

"你在西城玩几天?"苏志浩问我。

"三天,"我回答,"回去的火车票都买好了。"

"你订好宾馆了吗?"他问。

"呀,"我一拍脑门,"我给忘了!"

的确,去西城找杨小夕就是我一时冲动的结果,完全没有考虑这三天我该到哪里去这个问题。我总不能住他们宿舍吧?他们那群禽兽室友倒是挺乐意我这个大美女和他们住三天,杨小夕可不会同意这个羊入虎口的冒险。

"忘了?你不会打算睡三天大街吧?"苏志浩一听扑哧就乐了。

"这个……我可以考虑考虑……"我尴尬地说。

"别逗了,你一个女孩子,知不知道睡大街是多么危险的行为啊!我保证你要是今晚在大街上睡一觉,明早一睁眼你就会发现自己一丝不挂了。"苏志浩笑着说。

"去你的!"我用拳头砸他,脸不好意思地红了。

"我说的是正事儿,你到底准备怎么办?"他的表情变得很严肃。

"我也不知道……"我有些沮丧地说,现在再想订宾馆那真是比登天还难啊,一到假期保证各大旅馆全部都满了,除了那种在很偏僻的郊外的黑旅馆。小说里不是经常这么描写嘛,老板娘一脸坏笑地站在门口招呼客人,钓到远方来的旅客后,暗地里就会有一双灵巧的手将那人随身携带的包偷走,我可不想落得被洗劫一空先奸后杀再抛尸荒野的下场。自从看了蓝可儿的悲惨报道后,我有好几天都睡不安稳,脑海中总是克制不了地想象她的尸体在水箱中蜷缩的模样,更是留下了喝水之前都要先闻一闻这水有没有异味的后遗症。

"看来只能这样了……"苏志浩沉思了一会儿缓缓地说道。

4. 看我怎么收拾你!

我一惊,这句话我怎么无比的熟悉? 每当看到韩剧中男女主人公,因为一场大雨被困旅馆的屋檐下,而没有赶上最后一趟车需要住一晚上时,老板娘都会无一例外地告知他们只剩下一间房间了,然后他们没有选择的只好凑合一晚。通常男主就会很不好意思地说一句:看来只能这样了……女主这个时候通常会因为淋雨而发起烧来,男主关心她呵护她守候着她,一夜没有合眼,根本没有发生女主担心的事情。真是纯爱啊,要搁现实生活中,男的不是同性恋就是精神或身体上有问题。

"只能哪样?"我警觉地问他,"你不要告诉我,你恰好订了一个双人间自己一个人睡觉觉得太空旷了,想找个做伴的吧? 我告诉你啊,你休想打我的主意! 我可是纯洁无瑕守身如玉洁身自好出淤泥而不染专一痴情的妹子一枚!"

我说这话的时候挺直了腰板,气也顺畅了许多,嗓音便大了起来,惹得周围出站的行人纷纷侧目,以为我面前的这位至少一米八五戴口罩的苏志浩学长是个人贩子呢! 我赶紧制止了一位看似像是掏出手机要拨打 110 的好心人。

"你说什么呢你!"苏志浩把口罩摘下来,他还急了!

"怎么? 你不是这么想的?"我没觉得我理亏。

"你!"他伸出食指做出一个超级鄙视我的手势,"你满脑子都是些什么思想啊!我有这么猥琐吗我!你侮辱我人格!"

这么说我冤枉他了?看他急得脸红脖子粗的,就差跳起来了,搞不好我还真误会他了,我赶紧向他道歉:"对不起啊,我把你想错了,你其实也没有那么猥琐。"

"何止是没有那么猥琐!我是一点儿都不猥琐好不好啊!"他这次真的急得跳了起来冲我吼道,我都清楚地看到他脖子上的青筋暴起了。

"好好,"我先让他平静下来,"有话好好说。"

"切,没什么好好说的!"他一生气扭头就走了。

"唉!你不会生气了吧?"我赶紧追过去,"那你说的'只能这样了'是……什么意思?"

"只能让你睡大街了!"苏志浩生气地丢给我一句就大踏步地往前走了。

长得高腿就是长,他迈一步相当于我迈三步,虽说我也不矮,在女生当中身材也算得上是高挑的,蹬上一双高跟鞋瞬间能秒杀大部分男生,当然苏志浩是个例外。

就在这时我的手机突然响了起来,在我的裤兜里一直震动,我赶紧掏出来,看到了陆彤的头像,这小妮子怎么现在给我打电话?我的手指轻轻一划,接通了。

"喂,陆彤啊,有事吗?"我问她,火车站人多嘈杂,我加大了音量。

"向右转!"她对我喊,声音很激动。

"啥?"我以为我听错了,"向右转?"

第二章　不可告人的秘密

"对！快点快点！"她的声音越发急促。

"你干吗啊？你今天吃药了没有？"我笑笑，脚步跟着转向了右边，我望着来来往往的人群，从我的眼前走过，搞不懂她葫芦里卖的什么药。

"向前走！"手机里又传来陆彤的指令。

"你以为这是军训啊！"我有种被她牵着鼻子走的感觉。

"一、二、三……"陆彤刚说完"三"我就看到她出现在了我的面前。

"啊！陆彤！"我惊讶地尖叫道。

"袁艺啊！"她跑过来狠狠地抱住了我，胳膊太使劲了，我有点喘不上气。

"快……松开我吧……"我咳嗽了一声。

陆彤轻轻地松开了我，差点要在我的脸颊来一个吻，被我及时制止了，这种见面礼还是不太适于中国国情，至少我是不能接受口水沾在脸蛋上的恶心。

"又不是好几年没见面，昨天上午还一起上课来着，别这么矫情了。"我把她推开。

"嘻嘻，吓到你了吧？"她笑着，眼睛眯成了一条线。

"是啊！你们不是去什么三日游了吗？"我发现张顺天也在她的旁边站着，有些尴尬，毕竟看到自己的女朋友和别的女生抱在一起还要继续更亲密的动作，都会有那么一些不自在吧。

"嗯，我们要在西城换乘汽车去，真巧，在这里竟然能遇见你！"陆彤满面红光地说。

"我也是临时决定来西城找小夕的。"我解释说。

"怪不得呢，我就说嘛你怎么可能坐火车都不告诉我一声，搞得和离家出走一样。"陆彤有些埋怨地说。

"知道啦,下次我去哪儿都告诉你,我去厕所也告诉你我在哪个格子间蹲着好吧?"我逗她。

"哎呀,讨厌啦!"陆彤用她的手打了我一下,嗔怪道。

我看见张顺天的脸一阵青一阵白的,我很识趣地对他说道:"快把你女朋友带走吧,别因为我耽误了你们的蜜月!"我坏笑。

张顺天是个很腼腆的大男生,不爱说话,此时竟然红了。他拽拽她的胳膊,支支吾吾地说:"彤彤啊,我们走吧,一会儿人该多了。"

"那袁艺我们先走啦!"陆彤恋恋不舍地向我挥挥手。

"拜拜!"我也笑着和他们道别。

"拜!"她做了一个飞吻的手势。我笑了。这丫头,在外人面前也不知道收敛点,要示爱回到宿舍嘛!

我看看手机,快到中午了,因为没有吃早饭,肚子饿得咕咕叫了起来。想到马上就可以见到杨小夕,而且可以和他一起共进午餐,虽说大白天的没办法弄成烛光的,但是我的心情还是异常兴奋。吃自助呢,还是吃火锅呢?吃自助火锅吧!哈哈,两全其美。我的口水都快流出来了,我寻思着是不是应该先给杨小夕打个电话呢?对,既然已经到了西城,就已经算是半个惊喜了,现在告诉他也不算是提前泄密。

我一边往公交车站走,一边拨打杨小夕的手机号,屏幕上出现了杨小夕的头像。这张照片是我最喜欢的一张,也是我认为他最可爱的一张,他对着镜头卖萌,伸出剪刀手,被我抓拍下来了。他一再要求我删除说有损他大男子汉的

第二章　不可告人的秘密

形象,我才不管那么多呢,就一直保存在图库中,而且还设成了联系人中他的头像。

"怎么这么半天还不接?"我纳闷地嘟囔了一句,刚想挂掉,手机都离远了我的耳朵,就听见杨小夕浑厚的一声从听筒里传来——

"喂?"

"你干什么呢?"我立马换了一个温柔的语调问他。

"没干什么,怎么了?"每次都是这句话。

"你猜猜我在哪儿呢?"我得意地说。

"我不猜,你是不是没事儿干了? 我在外面呢手机信号不好,等我一会儿回宿舍再打吧,我挂了啊!"杨小夕的声音很平淡,甚至还带着一点不耐烦。

"喂!"我心中的怒火一下子喷到了头上,刚才和苏志浩的不欢而散还令我头大呢,怒气尚未消除,这又火上浇油了,"你怎么总说你信号不好啊! 你在教室信号不好,在宿舍信号不好,在食堂信号不好,开会也信号不好,走在大马路上信号也不好! 你手机是不是出毛病了啊!"

"你吼什么啊吼!"杨小夕冲我喊道,"你别无理取闹啊! 我说了等我回宿舍再打!"

"你这人怎么……"我话还没说完,就听见他把电话挂掉了。

"啊! 真是的! 气死我了!"我在公交车站牌下生气地大喊大叫,本来站在我旁边等车的人都悄悄地远离了我,像躲避瘟疫一样。

"我又没患 H7N9! 你躲什么啊!"我对旁边一个背着背包正欲转身走开的小男生吼道,看他瘦小的样子还比较好欺负,要是换成其他几个彪形大汉估计我喊完就别想活着回学校了。

他一惊,像看怪物一样看了我一眼后,溜得更远了。

有几个女生在听到 H7N9 这个敏感的词汇时,从包里掏出口罩果断地戴上了。

我强压住怒火安静地等车。我的好心情完全被破坏了!看我一会儿到了 W 大怎么收拾杨小夕这臭小子!

5. 她是谁?

经我在车站这么一吼,公车上果然不挤了,前提是我周围的一圈,已经没有人敢站了,好像我真得了 H7N9 一样。

我挪到了靠边的位置,旁边坐着的一个女生见到我后露出了惊恐的眼神,立马站了起来给我让座。我犹豫了一下坐了下去,好像我是老、弱、病、残、孕中的一员。

我将头扭向窗外,看西城的春色,路边的树都开花了,不知名的白色和粉色的小花,在翠绿的叶子中间点缀着,格外美丽。

可是老天爷却阴沉着一张脸,没有明媚的阳光,还刮起了阴冷的风,有要下雨的势头。清明时节雨纷纷,怪不得呢。清明节本来就不是让人游玩的节日,应该是一个在家里缅怀逝去亲友和珍惜在世的人的日子,而不是去什么 KTV 唱歌或是去舞厅跳舞,又或是去游乐场游玩的日子。虽说我就是打着看望杨小夕的旗号,实际心里也是想着怎么一起出去玩呢。

公交车走走停停,窗外的风景渐渐有些熟悉了,我看到了那家名字叫作

第二章 不可告人的秘密

"快乐柠檬"的奶茶店,是开在 W 大附近的,记得我第一次来杨小夕的学校,他就是在这里请我喝的奶茶,以此来报答我帮他整理好了床铺。

我记得当时杨小夕要了一杯巧克力味的珍珠奶茶,不知道是不是给错了吸管,到最后他怎么也吸不上来杯底的黑色珍珠,总是一用力吸珍珠就会卡在吸管的中间。我看到杨小夕的脸因为使劲而涨得很红,情不自禁地笑了。我说你拿过来我帮你弄,他递给我杯子,我把吸管拿出来叼在嘴里,然后将手指伸进吸管插出的小孔中,用力一拽,将密封好的塑料纸扯出了一个大洞,骄傲地对他说,好了,现在你可以用吸管叉着吃了。他将一粒粒珍珠叉起来,送到我的嘴里,笑得很灿烂。

吃完珍珠,继续吃我的冰激凌奶茶。奶茶上面飘浮着一大块冰激凌,我用小勺一点一点舀到嘴里,甜到了心里。我对着他傻乐,他也对着我傻乐,然后越笑声越大。我有些莫名其妙,我刚想问他这是怎么了,难不成奶茶里下了让人笑个不停的药,他突然站了起来,玻璃椅子在大理石地面上划出刺耳的声响。他靠近我,俯下身,吻了我。

我的眼睛瞪得很大,直直地看着他,感觉到他柔软的舌头轻轻地舔舐着我的嘴角,我有些紧张与慌乱。他又小声在我耳边说了一句,傻瓜,用勺子吃还能沾到嘴角。

那时他对我说话,永远都是柔声细语的。印象中他从来不会发火,至少没有对我发过火,他总是事事迁就我,我对他吼他从来没有还过嘴,他一直惯着我,听我的,我说一他不敢说二。但是今天,他竟然不耐烦了,他竟然……说我无理取闹!

我的眼泪差一点就要涌出来了,我克制住自己,仰起头,让眼泪倒流回去。

公交车里传来广播员甜美的声音:"乘客您好,W 大学到了,请下车……"

我揉揉眼睛,平复心情,站了起来。因为车没停稳,我一个踉跄差点摔倒在地。

我怎么这么狼狈啊,我心里这样想着,下了车,看到了 W 大的校门。

掏出手机,此时已经中午十二点多了,过了这么长时间,杨小夕也该回宿舍了吧?这会儿再给他打电话他可不能说没信号啊!

我按下了呼叫键,忐忑地站在人来人往的校门外,手机里传来"嘟——嘟——嘟——"的声音,我屏住呼吸静静等待。

手机震了一下,杨小夕接了!

我激动地叫道:"你可终于接电话了!现在在宿舍吗?我要给你一个惊喜!"

可是电话那头,却传来了一个女生的声音。

6. 裸睡

"请问你找谁?"女生问我。

"你这不是废话吗?这是杨小夕的手机我当然找杨小夕了!"我很生气,竟然出乎意料地听到一女生的声音,我满心的期待瞬间幻化成了肥皂泡,接二连三地在空中破灭了。

"杨小夕他暂时不在这儿,刚才去洗手间了,等他回来了我帮你转告吧。"女生仍然是很有礼貌地用平静如水的语气说,一点儿也不像我,此时的我早就

第二章 不可告人的秘密

怒发冲冠语无伦次了。

"不用了,谢谢。"我没好气地挂了电话。

她是谁啊?声音听起来还蛮熟悉的,不管这么多了,当前最重要的就是冲向杨小夕的宿舍看他到底和谁在一起呢。

W大是所艺术学校,杨小夕学的是表演专业,当演员一直是他的梦想。从小他就爱模仿电视剧中的角色,他和我说过小时候他最喜欢的就是孙悟空了,所以他也经常在家里找寻类似棍子的棒状物,用一只手将它旋转起来,像一个风刮过后的风车一样。

所以,当初填报志愿的时候就不应该同意他填报W大,因为W大美女如云,当演员的话又必须和各色人物接触,免不了要面对很多诱惑,当然也包括色诱!尤其是像杨小夕这么帅的男生,更是容易陷入美女的怀抱当中。

自从和他谈恋爱后,我就没有省过心,三天两头爆出绯闻,不过都在我大吵大闹大哭大叫后被他哄笑了。以至于最后我都习惯了,用杨小夕的话来讲,这就叫作人有魅力挡也挡不住。

不过这一次,我是真的生气了,他有时间和别的女生在一起,竟然没有时间和我打个电话,真是过分!想着想着,我来到了他们宿舍楼下。

我正想着怎么样才能混进男生宿舍,突然看到前面一对情侣手拉手走了进去,我还纳闷呢,这宿管大妈怎么也不拦住啊,又看到一对情侣互相搂着腰大摇大摆地走了进去。

敢情这宿舍是男女混住啊!怪不得刚开学我就那么顺利地混进去了!

我也大摇大摆地往宿舍楼里走去,故作驾轻就熟的样子。

上到三楼,我一眼就看见了杨小夕的宿舍,我连门都没敲,一脚就踹开了,周围过去几个男生用格外异样的眼神看着我,就像看一个女土匪、女强盗一样。

"杨小夕,你给我出来!"我刚进到他们宿舍就喊,扑面而来一股男生宿舍特有的难闻的腐蚀性味道,混合着臭鞋子臭袜子臭脚的呛鼻味儿。

"咳咳,"我止不住地咳嗽,"这什么味儿啊?"

我在一片云烟雾罩中搜索着杨小夕的身影,却没有发现,反倒看见一个男生光着膀子正从床上缓缓起身!

"谁啊大清早的就吵你爷我的美梦!"男生揉揉惺忪的睡眼。

估计是睡眼蒙眬中看到了我——一个披着长头发叉着腰怒气冲冲的女生,他发出了一声震耳欲聋的惊悚尖叫,敢情他们学表演的都这么快就入戏了,这尖叫声一点不亚于日本鬼片中的女主角。

"你、你、你……你怎么进来的?"男生结结巴巴地说,抱起衣服遮住自己裸露的胸膛,一脸恐惧,好像我要把他强奸了一样。

"门又没锁,就这样进来了呗!"我无所谓地说,找了个椅子坐下。

"怎么看你这么眼熟?"男生想离近点看,便掀起被子下了床。

可是他竟然……只穿了一条内裤!

最关键的是,内裤不是平角的,而是三角的!

这回轮到我尖叫了。

"啊啊啊——"我用手捂住眼睛放肆地叫了起来,男生听到后吓了一跳,估计是也意识到了自己的衣着不雅,跟着我一起尖叫了起来。

第二章 不可告人的秘密

"你怎么不关门啊!"他着急地喊,我从指缝间看到他趿拉着拖鞋一瘸一拐地把门关上了。

"你怎么不穿睡衣啊!"我也冲他喊道。

"你见过哪个大男生睡觉穿睡衣的!"他一边说一边将腿伸进裤筒里,摇摇晃晃地站着穿好了裤子,又去床上拿上衣。

"那你也不能裸睡啊!"此时我已经将挡眼的手放了下来,放不放下来都一样,反正我从指缝间也可以偷偷看到,我承认我有偷窥心理。

"我哪里裸睡了!人家还穿着一条内裤呢好不好!"他一边辩解一边将衣服往头上套。

"真是变态!"

"你这人讲不讲道理啊!你才变态呢好不好!一大清早就扰人清梦!"

"是春梦吧?哈哈,"我笑道,"还大清早呢!你看看现在几点了!午睡都快结束了!"

他掏出手机一看,眼睛瞪得比鸡蛋还大,"都这么晚了!"

我没有忘记来宿舍的目的,我问他:"杨小夕呢?他在哪儿呢?"

"不知道。"他站起来往洗手间走。

"不知道?"这小子一看就像被收买了的样子。

"啊,对,不知道。"他说话有些犹豫,支支吾吾的。

"别逗了,你不是号称是他最铁的哥们吗?"

"你怎么知道的?"他扭过头,上上下下打量我,突然眼睛一亮,"呀,原来你是袁艺啊!嫂子好嫂子好!"他连鞠了三个躬。

"快平身吧!"

"谢主隆恩!"他笑着说,"越长越漂亮了,我都没认出来啊!"这小子嘴巴还挺甜的。

"我说伍三一啊,这么长时间不见,敢帮着杨小夕说谎了啊?"

"不敢不敢,我是真的不知道他去哪儿了,你也看见了,要不是你私闯民宅,我还和周公约会呢!"伍三一嬉皮笑脸地说。

我看着他的眼神,好像真的不像是在说谎,就放了他一马。

"你宿舍其他人呢?"我问他。

"都回家了,"他一边刷牙一边回答我,"一会儿我还有点事,你怎么办?"

"我就一直坐在这里等杨小夕回来!"我说着把二郎腿一跷,做好了长期战斗的准备。

"咳——"伍三一正仰头漱口呢,听我这么一说,差点呛死,"不是吧?"

"是啊! 不行吗?"我反问他。

"行行,"他的语气突然又变了,"不过……他可能很晚才能回来。"

"你还说你不知道他去哪儿了?"

"啊,不是啊! 他就是告诉我他很晚才回来别的我真的什么都不知道了啊!"

伍三一洗漱完,穿上外套,抓起钱包和手机就要溜走,临走还不忘提醒一句:"嫂子啊,我知道你最好了。你要是觉得宿舍太乱了就帮忙打扫打扫,下周还要查卫生呢,嘿嘿,嫂子再见!"

门砰的一声关上了。

嘿,我说这小子,敢情我跑到西城一趟就是为了当你们的免费保姆哇!

7."捉奸在床"

我百无聊赖地等杨小夕回来,期间帮他们宿舍扫了地还墩了一遍,帮他们每一个人擦完了桌子叠完了被子,还把杨小夕床上扔着的几双臭袜子憋着呼吸给洗干净晾到阳台了。

"呼,累死我了。"我一边揉着酸疼的腰一边坐到杨小夕的椅子上,看到桌子上放着一个面包,我看了看保质期,还能吃,便抓起来就往嘴里塞。

我大嚼特嚼,时间随着我嘴巴的一张一合又流走了许多,我实在无聊至极便把杨小夕的笔记本电脑打开了,虽说这样做有偷窥别人隐私的嫌疑,但我是杨小夕的女朋友啊,看一下也无妨的。

事实证明,他的笔记本电脑里根本就没有什么可偷窥的,除了游戏就是游戏,不过倒是有几个硬盘被他上着锁呢,没有密码还打不开。

我打开暴风影音,想看看他平时都看些什么电影电视剧的,正好没事干了我也看看,可以找到和他聊天的共同话题。

我点开播放列表,一大长串的色情片,无一例外,光是看片名都让我脸红心跳后背起鸡皮疙瘩的。

这样的共同话题还是不要找了,我慌乱之中赶紧点了退出,好像我做了什么见不得人的事似的。

没想到杨小夕平时一副正人君子的模样,背地里也看这些下档次的三级片。我还记得有次聚会不知道怎么聊到了这个话题,我问他我说你看不看,他一脸鄙夷地说我才不看呢,说得特别义正词严,看上去就是一两袖清风的正人君子,敢情这都是骗我的哇。学表演的就是不一样,演起来跟真的一样。

我把杨小夕的笔记本电脑关了,因为实在没有什么让我感兴趣的东西。我又看看手机,都晚上九点多了,杨小夕怎么还不回来啊?

累了一天都没有怎么好好休息,此时感到瞌睡虫正在啃食我的大脑。我打了一个哈欠,站起来爬上了杨小夕的床,躺了下来。我闭上眼睛,觉得灯光太亮,便坐起来又把灯绳拉了。

先小睡一会儿,等他回来了再给他一个惊喜。

我枕着带有杨小夕体香的枕头渐渐睡着了。

迷迷糊糊中我听到有人开锁的声音,我睁开了眼睛,伸出头,望着门的方向。

进来了两个人,一男一女,我听到杨小夕说:"我去开灯。"

"不要嘛。"是电话里那个女生的声音,很嗲的语调。

黑暗中,我睁大眼睛清晰地看到女生用手臂勾住了杨小夕的脖子,将头凑了过去。杨小夕也热烈地回应着她的亲吻,手还不老实地伸到了女生的衣服里面一通乱摸。

我不知道如果我再这样看下去他们接下来会发生什么,我坐起身,将灯绳一拉。

宿舍瞬间大亮,我看到他们两个人的表情刹那间冻结在了脸上,动作也僵硬了,像两个滑稽的人像。

"我等你们好久了。"我冷笑一声。

第三章　萝莉变身成女神

1. 贱人就是矫情

港台片中经常上演的剧情,此刻竟然活脱脱发生在我的身上,主角竟然是我和我的男朋友。在通亮的宿舍中,我清楚地辨认出了传说中的小三,除了头发长了化了浓妆穿了妖艳的衣服,其他和之前我的那个纯洁可爱的同桌完全一样。

没错,就是高中和我相传是一对百合的好朋友——罗莎莎同学,我怎么忘记了她竟然也考进了 W 大,更可气的是,我当时还高兴地说,真好,我最好的朋友和我男朋友都在西城,等我有空了找你们玩去。

她现在,竟然和我男朋友在一起了!

罗莎莎,我当时怎么就没觉得她这个名字那么像是一发廊妹啊,看来天生就有勾搭别人男朋友的天赋。

"袁艺?"他俩还异口同声,是想向我展示他们的心有灵犀配合默契吗?

"你怎么……会在这儿?"杨小夕的声音有些颤抖,要是不颤抖的话那脸皮真是厚到天上了。

"本来是想给你一个惊喜的,现在只有'惊'了,没有'喜'!"我生气地下了床,对杨小夕吼道。

"袁艺啊,"他过来拉住我的胳膊,"你有些误会了,我们……"

"滚你丫的!"我把他手甩开,"眼见为实,我看得可是真真切切清清楚楚的,你这次别想再骗我了!"我咬牙切齿地说。

"小夕啊,咱们也别再瞒着了,挑明了得了,这样偷偷摸摸的算什么啊!"罗莎莎双手在胸前一交叉,倒摆起谱来了。

"就是!算什么啊?算一对奸、夫、淫、妇!"我盯着罗莎莎一字一顿地说。

"你!"罗莎莎的脸色瞬间绿了。

"你俩别吵了!"杨小夕大吼一声,然后转过身对着我说,"对不起……"

"别和我说对不起!"我大声说道,我只能用尽力气才能不让眼泪掉下来。我不能输,这场战斗很关键,我是正义的一方,我绝对不能输。

我努力使自己的声音听起来很强硬,实际内心早已变得千疮百孔,我对杨小夕说:"不用和我解释!我也不想听!"

我转向罗莎莎,一把抓住她的胳膊,说:"你跟我来,我有话对你说。"

"你干吗啊?你放开我!"罗莎莎的高跟鞋敲击在地板上,被我硬生生地拽到了阳台。

"袁艺你不要冲动!"杨小夕跑过来,脸色很难看。

"没你的事!"我瞪了他一眼,他不敢再往前走了,我一把把阳台的玻璃门拉上了。

第三章 萝莉变身成女神

"你放开我!"罗莎莎使劲挣脱了我的手,"你想说什么说吧!"

"态度还挺蛮横,你有理啊你!"我对罗莎莎喊道,"先把你的衣服整好了!我看得都恶心!"我指着她被杨小夕拽到腋窝处的衣服,连里面的内衣都要露出来了。

罗莎莎白了我一眼,跷着兰花指把衣服拎了上去,还是露着白花花的大脖子,好像眼前站着一只白条鸡。真应该让练习杀鸡防禽流感的城管把她宰了。

"你们两个什么时候开始的?"我问她。

"高三吧。"罗莎莎一边玩弄着自己的手指甲一边无所谓地说,好像她做了一件多么天经地义的事情。

"你俩都瞒了我四年!"看来不是我对不起她,而是她对不起我!

罗莎莎抬起头瞥了我一眼:"怎么啦?不行吗?"

"你难道不知道我和杨小夕……我俩在一起吗?"我的眼泪在眼眶中打转,差一点就要溢出来了。我使劲眨着眼睛,强迫它再多停留一会儿。

"知道啊!"她还是一副无所谓的样子。

"知道你还……"

"我乐意!"她仰起头,像一只骄傲的天鹅,"你觉得杨小夕会一直喜欢你这个没有品位的女生吗?你会穿衣打扮吗?你知道什么颜色的西服配什么颜色的领带吗?你知道怎么画眼线描唇线修眉毛吗?你根本不会取悦男人,只知道一个劲儿地烦他,你那些没用的电话和短信,在他眼里都是一堆废话!你给他买的礼物,在他眼里都是一堆垃圾!你无理取闹任性自私又爱吃醋,你觉得你配得上他吗?"

■ 蓦然回首许多年

　　我愣了。的确,此时的罗莎莎穿上高跟鞋,已经超越了我的身高。她是真的变成熟变漂亮了,漂亮得以至于第一眼我都不敢认。黑色的连衣裙,外面是一件白色开衫,镶着亮钻的黑色高跟短靴,还有修长的双腿,白皙的皮肤。脸上是画得精致的妆容,长长的头发烫成了栗色大卷,柔顺地披散着。

　　而此时的我,多么像是一只丑小鸭啊!头发因为刚刚躺在床上被压得有些变形,满脸怒色,也没有化妆的习惯,一副生气得有些扭曲的表情。

　　"忘了告诉你,你知道我们因为什么在一起的吗?"罗莎莎问我,见我没有理她,自顾自地说了起来,"多亏了你啊!你还记不记得高三的时候有一次我忘了带卫生巾让你帮我送过来?就是那次,我等了好久好久,你都没来,后来我听见了上课铃响,觉得你肯定不会来了。正当我绝望的时候,我听见了杨小夕喊我的名字,他在确认了女厕所里除了我没有别人之后偷偷地进来了。当他隔着门板将卫生巾从下面给我递过来的时候,我心里是充满了感激的,我们的手碰到了一起,像是触电般的感觉。我没有想到杨小夕竟然能够冒着如此大的风险为一个女生送这种东西,他一定是一个敢担当有责任心的男人,我那时就认定了,他是我的。"

　　两行泪顺着我的脸颊滑落,它们终于还是掉了下来。

　　"一直都忘了说谢谢你呢!"罗莎莎讽刺地说道,声音尖细,像是用手指甲连续抠黑板发出的刺耳声音。

　　啪的一声,非常清脆,我扬手就甩了她一耳光。

　　"贱人。"我狠狠地说。

　　罗莎莎显然没有想到我会打她,她瞪着一双鹅蛋般的眼睛,假眼睫毛像两把扫帚一样呼扇呼扇的,她刚想抬起手回我一个耳光,杨小夕就冲了进来。

"袁艺你干什么呢!"他对着我吼,双眼通红,布满了血丝,像一头发怒的狮子。

罗莎莎见此状及时地缩回了抬起的手,一个趔趄假装没站稳就往杨小夕的怀抱里倒,顺势还哇哇大哭起来,一把鼻涕一把眼泪地往杨小夕的衬衣上抹,一副楚楚可怜的样子。

"装得还真像啊!贱人就是矫情!"我的眼泪又涌了上来,但我不能让它流出来。

啪的一声,杨小夕抬手扇了我一巴掌。

我缓缓地把头扭过来,泪眼模糊中我看不清他的表情,但我能猜到,他一定是用一种很怨恨的眼神看着我,那种恨不得我去死的眼神,因为我要是死了,他们就可以光明正大名正言顺地在一起了。

我的眼泪止不住地流了一脸,他竟然打了我,杨小夕竟然打了我。曾经我有一点点小感冒都会令他焦急得满头大汗,曾经我不小心被纸划出一道小口子他都会耐心地用纱布给我缠上,现如今,他打了我一巴掌。

狠狠地,打了我一巴掌。

我的脸上传来一阵阵热辣的疼痛感,五个通红的手指印此时一定异常显眼。温热的眼泪径流,像往伤口上撒盐一样疼。

我一句话也没有说,我也没什么好说的了,我拉开门冲了出去。

"袁艺啊!"我听见杨小夕在后面喊我的声音。

我没有回头。

出来我才发现,原来外面下起了雨,密集的雨点打在我的头上、脸上、身上,我的白色帆布鞋踏着水,溅起一簇簇水花。

我只是想一直奔跑下去,直到跑死为止。

我的眼泪混着雨水在脸上流淌,像一条小河哗哗地奔向大海。

我听到身后传来了急促的脚步声。

"袁艺啊,你停下来!你听我和你解释!"杨小夕拽住了我的胳膊。

"你给我滚开!"我吼道。

"你别闹了!你冷静一下!"杨小夕抓着我的胳膊死也不放开。

我止住了脚步,转过身看着他,我们两个淋得浑身湿透,额前的刘海儿都湿漉漉地贴着脑门。

"你听我解释……"杨小夕的声音软了下来。

"都说了,没有什么好解释的!都这样了,你还想说什么!你要不要脸啊!"我歇斯底里地哭喊道。

"不是这样的!哎呀,改天咱俩单独谈,你千万别误会!"

"误会?我没有误会!你们是理所当然的!我才不应该出现!你应该让她别误会了我!"

"袁艺!你怎么就听不进去呢?"

"你是不是想说'你怎么又无理取闹呢!你怎么就不能理解理解我!你应该站在我的立场上!'?"

"袁艺……"

"你给我滚！我不会取悦你！我只会一个劲儿地烦你！我给你打的电话发的短信都是一堆废话！我给你买的礼物都是一堆垃圾！我无理取闹任性自私又爱吃醋！我配不上你！"

我喊完继续往前跑，眼泪放肆地涌了出来。我抬起双手捂住耳朵，我什么都不想听什么都不想听什么都不想听……

"袁艺！"杨小夕从后面追了上来，紧紧地抱住了我，"你骂我吧，打我吧，我是个浑蛋！"

"你给我松手！松开！你不用说我也知道你就是个浑蛋！"我用手去掰他的手，他的力气太大我根本弄不开，情急之下我弯下腰狠狠地咬了他手一口。

"啊！"杨小夕疼得大叫一声，立马松开了。我那一口咬得特别狠，估计他这辈子都要带着牙印生活了。

"活该！"我骂道。

他还不死心，伸出一只手把我拽到怀里。

"你有完没完啊！"我实在受够了他这种纠缠不清脚踏两只船吃着碗里的看着锅里的卑鄙无耻的行为。

我狠狠地把他推开，转过身刚想跑远，却听到一阵刺耳的刹车声划破了这寂静的夜空。

2. 车祸

我拐弯了。好好的路不直着走，我偏偏拐向了另一条。

迎面而来的明晃晃的惨白的车灯，深深地刺痛了我的双眼，我伸出手想要挡住这刺眼的光线,却在下一秒被这突如其来的小轿车狠狠地撞倒在地。

没有人推我一把,把我推到安全的地方。那些赚了多少人眼泪的韩剧都是骗人的,我现在终于明白了。在这情急之下没有人会做出如此冒险的举动,更不必说是那个浑蛋杨小夕了。

我重重地摔到了地上,我仿佛能够听到浑身上下每一根骨头发出"嘎嘣"的碎裂的声音。我感到额头有温热的液体汩汩而出。

世界在我眼前轰然倒塌。像小时候搭的积木,好不容易越来越高的积木,却在一瞬间哗啦全部掉了下来。

我在一片"嗡嗡嗡"的声音中听到罗莎莎焦急的声音:"小夕,快点走吧!没人看到你,快点走吧!这与你无关!别惹上那么多麻烦!"

是啊,我就是个麻烦。

一滴泪顺着我的眼角缓缓地落了下来,我轻轻地闭上了眼睛。

3. 是人是鬼?

我隐隐约约感觉自己被人抱了起来,身体变得轻飘飘的,在空中游走。我听见一个熟悉的声音:"快送她去医院啊!快啊!"

我努力挤出一丝笑容,模糊中我看不到抱着我的人的脸。是杨小夕吧?他终于良心发现了吧?他终于回来救我了……我竟然在这个紧要关头还替他着想,我竟然还是忘不了这个浑蛋。

似乎忘记了身体的疼痛,我只是觉得很幸福,如果真的这样死去,也值了。能死在自己心爱的人的怀里,是多少人梦寐以求的事情啊。

后来我就失去了意识,陷入了沉睡中。

我又做梦了。我梦见我和杨小夕去爬山,爬到一半我累得不行了,他蹲在我的前面,把我背了起来,他强壮有力的手臂抓着我的腿,我的胳膊挽着他的脖子。我看到阳光下他额头上闪闪发光的汗珠,一颗一颗,像清晨叶片上晶莹剔透的露珠。我问他说我沉不沉,他说不沉;我又问他说真的吗有没有骗我,他说没有没有,我怎么会骗你呢,宝贝。

我醒来的时候,屋里一片漆黑,我才发觉这一切只是一个梦,杨小夕骗了我,而且骗了我好久好久。我真的很后悔爱上他,他有什么好的呢?家里没钱,学习又不好,除了长得帅点有一张会讨女生欢喜的嘴,爱虚荣爱面子。高中的时候他学习不好,不是他笨,而是他根本不学习,他一心就想当个演员,想像华仔一样红透半边天。我劝他,我说你就别异想天开了,你连阳仔都比不上还华仔呢,他撇撇嘴说无论怎样我一定要火,眼神里满是坚定不移的光芒。现在想想,觉得那些目光不仅仅是对梦想的执着与渴望,更多的是一些疯狂,让人看了后背都会发毛。

高三的时候杨小夕很忙,一边上着专业课一边攻文化课。我那个时候倾尽全身心地帮助他学习,帮他补习落下的文化课,帮他解答不会的问题。对于文科生来说数学是最头疼的一门课程了,杨小夕上数学课从来不听,我每次都要指着数学书一个字一个字念给他听,帮他解释每一个公式和定义的意思。他竟然连高考数学的第一道题都不会做,我教了他好几遍他愣是听不懂,还嬉皮笑脸地让我再教一遍。我问他我说你们要多少分才能考上 W 大啊?他说也就三百多分吧,我当时激动地把书往桌子上一摔站了起来,我说你们三百多分就够了,我闭着眼睛答题考得都比这点儿分多。

他还总向我抱怨说高考就是埋没人才的,我说别有压力啊是金子总会发光的。他来了一句我确实是金子,我却被埋没了。

后来,我牺牲了我大部分的时间帮助他考上了W大,我还记得当高考成绩出来的时候,我出乎意料地落榜了都没有那么难过,反而因为他考得分数很高激动了半天。我没有考上我理想中的学校但是他考上了,所以我真心为他感到高兴。我留在了本市上大学,东城离西城很近,H大虽说不是985或211,但因为离杨小夕的学校很近,所以可以方便我们经常见面,这就是我填报志愿的唯一标准。

我还清晰地记得,当各自的录取通知书千里迢迢长途跋涉到了我们这群死党的手上时,我们在学校旁边的一家烧烤店小聚了一下,杨小夕喝了好几瓶啤酒,喝高了。他醉醺醺地对我说谢谢你啊袁艺,没有你我肯定考不上,满嘴的酒气喷到我的脸上。那时我也醉了,我对他说异地恋虽然很辛苦也很危险,但是我相信你一定不会变心的,对吧?他点点头,对对,然后就把头凑了过来,带着酒气的舌头伸到了我的嘴里,他的幅度太大了弄倒了桌子上的啤酒瓶,他抱着我越来越紧,一不小心我们两个跌到了地上,却仍然保持着拥抱的姿势,然后醉得不省人事了。

去他的不会变心吧!我的泪不争气地流了出来,我想抬手抹去,却发现右手被缠上了绷带。

原来我这是在医院里啊,不过怎么没有惨白的床单和惨白的墙壁呢?我环顾了一下四周,连窗帘都是带着蕾丝花边的,桌子上摆放着各种水果和面包,只有输液瓶和头顶上嘀嘀嘀响的某种仪器提醒我这里的确是病房,而且是一个高档病房。

我想坐起来,微微用了一下力,我的腿便立马疼了一下,像针扎一样的疼,我不由得叫了一声。

这时我的旁边突然抬起了一张脸,敢情我旁边还坐着一个人呢! 不过这是人是鬼我倒真不敢确定,说不准我因为车祸一命呜呼了正好碰到了和我一样倒霉的人,难不成是旁边病房刚去世的鬼飘了过来?

不过这张脸怎么就那么眼熟呢? 我还没有仔细看清他的面孔,他先喊了一句:"袁艺啊! 你可终于醒了!"然后站起来冲向门外,一打开门就对着外面喊道,"护士小姐! 十五号病床醒了!"

至于这么激动吗? 我心想,这也太夸张了。我又不是死而复生,也不是死人诈尸了,不就是做了一个梦然后醒来了吗?

那人按开了灯,顿时明晃晃的光刺得我睁不开眼。我好不容易适应了这屋里的光线,缓缓地睁开了眼睛,原来站在我床边的不知是人是鬼的家伙竟然是苏志浩!

"你你你……"我刚想问他这到底是怎么回事,护士小姐就走到了我的旁边,一只手拨开我的上眼皮另一只手用手电筒照了半天,又让我张开嘴喊"啊啊啊"还掐着我的下巴,用手电筒照着我的口腔,我特别不情愿,因为我不想让苏志浩看到我这张被强迫得有些变形扭曲的脸。

好不容易进行完了一系列的检查,护士小姐出去叫医生了,苏志浩走到我的跟前,激动地喊了一句:"你可终于醒了啊! 你知不知道你睡了三天三夜!"

"啥?"我不可思议地看着他。

"整整三天啊！我以为你再也醒不来了呢！"他用一种很夸张的语气说。

"真的啊,我是有多缺觉啊！"我开玩笑地说,"不过你怎么会在这里?"

"我为什么不能在这里？要是没有我估计你早去见阎王了。"

"为什么一定是去见阎王,不是去天堂见上帝呢?"

"你肯定是做了什么坏事吧？不然那天怎么会和那个男的在雨中纠缠不清。"

"是他做了坏事好不好啊！我可是无辜的!"我把那天发生的情况一五一十地全部都告诉了苏志浩,一丁点儿细节都没有放过,不过我没有傻到把偷看他笔记本电脑这件事情告诉他。

"原来是这样……"他听完之后说道,"他真不是个东西。"

"不许你这么说他!"我下意识地冲他喊道。

"他都这样对你了你还护着他,你到底有没有脑子啊!"他气愤地吼我。

"只允许我骂他……你没有资格……"我噘起嘴不再理他,我也不知道为什么会莫名发火,而且还伴着沉重的悲伤之情。我的眼泪又湿了眼眶。

"好好,瞧你激动的样子看来是彻底恢复了。"苏志浩从桌子上拿来一瓶水和一个面包递给我,然后自己剥开了一个香蕉吃。

"那天我在校园里看到你了,你进了宿舍楼,本以为你很快就会出来,没想到我在外面等了好久都没看到你的身影。你一个女孩子要是没有地方住真的很危险,所以我想等你出来了帮你找一家宾馆住下,那天在火车站我是说的气话,我总不能真的忍心让你一个人睡大街吧,反正我也没事干,我就一直等,等啊,等啊,你终于出来了。但是我发现你哭了,我刚想问问你到底发生了什么,就看到了你男朋友也跑了出来,我追了过去。没想到你竟然出了车祸,我赶紧把你抱上了那辆车,车主很负责地把你送到了医院,也交了医疗费和住院费,这么晚了他们已经回家休息了,估计明天天会再来的。"他自顾自地一边吃香蕉一边说道,语气很平静,像在叙述一个别人的故事。

我感激地看着他,泪水溢满了我的双眼,我轻轻地说了声:"谢谢你。"眼泪就哗啦哗啦地,像没有关紧的水龙头。

我不全是因为感动而哭的,更多的是因为知道了一个铁一般的冷酷的事实——原来救我的人不是杨小夕。他是真的跑了,他怕惹上我这个麻烦,多一事不如少一事,他像个缩头乌龟一样躲了起来。

想到这里,我哭得更大声了。

4. 我要改变

在医院的这段时间都是苏志浩照顾我的,他已经帮我请好了假,没想到他一个大男生照顾起人来竟然比女的还体贴细心无微不至,弄得我不给他点小费我都觉得过意不去。我知道他是个屌丝,快毕业了一定正愁着找工作吧。不过看他闲得不行的样子,我就知道一定是个毕业就是失业等着回家啃老的主儿。饮水还得思源呢,我就想着按照我们家保姆的收费标准给他点钱。

可是他竟然不要我的钱,不过正常一点的人都不会接受的,他还一副活雷锋的模样,就差脸上写上几个大字"为人民服务"了。

话说我那天醒来的时候把没电了的手机充满了电,竟然收到了五十八条短信和三十七个未接来电,其中还有杨小夕的,我看都没看就删除了。然后我准备告诉我那三个室友我现在的状况,我第一个打的是陆彤的手机,可是这小妮子不知道忙什么呢竟然没有接,我又打了林静淑的手机号,还没响够两声"嘟"她就接了,真够迅速的,平时在学校我给她打电话让她帮我买午饭她可从来没有这么准时接过,这次倒是挺及时。

当我把我出车祸住院了这个消息告诉林静淑的时候,她第一反应是愚人节不是已经过了吗,当确认这是事实之后她的第二反应就是立马对陆彤和梁洁喊道:"快帮我买去西城的火车票!现在!"我赶紧制止了她,我说我在这里有保姆照顾,吃得特好,小日子过得还特别滋润,你们不用操心了。她在一阵嘘寒问暖过后终于长长地舒了一口气,互相问完好后她开始扯淡了,我催她赶紧把电话挂了吧,这可是长途啊,话费要多贵有多贵呢。挂了电话之后我特庆幸我没有告诉她我出车祸的原因,估计她要是知道杨小夕的无耻行为之后,一定会选择买机票直接飞过来,把杨小夕大卸八块装进他们宿舍柜子里面就像马加爵一样。

忘了说我的伤了,其实我就是有些轻微脑震荡,胳膊骨折了,额头被缝了十八针,基本上和毁容差不多了,当伤口痊愈后我把头上的纱布摘下来,露出了一道像蜈蚣一样的丑陋的伤疤。

我让苏志浩带我去了西城最好的理发店里找到最好的理发师,我付给了那人双倍的价钱,让他给我剪一个斜刘海儿完完全全地将伤疤盖上,那人看着我的齐刘海儿说,你头发太短了这根本不可能啊。我对他吼,你想要多少钱都行,不管你是接发啊还是怎么着的,总之一点儿疤痕都不能露出来!我看到那可怜的理发师被我吓到了，抓我头发的时候手都颤巍巍的。

我看着镜子里面自己的新发型，满意地笑了，原先的齐刘海儿不在了，斜斜的长发完全挡住了那条"蜈蚣"。我的眼睛也被挡了一半，我喜欢这种感觉，我不想看得太完整，这个世界有的时候看得太完整就不好了。

我对镜子中的自己说，那个清纯可爱的乖乖小萝莉不在了，她死了，她出车祸撞死了，全新的袁艺就此诞生。

5. 女神路线

我在床上躺了好几天一直反省自己到底是哪里出了问题，不吃不喝导致我迅速瘦了一大圈，原本就不胖的我此时更加骨感了。苏志浩每天对着他的手机给我念一段治愈系的文字，好像我不被车撞死这样节食下去小命也不保了。

终于有一天，我受不了他每天比收音机中小喇叭广播还准时的念白，端起桌子上的面条一口气全部吃光了。末了我还将面汤都吞了下去，吃完之后我打了一个响亮的饱嗝。我看到苏志浩眼神里有什么东西在闪闪发光。

这些天我反思得出的结论就是——我要走女神路线。罗莎莎不是说了吗，我不会化妆不懂穿衣搭配也不知道如何取悦男人。好，现在我要让她看看，之前的我是不修边幅懒于打理自己，我要是想改变，变身成功之后的自己保证连我亲妈都认不出来了。

我的身体状况在一天天好转，除了脸上那道疤痕之外别处没有留下任何后遗症。我办理完出院手续就和苏志浩去逛街了，我说今天我要可劲儿地买，你就当个免费劳动力吧。于是那天我差点儿没把我爸给我的银行卡刷爆,苏志浩左手拎了五个包,右手拎了五个包,就差脖子上再挂几个包,整个人就成一活动衣架了。

我穿着一双乳白色细带高跟鞋,水蓝色的修身长裤,纯白色镂空 T 恤,里面黑色的抹胸若隐若现。我的脖子上戴着一条项链,上面是一个绿色的镶钻吊坠,耳朵上一边一个珍珠耳环,小巧玲珑却在黑色的发丝之间格外耀眼。淡淡的唇彩格外水润透亮,粉红色的腮红映衬得我的皮肤更加白皙,刷了好几层的睫毛膏使我原本就很翘很长的眼睫毛更加动人,眼线在眼角处略微向上弯曲一个弧度,带有些诱惑性的挑逗,浅紫色的眼影既没有妖艳的华丽又不失青春的魅力。长长的斜刘海儿完全遮挡住了我额头丑陋的疤痕,完美无瑕,无懈可击。

苏志浩看着我这身打扮直发愣,我说你别看了,没见过美女啊,再看我就要给你掏纸巾了。他不解地问我为什么,我说因为你鼻血都要流出来了……

我们终于要回东城了,再不回去估计苏志浩都赶不上毕业了。回去的火车上我一直在问他,我说你为什么对我这么好,说仅仅见了一次面就倾囊相助的除非有所企图,不然就真的是雷锋再世了,你可不要说你属于后一种。他笑笑说,第一因为你是我的学妹,学妹遇到了这么大的困难当学长的怎么可以撒手不管呢,我打了他一拳说少贫嘴。第二呢,他接着说第二就是因为我从来没有见过像你这么痴情的好女生,能被你爱上是他的福气。

我没有想到他竟然这样回答,我的鼻子一酸,眼泪就模糊了视线。我将头扭向车窗外,看着飞逝的风景,恍惚之间我又回到了高中时代。我和杨小夕并排坐在一起,我为他讲解数学题,他皱着眉头一直说没听懂,让我再讲一遍再讲一遍,我就傻傻地又讲了好几遍,我其实知道他是故意的,只是那个时候纯美的青涩的爱情,现如今到哪里去找呢?

6. 归来

回到 H 大,久违了的感觉扑面而来。和苏志浩一起走在林荫道上,看着两旁的花都开了的样子真的有一种死而复生的感觉。看来我真的要感谢上帝没有让我被车撞死,反而还能让我看到这些美丽的花,我一定会珍惜以后活着的日子。

"话说我刚走的时候这些花还没有全开呢!"我对苏志浩说。

"是啊,时间过得真的好快。"他感叹一句。

"有时候我觉得我从去西城到回来这段时间就像是一个梦,我多么希望有一天梦醒了一切都还是原来的模样……"我说着说着就有些哽咽。

不知不觉地我们走到了我的宿舍楼下,他依然拎了许多我的东西,他说你先回去放一趟吧,一会儿再出来拿剩下的,我说那麻烦你了,就进了宿舍楼。

我迫不及待地想要见我的三个闺蜜了,我推开门大喊一声:"我袁艺又回来了!"说完我才意识到这句话听着怎么这么像"我胡汉三又回来了"。

这仨妹子正玩笔记本电脑玩得不亦乐乎呢,听到我这一声震天吼立马齐刷刷地扭过头看向我,面露出惊讶的神色。

寝室中即刻安静了三秒钟,我的心脏扑通扑通加速了,难不成这仨妮子在我不在的日子里面彻底把我忘记了?怎么一点儿反应也没有啊!

突然林静淑冲我大喊一声："袁艺啊！"然后以迅雷不及掩耳之势从床上跳下来，差点没有把椅子弄翻，连拖鞋都顾不上穿了，直奔向我，上来就是一熊抱，把我直接抱在了半空中，还连着转了三圈。

林静淑力气怎么变得这么大了？还是我真的瘦到她不费吹灰之力就能抱起来的地步了？我希望是后者。

"你可是回来了！我们都快想死你了！"林静淑对着我的脸就是一阵狂吻，吻完了之后连着呸呸呸了好几声，说道，"你竟然扑粉了！搞得我嘴唇跟涂了一层面粉一样！"

"哈哈哈……你怎么还是这么可爱啊！"我实在忍不住笑得弯了腰。

"袁艺你终于回来了！"梁洁和陆彤也跑过来抱住我，然后松开手对着我左看右看，三个人就像是审犯人一样看着我。

"你不是说你出车祸了吗？"梁洁问。

"是啊，已经出院了。"我答。

"你不是说你毁容了吗？"陆彤问。

"是啊，确实毁容了，不过被我修复了一下。"我答。

"你确定是毁容不是整容？"林静淑问。

"……"

为了庆祝我的出院，全宿舍决定晚上出去撮一顿，当我们四个浩浩荡荡地从宿舍楼里走出来的时候，我看到苏志浩还拎着大包小包坐在远处的长凳上安静地等着我。我立马意识到了我犯了一个极大的错误，刚才在宿舍姐妹相见太激动了,直接导致我压根儿忘记了苏志浩这个大活人的存在。

我满是歉疚地走向他,将我的包拿过来放回了宿舍,我再次走向他的时候,那仨妹子对我笑得花枝乱颤的,让我感觉好像有什么阴谋似的。不知道在我离开的这一小段时间里她们和他说了些什么话。

我说为了补偿你今天晚上我请你吃顿饭,苏志浩刚开始一个劲儿地推辞,林静淑大吼一声:"帅哥你就别推辞了,我们文红院好不容易迎来了第一位客人,这么好的机会怎么可以错过呢!"

我一把抓过来林静淑狠狠地掐了她胳膊一下,她嗷的一声号叫。

"文红院?"苏志浩一头雾水地问我,"你不是说你们是文学院的吗?"

"啊对!文学院!你听错了!"我赔着笑脸,然后挤眉弄眼地看着林静淑,她还疼得龇牙咧嘴呢。

"哦……可是我分明……"趁苏志浩打破沙锅问到底之前我赶紧堵住了他的嘴,我拉着他说:"咱们赶紧走吧!坐了这么久的火车我都快饿死了!"

"文红院"这个称呼完全是林静淑闲得无聊想出来的,她自称为"妈妈桑",我们三个无辜的良家少女就被她扣上了"小葵花""红玫瑰"和"白牡丹"的帽子,这种难以启齿的无聊幼稚游戏,竟然被她光明正大面不改色心不跳地介绍给了苏志浩这个仅仅见了她们一次面的陌生人!我能不着急嘛,我们宿舍的良好形象啊差点儿一下子全毁了!

我们去吃的烧烤,一听我说今儿个我请客,好家伙的一串接着一串就往嘴里塞啊,这串还没嚼完呢下一串就被咬下来了,金黄色的油沾得满嘴都是,活脱脱三只饿了好几天的狼。

我把林静淑手上的啤酒瓶抓过来就往我的杯子里面倒,说实在的我太想喝酒了,我就是想一醉方休。

"你干什么呢?"苏志浩一把抓过我的杯子,金黄色的啤酒倒在了桌子上面,洒了一摊还泛起了白色的泡沫。

"我就是想喝点儿!"我又抢过来,继续倒。

"你知不知道你刚出院啊!"他埋怨道。

"知道,我就喝一点儿,就一点儿!"硬的不吃我来软的,我撒娇般地说道。

"这……"他明显有些消受不起了,"那好吧,就一点儿哦!"

他看着我倒了满满一杯,又叫服务员上了几瓶陪着我一起喝。我们两个就这样一人一杯直到喝到满面红光满嘴酒气满眼重影。

林静淑她们三个也喝多了,说话都带着醉意了,陆彤问:"袁艺啊,你和杨小夕玩得还好吗?"

我开始说胡话了:"他就是个浑蛋!"

"怎……怎么了你们?"林静淑也问,又抬起杯子喝了一杯,"我还纳闷呢怎么在医院里照顾你的不是杨小夕呢?"

"他?"我冷笑一声,大口喝了一杯啤酒,因为喝得太猛了从我的嘴角溢了出来,我剧烈地咳嗽着,"我们分手了……"说完这句话我的泪哗地流了出来,止也止不住。

我赶紧用手背使劲抹了一下,也顾不上花了妆,用力地揉着我的双眼,掩饰地说:"这烟也太呛了吧,呛得我都流泪了……"

第三章 萝莉变身成女神

"袁艺,你和我说……到底……是怎么回事!"林静淑从椅子上站起来走到我的身边,拍着我的肩膀,我再也忍不住了,抱住她的腰哭得稀里哗啦的,鼻涕眼泪全都抹在了她的白T恤上,要搁平时她早就一脚把我踹开让我给她洗得干干净净的了。

我把事情的来龙去脉借着酒意断断续续地说完了,当时我脑子不太清醒,所以不知道自己有没有遗漏一些重要的细节。

"敢欺负我家的姑娘他还要不要命了!"林静淑骂完抓起空啤酒瓶往桌子上一摔,震得杯子里的啤酒溢了出来,还好没有碎掉。不过这一声立马引起了周围所有吃客们的关注,好像我们是一群黑社会来砸场子的。

"好了好了,别在外面闹了。"梁洁还算我们当中最清醒的一个,把林静淑拉了回去。

"袁艺,这种人不值得你为他掉眼泪!"林静淑吼道。

"对!他就是一人渣!"陆彤也附和道。

我对她们笑笑,陪伴了我三年的好姐妹啊,每次都极力地维护着我的尊严,不允许我受到一点点伤害。

我又看向苏志浩,他依旧闷头喝啤酒,脸红得像个猴屁股。

突然有那么一瞬间,我把他当成了杨小夕,那个高考完了之后聚餐的杨小夕,那个和我拥抱在一起满嘴酒味热情地亲吻我的杨小夕,那个口口声声发誓我不会变心的杨小夕,那个我深爱了好几年的杨小夕。

我将椅子往他的方向移了移,他把酒杯放了下来,看着我,醉眼迷蒙。

我微微起身,将我的唇贴向了他的脸颊……

■ 蓦然回首许多年

■ 062

第四章　谢你陪我过生日

1. 醉酒

"你醉了。"我感到一根手指头挡住了我的嘴，我睁开眼睛，看到苏志浩站了起来。他又说："时间不早了，我们该回去了。"说着就走向收银台准备结账。

我赶紧对他喊道："不是说好了我请客吗？"他没理我，交了钱。

我又欠了他一个人情！

梁洁和陆彤负责将林静淑带回宿舍，一人搀着她一只胳膊，她还不老实，腿一直乱晃，嘴里一直嚷嚷着让我再喝一杯啊我还没喝够呢。

我对她俩说你们赶紧把她带走吧别到时候连警察都招来了。然后她们三个就先走了。

晚风带着些凉意，我和苏志浩一前一后地走在路上。

我摇摇晃晃地拖着自己并不庞大的身躯，头昏昏沉沉，脚步也在走八字形，绕了半天还是停在原地。我不得不承认，我是真的醉了。

就这样，走着。经过一所中学，看到穿着和曾经我们高中颜色一样的校服

第四章 谢你陪我过生日

的男生女生,结伴骑车回家,有说有笑,打打闹闹,就突然想起了以前那些回家的日子。

那时我还骑着一辆粉红色的小折叠车,和杨小夕并排在拥挤的车流中穿行。我被挤到了离快车道很近的地方,被一辆擦身而过的面包车撞倒了,车筐里的东西散落一地。一个长着络腮胡子就像是下巴生出一片热带雨林的男人,从车窗探出头来,竟然是一脸鄙视的表情,还恶狠狠地附带了一句,你没长眼啊。我看到杨小夕紧紧攥着拳头,因为用力,胳膊上的青筋暴起。他对络腮胡子吼,你再说一遍!你敢说我女朋友!我挣扎着站起身,握住他的手,示意他冷静下来,我说算了吧,也不是什么大事。杨小夕把我甩开,他说不行,这事我跟他没完!他走了过去,他挥起了拳头,我把眼睛闭上,我怕他真的把事闹大了,可是忍不住将手指分开了一个缝隙,我看到那辆面包车绝尘而去,冒出的黑烟呛得杨小夕直咳嗽。

那时的他是那么的英勇,英勇地保护我,只保护我一个人。

那句"你敢说我女朋友",多霸气。说得我心里一阵心潮澎湃。我当时就有一种冲动,我想跑过去,抱住他,大声喊,我这辈子非你不嫁。

没想到竟然是小夕,哦不,杨小夕,他把我甩了。

我的眼眶湿润了,我没出息地蹲在路边的树旁边,昏天黑地地哭了起来。哭得我身体一抽一抽的,估计胃这会儿也受不了了,一阵翻江倒海。我一恶心,冲着树坑就吐了。眼泪还没止住,鼻涕也快流出来了,嘴巴又是一股股酸水往外涌,散发着浓烈的啤酒味道,就差两个耳朵也冒出来点不明液体,就真的凑够七窍了。

吐累了，哭完了。我筋疲力尽地往地上一坐，小风嗖嗖的，吹得我脖子凉凉的。

"好爽啊!"我仰头对着黑夜大吼一声。

吼完我才意识到这样做是多么不雅观不淑女不理智，不仅破坏城市形象更是破坏自己形象的疯狂的举动。沿路所有的人像约定好了提前在心里默念三下后似的，齐刷刷地把头扭向我，表情也像是排练好几遍之后完全一个模子里刻出来的，两个本来很小的眼睛愣是瞪得和鸡蛋一样，嘴巴要是再张大点，嘴角估计都会撕裂流血了。就是那种不可思议鄙夷的目光，我终于体会到了什么叫作光天化日之下被人扒得精光示众的难堪了。

最要命的不是我这仰天长啸，而是我的两条腿，在坐到地上之后，很自然地叉开了，就是高中语文课本《荆轲刺秦王》中，荆轲"被八创"后"倚柱而笑，箕踞骂曰"的"箕踞"状。

对于这个词，我甚是记忆犹新，那时语文老师心血来潮竟然把我们分成小组，将《荆轲刺秦王》改编成话剧，在她宝贵的语文课上演，看哪组演得最好。我自然是和杨小夕一组，组内角色分工这件复杂麻烦的事情就交给了一盒纸条，通过抓阄决定，我抽的是"荆轲"，当时看到这两个字我的头都大了，真有一种赴死的悲壮之情，杨小夕竟然演"秦王"，我都怀疑他是不是对这团无辜的纸条做过手脚。

第一次排练，好不容易到我"被八创"靠在讲台桌前面，我正想赶紧对杨小夕放完最后一句狠话，闭上眼睛心想死就这么死吧，反正也演完了，可是杨小夕突然大喊一声停，吓得我一哆嗦，我刚想说你又不是导演，你一个被我吓得

第四章　谢你陪我过生日

目眩良久的胆小鬼有什么资格喊停啊。他一下子跪到地上说,你这个姿势不对,你没有把"箕踞"这个姿态表现出来,这是不对的,这在整篇文言文中是非常重要的,缺了这个词,就无法淋漓尽致地表达出荆轲对秦王的轻视傲慢……一脸的认真与严肃,我真后悔他后来为什么不去报导演系,要是他当了导演,什么冯小刚啊张艺谋啊之流的都可以光荣退休了。

于是我也一脸认真与严肃地看着他说那你要我怎么办才能淋漓尽致地表达出……我话还没说完呢他就抓住我的脚腕把我的两腿往外一掰,然后站起身拍拍手,像看一件艺术品一样笑着满意地看着我。那时我还是那么天真纯洁美好善良一点点都没有发觉这是多么猥琐下流的一个动作,要是搁现在,我非得一个巴掌把杨小夕扇飞了。

我有些清醒了,毕竟我还可以如此清晰地回忆出从前的种种。思绪回到现实,面对一票子眼睛瞪得快赶上赵薇的路人甲乙丙丁,既然最要命的事情已经发生了,我的小心脏尚且承受得住,那么就让暴风雨来得更猛烈些吧!最要命的不是我这两条大长腿,而是我回到宿舍之后觉得特别热,于是就把那条长裤换成了黑色紧身裹臀短裙……

各位男看客们就不要期待还有最最最要命的事情发生了,到这个地步我已经觉得够了,如果还有某些男同志不满足的话,你们可以尽情发挥想象进行一段续写,此处省略一千字……

在我还没有被路人集体当作神经病抬进医院的时候,苏志浩学长审时度势急中生智恰到好处地帮我渡过了这个难关。他赶紧蹲下身子,把我轻轻地抱了起来,就像在抱一个摊在床上的洋娃娃一样容易,然后对着身边看热闹的人不好意思地笑笑,还说了一句这是我女朋友她今天喝高了让你们见笑了真是不好意思。围观的人群大部分都是吃过晚饭出来散步的老太太和大妈们,看到一个个子长得和打篮球的一样高脸长得和肥皂剧里的男主角一样帅的男生,正满脸歉意地露出可爱的小酒窝还说了这么一句格外温柔的话,顿时她们的脸上显露出了少女似的红光,捂着脸羞涩地迈着小碎步跑远了,我估计她们一定以为回到了学生时代站在操场上对心里暗恋的穿白色衬衣的男生正紧张得不知所措呢。

我在苏志浩的搀扶下终于勉强站稳了,看来我还是不太习惯穿这么高的高跟鞋,要知道我从小到大这么多年都是一双平底鞋走天下的,我的身高完全不需要用高跟鞋来掩饰,在我心中高跟鞋一直是那些天生个子达不到要求的女人穿的。

我突然回想起了刚才苏志浩帮我解围的一句话,他说这是我女朋友。

我是他女朋友。

姑且让我把这当作是真的吧,无论他是有意还是无意说出来的。至少在我尚不清醒的时候,当一次真吧。让我做一次梦,即使梦醒来后也要接受残酷的现实,接受我已经失去了杨小夕这个现实,接受我重回单身的现实,接受再也没有人爱我照顾我的现实。

我的胃里突然难受了一下,看来某些生理反应的确是由于心理在作怪,因为心痛了,所以胃也跟着痛,被无数丝线连接在一起的,如木偶般的我,原来脆弱得不堪一击。

第四章　谢你陪我过生日

我看着苏志浩紧皱眉头焦虑的样子,扑向了他的怀抱。

2. 这就是传说中的"一夜情"?

我伸了一个大大的懒腰,完全舒展开了四肢百骸,就像春天苏醒的花朵一样,要知道平时我在宿舍那张小床上是完全蹬不开腿伸不直胳膊的。

等等,平时那张小床? 那现在……我猛地坐了起来,瞪大了眼睛看着此刻我的状况,我一个人躺在大大的双人床上,被单是一尘不染的白色,我的上身只穿着一件黑色的抹胸!

这就是传说中的"一夜情"? 酒这东西真不是好东西啊! 看来我必须戒酒了!

我赶紧用被子捂住了身体,然后发出了杀猪一般的尖叫声:"啊——"

我清楚地看到苏志浩打开了里屋的门冲了进来,着急地问:"怎么了? 出什么事了?"他竟然光着膀子!

我一把抓起床上的枕头丢到他的身上,破口大骂:"你还有脸问我,应该是我问你出什么事了好不好!"

"你千万别误会啊,不是你想的那样!"他一下子就抱住了向他抛过去的枕头,挡在胸前,以防我再丢过去一些具有杀伤力的东西。事实上我的确是想这样做的,可是我发现虽然是双人床可是只有一个枕头,触手可及之处除了一床薄薄的夏凉被之外就再无其他可以当作武器的了。

我有些失望,对他吼道:"我的衣服呢! 你把我的衣服扔哪儿去了! 你真是一个无耻下流好色流氓的浑蛋!"

■ 蓦然回首许多年

"你这人怎么这样啊!是你昨晚神志不清又不是我……"他还没说完呢就被我哇的一声大哭给吓到了。

"我怎么这么命苦啊!我怎么这么倒霉啊!呜呜呜……你还我的清白!呜呜呜……"我的眼泪哗地流了出来,我都有些后悔为什么我不和杨小夕一起报表演专业呢,我的哭戏可是一流的。

苏志浩一见我哭了立马软了下来,他走过来,把枕头轻轻地放在床头,坐到我的旁边,有些不知所措地安慰我道:"你别想太多了,真的什么也没有发生。"

"那我的衣服呢!还有你的衣服呢!"我有些尴尬地指着他赤裸的上半身,用手挡住了脸,实际上挡脸完全是出于面子需要,否则在他心里一定会把我认为是女流氓的,不过我还是透过指缝看到了他完美无缺的身材——发达的两块胸肌和八块腹肌,小麦色的光滑的皮肤……再看我就要流口水了。

"我刚被你的号叫给吼起来了,还没来得及穿呢,昨晚我把咱俩的衣服洗了,晾了一晚上现在应该干了,我去看看。"苏志浩说着就要转身出去。

"洗了?"我更困惑了。

"对啊,昨晚你吐得那么厉害,不洗都味儿死了。"苏志浩撇撇嘴。

"原来是这样啊,吓死我了。"我顿时恍然大悟,长长地舒了一口气。同时为我刚才的举动感到愧疚与不安,我又抱歉地对他说:"刚才真是对不起,我还以为我们……"后面的话我不好意思补充完整,估计傻子都能听懂了。

我正琢磨着苏志浩怎么也会接一句类似"我可是正人君子啊,怎么可能对一个这么纯洁的小女子动手动脚呢,那岂不是坏了我在江湖上的名声"的话,

第四章 谢你陪我过生日

却听见他不屑地丢下一句:"怎么可能?我和你?哈哈哈……笑话,就你那平得好像飞机场一样的胸,打死我我都不会对你感兴趣的!"

我再一次把枕头冲着他的后背狠狠地砸了过去,想象砸过去的是一块大石头。

竟然敢说我胸小!我低下头仔细打量了一下,一看我才发现确实不大,可是这种话你也就在心里想想得了还非要说出来伤人家自尊心!我决定以后一天一个木瓜,不吃成波霸我绝不罢休!

我环顾了一下这个房间,真是应了"麻雀虽小五脏俱全"这句话,一张双人床,洁白的床单和洁白的被单,就像是医院一样,真不知道这孩子到底什么品位,每天睡在这样一张看着都仿佛周围空气充满了消毒水味儿的床上,会不会有一种躺在停尸间的感觉。

旁边的木桌倒是挺有人情味儿的,上面摆放着一个房子模样的相框,里面笑得露出一排整齐牙齿的大男生估计就是苏志浩了吧。可是旁边的那个人却被剪了脑袋,看穿衣打扮是个女的,估计她就是苏志浩的前女友了吧。不过就算是分手了也不能这样对待他俩的合照啊,太恐怖了,每天看着没脑袋的照片难道不会做噩梦?

窗台上放着一排仙人掌,大小不一,看上去让人联想到中学时代在操场上排列整齐做课间操的学生们,我再一次对苏志浩的独特品位感到汗颜。墙上贴着几张海报,有几张是很著名的外国球星,其中一个我倒是叫得出名字——科比,没错就是那个黑黑的家伙,我第一次认识他还是因为杨小夕,那也是他心中的偶像,后来我发现科比好像几乎是所有男生共同的偶像,就像李敏镐、玄彬等韩国美男子几乎是所有女生心中共同的男神一样。

那个时候杨小夕每天中午都在食堂看 NBA，也不知道是谁把食堂挂着的液晶大彩电转到了中央五台，要是校长知道这事儿了肯定找人把它摘下来，本来放在那里是为了让我们每天了解时事新闻的，谁知道竟然围了一大帮子男生一边吃着面条一边津津有味地盯着电视，那专注的神情比上数学课还认真。

杨小夕有的时候也把我拉到电视机前一起看，我一边嚼着米饭，一边伸出手指头指着屏幕里的男人大声问杨小夕，那个就是科比啊？长得跟一黑煤球一样。我刚说完就发现气氛有点不对劲，杨小夕一只手捂着我的嘴，另一只手对周围如见了仇敌一样露出杀气腾腾眼神的男生们挥了挥，像是做了什么错事一样低声下气地说她今天发烧了说胡话呢，大家不要放在心上啊。我一口咬在杨小夕的手上，米饭沾了他一手，我说你丫的才发烧了说胡话呢，这之后杨小夕就再也不和我一起看电视了……

我又看到了在一片外国球星的中间还贴着一张海报，我看了之后扑哧一声笑了，猜猜是谁的，其实不用猜，聪明人也知道是柯南的。挂柯南，挂科难嘛，苏志浩这小子还真信了。我的脑海中立马呈现出了一个画面，考试前一天的晚上，苏志浩虔诚地举着三支香，烟雾缭绕中，他对着墙上的柯南一拜再拜，神情虔诚得像是在祭拜他们家的老祖宗。

墙角放着的衣橱是开着的，我不小心瞥了一眼，就看到里面挂着整整一排的小内裤，像在空中迎风招展的一面面小旗子。我的脸唰地一下子红到了脖子根。我赶紧扭过头，晃了晃脑袋，试图把这不好的画面从我的脑海中甩出去。

第四章　谢你陪我过生日

这么看来,我是在他家咯。我仔细回想昨天晚上发生的事情,却只能回忆出几个片段,第一个片段是我扑向了苏志浩,前提是因为穿着高跟鞋我绊了一脚身体不稳才倒向他。第二个片段是我的胃里翻江倒海汹涌澎湃然后我就……天啊我想起来了,太丢人了,我竟然吐了他一身!第三个片段是他把我横抱在怀里在大街上奔跑,我还能够回忆起当时从我耳边穿堂而过的呼呼的风声。第四个片段是他把我往床上一扔,为什么用的是"扔"这个词呢?我现在想想当时的确是被丢到床上的,估计是他抱着我跑了这么远的路胳膊累坏了吧。第五个片段也是最后一个片段后来我就什么也记不得了,他把我的衣服脱了下来……当然是拿去清洗干净,他同时也把他那件沾满了我的呕吐物的T恤脱了下来,一并洗了。

断断续续的记忆碎片提醒着我,苏志浩不仅不是我想象中大色狼的流氓模样,而是一个善解人意助人为乐不怕苦不怕累不怕脏的绝种好男人。我为刚才我骂他感到耻辱,我必须向他道歉,于是我下了床,帮他把被子叠整齐,出了房间。

我一拉开门,顿时目瞪口呆,情不自禁地叫了出来。

3. 生日宴会

"哇——"我惊讶地看着眼前的场景。客厅里的餐桌上摆着一个大蛋糕,一瓶超大果粒橙放在旁边,还有几个倒扣的玻璃杯和摆放整齐的餐盘。我赶紧跑过去,高跟鞋踏在地板上发出清脆的嗒嗒声。

蛋糕看起来格外诱人,巧克力的酥皮上面是一圈圈的水果,中间写着几个字"袁艺,生日快乐"。

"你怎么知道今天我过生日?要不是你提醒我都快忘了。"我问苏志浩,此时的他已经穿上了一件白色的T恤。

"你别忘了我看过你的身份证哦!"苏志浩笑笑,然后起身去鞋柜拿出了一双粉红色拖鞋递给我。我刚想问他怎么还会有粉色的拖鞋,一想到那个被剪了脑袋的照片我选择了乖乖闭嘴。

"你怎么会知道蛋糕中我最喜欢吃'黑森林'的?"我一边问一边用手指夹了一个猕猴桃塞进嘴里。

"这个嘛,你猜。"他坏坏地笑道。

"哎哟,你是不是中央情报局的?"我神秘兮兮地逗他。

"哈哈,猜对啦。"他怎么比我还幼稚。

"算啦,管你怎么知道的,昨晚喝了我一肚子啤酒现在都要饿死了,我要开吃啦!"我伸出爪子作出大吃特吃的架势,完全把我的女神计划中的淑女姿态这一项抛到脑后了。

"等等,还有几个人马上就到了。"这回换他神秘兮兮地笑着。

我正纳闷呢到底是什么啊搞得和地下组织秘密联系一样,门铃"叮咚叮咚"地响了。

苏志浩嗖地窜到门前打开门,一下子涌进来了四个人。

林静淑先冲进来的,她怀里抱着一个花篮,纯白的百合花散发着诱人的芳香,这个时候我决定还是不要吐槽为什么不买别的花偏偏选了百合。

其次是梁洁,她抱着一个可爱的泰迪熊,是我在逛商店的时候无意中说的

第四章 谢你陪我过生日

哇那个小熊好可爱,竟然被她记住了,而且还给我买回来了,梁洁你真是太好了我太爱你了。

最后是陆彤和她男友张顺天胳膊挽着胳膊就进来了,如果苏志浩家铺着红地毯的话,背景音乐响起结婚进行曲就再好不过了。陆彤手上拎着一个包装精美的纸袋,估计里面的东西也是很精美的,我一向相信陆彤的眼光,毕竟我们两个是高中同班同学,一起考进了 H 大,竟然又很有缘分地进了同一个班,这应该都源于我们两个同样爱好文学吧。

我还没有来得及走过去一人一个拥抱以表达我的感谢与激动之情呢,林静淑就冲我吼了一句:"袁艺你丫的怎么就穿这么少啊!"然后故做恍然大悟般的表情,语气突然一下子温柔了起来,"我们有没有打扰到你俩?"

"去死!"我嗷的一声就扑过去了。

我们一直吃到了下午三点多,中间张顺天又向我们炫耀了一下他的厨艺,陆彤在一旁骄傲得好像这一桌子美味佳肴都是她做出来的一样。

其实今天早晨我醒来就已经十点了,原来我昨晚喝高了,苏志浩实在没办法把我整回宿舍,再加上我们都一身狼藉,于是他决定暂时先把我背回他租的房子里。没错,这个一室一厅就是苏志浩租的,至于他为什么不住学生公寓而要选择出来租房子,我没好意思刨根问底下去,因为我知道他之前谈过一个女朋友,而大学同居又似乎是那么理所当然的一件事。

苏志浩几天之前就已经帮我预定好了生日蛋糕,等我们一回到 H 大,正好可以赶上我的生日,更凑巧的是,偏偏我又在他租的房子里,所以今天在我起床之后,蛋糕店的送货员就已经把蛋糕送到了这里。

至于苏志浩是怎么把我那群狼一样的室友叫过来的,也很好解释了,这群家伙可是见到吃的就往嘴里塞的主,一听说袁艺的生日宴会,那还不是不顾一切地冲过来?更何况今儿个是周日,全校都没有课。

我的生日狂欢除了没有喝一丁点儿酒之外还是非常圆满的,最后吃蛋糕的时候,每一个人都成了土著人模样,被巧克力涂得满脸都是一道一道的棕色。我看着苏志浩被我装扮过后的大花脸,笑得前仰后合。

那时候我想,如果我可以一直这么快乐下去就好了,生活中永远没有烦恼和忧伤,没有疼痛和酸楚。实际上我在吹蜡烛许愿望的时候也是这么许的,我甚至还希望杨小夕能够比我幸福,我自己都想骂自己贱了。没办法,喜欢一个人是犯贱的开始,我都贱了这么多年了,一时半会儿也改不了。

我在洗完了脸上的巧克力后,一屁股坐在沙发上,闹了这么长时间,我们都累了,四个女生在沙发上一字排开,勉强挤下了,对着面前的电视机,无聊地按着遥控器。刷碗收拾残局这件光荣而艰巨的任务,自然而然地落在了两个男生身上,他俩还毫无怨言地走进了厨房,看来这个世界上还是存在很严重的女权主义的。

我对电视播放的无聊电视剧已经完全失去了兴趣,总是那几部循环播放永不更新,一到快放暑假就开始《还珠格格》《西游记》《少年包青天》,我都看到连台词能分毫不差地念出来的地步了。怪不得网上一直流传着一句话——现在是手机当电脑用,电脑当电视用,电视当摆设用。我觉得特别符合我的情况。

正想着,我手机在我兜里震了两下,我掏出来一看,竟然是杨小夕发来的短信。原谅我到现在还怀有一丝侥幸心理希望是他的生日祝福,而且我一直没有删除杨小夕的手机号,他依旧是那个可爱的剪刀手头像,看起来似乎没有一点儿变化,但实际上变的是他的心。这更可怕。

我正犹豫要不要点开看看发的内容,可是又怕林静淑看到了骂我懦弱,我抬起头偷偷地瞥了她一眼,她正看电视看得津津有味呢,真不知道什么东西这么吸引她。

我用手指轻轻地划开了他的短信——

袁艺,生日快乐!我在你宿舍楼下等你。

4. 三个臭皮匠赛过诸葛亮

吓,杨小夕在我宿舍楼下?还等我?我怀疑是不是我看错了,我仔细确认了一下,没错,就是这么写的,一字不差。我又怀疑这条短信是不是很久之前的我到现在才看到,于是我确认了一下发送时间,就是刚才,一点没错。这么说……杨小夕从西城赶到东城为了给我庆祝生日?已经分手了的前男友为了给前女友过生日,千里迢迢不远万里坐火车到另一个城市来看她,还专门选择在她的宿舍楼下等她,听起来怎么那么荒唐。

我正对着手机屏幕犹豫呢,坐我左边的陆彤看见了,因为我们两个和杨小夕还有张顺天高中都是一个班的。那个时候我们四个的关系都特别好,彼此之间都是没有秘密的,所以很清楚杨小夕的人品,这也就是为什么陆彤在知道杨小夕和我分手之后表现得异常惊讶与疑惑。杨小夕以前不是这样的人,陆彤口口声声地说,我只能用"物是人非"来解释了。的确,很多人在上了大学之后就再也不是当初的模样了,很多人很多事在一点一点改变着我们,而我们却无能为力,能永葆当初那份单纯的还有几个人呢?

"真的假的?"陆彤半信半疑地看着我,手指着手机屏幕。

"我也不知道。"我同样不相信。

"那你去不去?"陆彤又问。

"我想去……"我弱弱地说。

"去哪儿啊?"坐在我右边的林静淑突然大声地问我,吓了我一跳,她不是看电视正入迷呢吗? 我一抬头,感情正插播广告呢。

"没、没有什么。"我结结巴巴地说,同时悄悄地将我的手机放回兜里。

林静淑用极其不信任的眼神盯着我,我的后背都被她盯出刺了,扎得我痒痒的。她一把抢过来我正在往兜里揣的手机,放在她的眼前,手指头在屏幕上滑来滑去。我心想这短信也不长啊总共就十几个字她看了这么半天,是有多仔细啊,她考试看卷子的时候都没有这么细心过。

"我说大姐啊,总共就那么几个字,你看完没有?"我不耐烦地问她。

"你这手机怎么解锁啊?"

"……"

她看完短信后腾地一下子站了起来,差点没把我手机甩到地上,我的小心脏紧了一下,心想这姑奶奶什么时候能改掉这个冲动的毛病啊。

"杨小夕你竟然还敢招惹我们家袁艺!"林静淑这一声吼在本来就不大的客厅竟然能形成回声,真是奇了怪了。我觉得她下一句就该说"孩儿们,抄家

第四章 谢你陪我过生日

伙上"了。

"别激动啊!"陆彤赶紧劝道。

我也拽拽林静淑衣服的下摆,示意她先坐下来再说。

苏志浩满手带着洗洁精泡沫就从厨房跑了出来,着急地问:"出什么事了?"

"没事没事,"我冲他笑着摆摆手,"她看电视太入迷了。"

苏志浩看了一眼电视,困惑地转身走了。我知道他此时心里想的是什么——看广告都能激动成这样,这丫的感情也太丰富了吧?

林静淑坐了下来,可是马上她就重新站了起来:"不行,袁艺你得去啊,人家大老远地跑过来看你,你怎么能不给面子呢?"

这丫的态度转变也太快了吧?

"你是不是又想到了什么?"我问她,我实在无法接受她的情绪化了。

"没有,"她摇摇头,"我就是觉得虽然分手了,但是出于礼貌,显示出你的大度与宽容,你必须去一趟。"

梁洁在看完短信后也发表了一下她的看法:"对,这次我赞同淑姐的话。你想想看,如果你不去的话,会让杨小夕觉得你还在意他,是故意不去的。如果你去了的话,会让他觉得你是真的放下了他,不再想着他,就当作是普通同学一样在生日的时候见个面。"

"什么叫作'这次我赞同'? 难道之前我说的话你都有意见啊!"林静淑冲梁洁撇撇嘴,不满地说。

"好啦,你俩就别斗嘴了,这不是重点。"我说。

"就是,这不是重点!"梁洁对林静淑吐吐舌头。

"我也觉得袁艺你应该去,你说杨小夕和你分手是因为你不够资本,你配不上他,可是在你经历了一番毁容其实相当于整容之后,你已经成功蜕变了,不再是当初那个傻乎乎的小女生了,你现在的新造型一定会让杨小夕大吃一惊。"陆彤分析得头头是道,除了那句"毁容相当于整容"。

"对,你应该显示出成熟女人应有的气质,让他一见到你就后悔自己当时跟你分手。"

"悔死他! 我们袁艺这么好的姑娘都不珍惜,他就是瞎了眼了。"

"就是就是! 让他悔得肠子都青了!"

怎么我突然觉得我身边坐着的这三个女生说出来的话都这么具有杀伤力啊,好像杨小夕一夜之间成了我们所有人的仇人,和大一刚见到他的时候态度完全不一样,三百六十度大转弯。

那时候除了陆彤不是第一次见杨小夕,林静淑和梁洁都是第一次见他,我还记得她俩见到他后的第一反应就是——哇,这个高个男生怎么长得这么帅啊,比某某韩剧里的男主还帅哇。然后一副花痴般的表情盯着他。

后来杨小夕私下里和我说你们宿舍怎么那么像女儿国啊,来个男的都稀奇成那样了,口水都要流出来了。我们女生宿舍当然是女儿国了,难不成我还三天两头带个男生进来坐一坐? 我逗他。他抬手捏了一下我的脸,一本正经地说,你要是敢带别的男生进屋,我就……你就怎么? 我反问他,看他想说什么却找不出合适的词语时脸憋得通红的样子,我就忍不住扑哧一声笑了出来。好啦好啦,逗你玩的啦,我帮他圆场。没想到不是我带男生进屋,而是他竟然带女生进屋！要是别的女生我也就忍了，关键他明明知道罗莎莎和我在高中那是亲密无间啊！

我必须承认，我们宿舍的姑娘都是非常仗义的，一方有难三方支援，俗话说得好——三个臭皮匠赛过诸葛亮嘛，更何况她们还比臭皮匠强点。

苏志浩把洗干净的衣服收了，我穿上我的那件后闻到了一股薰衣草的清香，顿时心旷神怡，心情也变得很好。我终于知道了为什么那天在候车室我感到周围一股香味儿，我就是顺着香味儿不自觉地走到苏志浩旁边的，敢情是从他衣服上散发出来的啊。

"你把这个发夹戴上。"陆彤从她带来的生日礼物中拿出来一个金色的发夹，是蝴蝶结形状的，陆彤真是太了解我了，我就是一蝴蝶结控。然后她将我耳朵旁的两缕头发顺到了脑后，绾成了一个结，把发夹别了上去。

"多漂亮啊，"陆彤由衷地赞美道，"我保证杨小夕一定看傻了。"

之后她们又帮着我化了妆，我是随身携带化妆品的，自从罗莎莎说我不懂化妆之后，我就报名参加了一个彩妆课。

折腾了将近一个小时之后，我再次验证了一个亘古不变的真理——世界上没有丑女人，只有懒女人。

我们从苏志浩家里出来的时候，我都没有告诉他我要去见杨小夕，我也不知道为什么，就是不想说，或者我认为完全没有必要告诉他。

我只是轻轻在他耳边说了一句："谢谢你，今天我过得很开心。"

第五章 订婚引起的风波

1. 一场演给演员看的戏

我们五个人浩浩荡荡地往女生宿舍的方向走,本来没打算让张顺天去,他偏要跟着,因为打死他都不相信从前是他最好的哥们儿的杨小夕竟然做出这种无耻的事情,怎么说都很丢他们蛋壳帮的脸面。

说起这个蛋壳帮,那时在我们高中是出了名的,为首的就是杨小夕,为此我还很荣幸地登上了帮主夫人的宝座。他们帮的帮徽是一个碎了的蛋壳,画起来很简单,取椭圆形的下半部分,再画上一道折线封住口。我曾问过杨小夕为什么要选择碎了的蛋壳,他解释说,这样才能表达出来是一个蛋壳而不是完整的鸡蛋,而且浅显易懂,不会被误认为是圆圈。

还没有到宿舍楼下的时候,我就远远地看到杨小夕孑然一身地坐在长椅上,此时已近黄昏,橘红色的光线从他的方向打过来,影子斜斜地铺在地面上,看起来有些落寞。

我突然涌起一阵心疼,想起高中的时候有很多个放学后的黄昏,他打完篮

第五章 订婚引起的风波

球坐在操场旁边的台阶上等着下了自习课的我一起买晚饭,如果我恰好轮换到靠窗户的位置坐着,总是在写一会儿作业之后就抬起头往窗外看一眼,看看有没有杨小夕的身影。下午的后两节自习课他总是不上,有时候是去上表演专业课,艺考生是很辛苦的,两头都要兼顾到,有时候偷偷跑回来打会儿篮球,他就是爱玩,我都管不了他。

那时候的夕阳也是这样打在他的身上,将他的影子拉成长长的模样,如果我不坐直身子,只是轻轻地往外一瞥,有时就可以看到他黑色的影子,我就断定他一定是到了。于是不停地期待下课铃声的响起,只要一响起铃,我就抓起钱包冲出教室,和杨小夕一起到学校旁边的小吃一条街上淘晚饭了。

"这小子还挺坚持的,都过了一个多小时了还等着呢。"林静淑也看到了他。

我走在最前面,林静淑和梁洁在我后面的两边,陆彤和张顺天在最后面,我们五个人形成了一个气势磅礴的方队,迈着整齐划一的步伐,雄赳赳气昂昂地走着,好像是一帮黑社会的。

我挺起胸膛,故作镇定,实际内里特别虚,我真的怕再次见到他,我怕我会难过,我怕我忍不住哭出来。

当我们走到杨小夕面前的时候,我看不清他的表情。我们是逆着光的,他的脸呈现出一片模糊的金黄色。之后他从椅子上站了起来,顿时挡住了射过来的光线,我的眼前一片黑色的阴影。我看清了,他的表情是那么的惊讶,同时我能读出来他眼神中还带了一丝愤怒之情。

我还没有说话,陆彤就走上前啪地扇了他一耳光,声音异常清脆响亮。

"你还有脸回来?"陆彤吼着,被张顺天一把拽住了,看这架势她是想再补上一拳头。

一个男人被一个女人当众甩耳光是多么丢面子的一件事情。可是杨小夕没有还手,他一言不发,只是看着我,眼睛直直地盯着我,看得我更心虚了。我强忍住自己的眼泪,因为我看到杨小夕的眼睛是红红的,我知道那是血丝。

是昨晚又熬夜了吗?你看你又瘦了,都瘦得不成样子了。我在心里这样想着。以前他还总和我开玩笑,说我怎么吃都胖不起来,你教教我怎么变胖吧。我从桌子上拿起一个卷卷心就往他嘴里塞,真是狗嘴里吐不出象牙来。

"说话啊你!"陆彤依然在喊,"怎么哑巴了?没脸说了?"

"陆彤你安静一点!"张顺天吼完她,对着杨小夕说,"你只需告诉我一句话,袁艺说的是不是真的?你是不是真的和罗莎莎在一起了?"

杨小夕还是沉默,眼神一点也没有离开我的眼睛,我们两个就这么四目相对,我在强撑下去,我知道我不能软弱。

然后杨小夕缓缓地吐出来一句:"我想和袁艺单独谈谈。"声音略带沙哑,近乎乞求。

我看看陆彤愤怒的脸,对她点点头,她使劲甩开张顺天抓住她的胳膊,大踏步地转身走了,其他人看到陆彤走了也跟着离开了,只留下我们两个还站在原地,保持一个姿势像是活人雕塑一样一动不动。

"我们去别处谈吧,这里不方便。"我说完正要转身走,手却被他抓住了。

我诧异地回头看他,他似乎也意识到了这样做不恰当,便轻轻地松开了。

"不用麻烦了,我来就是想把这些东西还给你。"我这才发现杨小夕拎着一个大大的包装袋,他递给我,我疑惑地接了过来。

我好奇地往里面看,却发现袋口被封上了。

"什么东西?"我问他。

"你送我的生日礼物。"他淡淡地回答。

"全部?"我又问。

"是的。"他答。

我突然觉得我真是个傻瓜,他原来是来还东西的,是想一笔勾销两不相欠吗?我竟然还傻傻地以为他来找我是为了给我祝贺生日的,因为每年我过生日他都会来东城陪我一起过。我以为今年也不例外,却忘记了,我们早已不是那种关系。

我的眼泪在眼眶中打转,手上的袋子很沉,却没有我的心沉重。我深吸一口气,挤出一丝微笑对他说:"还有别的事吗?没有的话,我先回去了。"

我见他没有理我,转身往前走,突然听到背后他大声说:"等一下——"

我停住了脚步,我没有回头,因为我听到他接着说道:"我两个月后就要订婚了。"

我的眼泪在听到杨小夕说这句话的时候,像瞬间开闸的水流,哗啦倾泻了一脸。

他见我没有回头,又补充了一句:"是真的,没有逗你玩。"

"新娘是罗莎莎吗?"我还是忍不住问了一句,虽然我知道答案是肯定的。

"是的。"果不其然。

瞧瞧,我又何必要问他这个呢?除了自取其辱之外,根本没有任何的意义,无非是再加深一遍她和他在我心中划下的伤痕罢了。问完这句话之后我便后悔了,这完全暴露了我的本质——我还是在乎他的啊!明明以为我已足够强大,可现在我才发现,在他面前我还是那么脆弱得不堪一击——像是只能捧在手心里的瓷娃娃。

"祝你幸福。"我尽量使自己的语调变得平静。

"可是我不幸福。"我听见他说。

我已经不想再去琢磨这其中的缘由了,因为我看到苏志浩向我迎面走来,怀里抱着梁洁送我的那个泰迪熊。

他怎么来了?

苏志浩冲我微笑地招招手,把泰迪熊塞到我的怀里,抓着我的肩膀,在我的额头处轻轻地吻了一下。

我呆住了。

我甚至可以闻到他身上和我一样的薰衣草清香!

苏志浩将我的身子转了过来,面对着杨小夕,我不敢抬头去看他的目光,好像我做了什么亏心事。

"你就是杨小夕吗?"苏志浩友好地伸出了手,"我叫苏志浩,是袁艺的男朋友。"

他什么时候成我男朋友了?

杨小夕没有去握他的手,苏志浩的手有些尴尬地僵在半空中。"你好。"杨小夕只是淡淡地回了一句。

"我们刚过完生日,她把泰迪熊落在我家了,这丫头就是记性不好,还要我帮她送一趟。"苏志浩一边说一边轻轻地揉了揉我的头发,"如果没有别的事的话,我们就先走了,晚上还约好了一起去广场看音乐喷泉呢,是不是?"他对我笑笑,嘴角的酒窝迷人地露了出来,我尚未搞清楚状况,就看到他对我轻轻地眨了眨眼睛。

"是啊,"我对杨小夕说,"你要是没有别的事,我们就先走了,拜拜。"

我挽住苏志浩的胳膊,和他并排离开了。

我转过身的那一刻在想——杨小夕,会不会有一点点儿吃醋呢?

2. 浪漫之吻

直到我走上了宿舍楼的台阶,我才回头望了一眼长椅,早已没有了杨小夕的身影,我不知道自己在期待什么,难道我还希望他眼泪汪汪地站在原地目送我离开?又不是写小说呢你整这么矫情干什么。我脑中的小袁艺又训了我一句。

苏志浩看见我回了一下头,冲我挥挥手,脸上带着笑,酒窝还是那么可爱。我一转身就冲他跑了过来,吓了他一跳。

"你不回宿舍了吗?"苏志浩向后退了退,好像我要把他怎么样似的。

"我们去喷泉吧!"我说。

"喷泉?"

"对啊,刚才你不是说晚上去广场看音乐喷泉吗?"

"那是我故意说给他听的。"

"管你是不是故意的,反正我要去。"

"……"

学校旁边的广场每周日都有音乐喷泉,所以人很多,很热闹。许多住在附近的家庭吃过晚饭后都带着小孩子来这里玩耍,那些小朋友们在喷泉之间窜来窜去,水花四溅,他们浑身都被淋透了,依旧开心地在其中大喊大叫追逐打闹。

看着他们无忧无虑自由自在地玩耍,我突然想起了小的时候,也是在他们那个年纪,和妈妈一起去看喷泉。那个时候不知道音乐喷泉是随着音乐的旋律上下起伏的,我走近的时候正好赶上了一首歌的结束,而我恰好站在那个喷泉的眼上。我激动地对妈妈大喊,妈妈快来啊,这里有喷泉。正说着,音乐响起,喷泉从我的脚下喷了上来,我瞬间被喷成了落汤鸡。

想起那个颟顸可爱的年龄,我就会不自觉地扬起嘴角,我突然对苏志浩说:"我们也过去玩吧!"

苏志浩看了看我,一脸惊讶的表情,说:"你不怕被淋湿吗?"

我摇摇头,然后拉着他的手就往喷泉的方向跑。我只是想再重新找回那时的感觉,找回那种无忧无虑的天真与快乐。

我们在喷泉之中奔跑穿行,我将我的高跟鞋脱下来拎在手里,踩着凉凉的水,心情也变得非常的清爽,仿佛真的忘记了所有的不快。

我看到苏志浩露出两排整齐的牙齿,笑得非常开心,水打湿了他的头发,刘海儿贴在他的额头。他伸出手将水柱往我的方向射,见我被水龇了一脸,笑得弯了腰。

第五章 订婚引起的风波

我将脸上的水抹干,尖叫着冲向他,他转身就跑,我们便在一片欢声笑语中穿来穿去,和那些小朋友们一样闹了起来。

玩累了我们就并排坐在广场上的长椅上,晚风吹来,感到一阵凉爽。

"真高兴啊,好像又回到了小时候一样。"我感慨道。

"是啊,好久没有这么玩过了,有一种久违了的轻松感。"苏志浩望着前方,像是陷入了回忆当中。

"对了,那会儿在学校,我还没有谢谢你呢。"我突然想起来了我在杨小夕面前尴尬的时候,是苏志浩替我挽回了面子。

"这有什么,虽然我不知道他这次来找你是什么原因,但我看到……你很难过,我只是想让你在他面前不要表现的那么软弱,不要连最后一点可怜的自尊都抛弃,那样太不值得了。"显然苏志浩看到了我背着杨小夕泪流满面的那张脸,只是碍于面子没有说破罢了。

"你想不想知道他对我说了什么?"我问苏志浩。

"不想知道。"他很干脆地回答。

"为什么?"我很纳闷他难道就没有好奇心吗?

"有意义吗?已经分手了的男女,见面再谈感情又有何意义?他已经伤害过你一次了你难道还要一而再再而三地被他伤害?我从来不相信恋人分手之后还能够继续当朋友,说这话的人都是没有谈过恋爱的,因为那种感觉你无论如何也不能接受。"苏志浩自顾自地说了一大堆,看来他也是被人伤害得不轻,否则怎么会有这么痛的领悟?

"说得还挺深刻的,"我调侃道,"不过你好像有些误会,这次他来,就是为了告诉我一个消息——他快要订婚了。"

"哼。"我听见苏志浩从鼻腔里发出一个音调,充满了不屑。

"你不惊讶吗?"我问他。

"不惊讶,很正常,他是和上次在W大的时候站在他旁边的那个女的结婚吧?"

我点点头说:"是的。"

"那个女的一看就是有背景的,家里有钱,父母有权。哪个小白脸不希望靠上个富婆呀,少奋斗个十年八年的,他要是能拒绝那才奇了怪呢!"苏志浩愤世嫉俗地说。

"罗莎莎家里是挺有钱的,"我说,"不过杨小夕不是小白脸,或许他是因为其他原因才和她结婚的。"我还是对杨小夕抱有一丝幻想。

"我说大小姐啊,那个叫什么杨小夕的,他哪里好了?长得流里流气的,一看就是个小混混模样,我说您哪只眼睛瞎了竟然能看上他?"

"你眼睛才瞎了呢!"我骂他,"你全家眼睛都瞎了!"放完这句狠话我觉得我有点过分了。

没错,苏志浩是真的生气了,他猛地站起来就走,步子迈得特别大,腿长就是不一样,他每跨一步,我都要连着迈三步,几乎小跑才能赶上他。

"苏志浩!你等等我!"我喊道,脚下的高跟鞋因为有水直打滑,走起路来特别不方便。

他没有理我,依旧大踏步地往广场外面走。

我心一狠,把高跟鞋脱了,提在手里,跑到了他的面前。

第五章 订婚引起的风波

见我挡住了他的路,苏志浩停了下来,他对我喊道:"你干吗啊!"

"对不起——"我乞求他的原谅,"我收回刚才说的那句话,我太激动了所以——"

"忘了他吧!"苏志浩突然吼道,打断了我的话。

我一愣,目瞪口呆地仰头看着他,因为我把高跟鞋脱了,他在我面前就显得更加高大了。

"把他忘了吧!"他重复道,"他根本就不值得你这样付出!"

"我知道……"

"你知道什么你知道!"他又打断了我的话,"你根本不知道为什么!你根本不知道我为什么这样做——"他的声音小了下去,我看到他的眼睛里噙满了泪水。

"因为我爱你。"最后他哽咽道,然后俯下了身子。

他的脸缓缓地靠近了我的脸,我看到他轻轻地把眼睛闭上,一颗浑圆的泪水从他眼睛里跳出,顺着脸颊流了下去,被泪水打湿了的眼睫毛又长又翘,格外迷人。

音乐就是在这一瞬间响起来的,优美的钢琴曲,伴着喷泉哗哗的水声,我看到喷泉在黑暗中亮起了彩灯,红黄蓝绿,一片绚烂。

他冰凉的唇贴住了我的,我原本想把他推开的,不知道为什么没有。我也闭上了眼睛,感到他的舌尖拨开了我的两片唇,我缓缓地张开了嘴,他潮湿柔软的舌头一下子伸进了我的口腔,带着淡淡的薄荷清香。

音乐、喷泉、彩灯,这样的背景是多么的浪漫。我拎着一双高跟鞋,赤脚站在广场的小路上，苏志浩抱着我的肩膀，深情地吻我。

那一瞬间，不知道为什么，我也突然流出了眼泪。

3. 订婚风波

"我们在一起吧！"苏志浩吻完我对我说，一脸的认真。

我没有立刻点头，我对他谈不上特别喜欢，毕竟杨小夕还在我的心中没有消失，我想这是需要时间的。但是我也不讨厌苏志浩，他那张英俊的脸实在无法让人拒绝。

我冲他笑笑，笑得他有些不自在，他问我："怎么了？不愿意吗？"

"没有没有，就是有点太突然了。"我有些羞涩地说。连吻都吻了，哪里还有不愿意的呢？

苏志浩突然又走近抱了我一下，他的胸膛真的很宽阔，给人一种踏实的安全感。我也将手慢慢地放到他的背后，抱住了他。

我不知道是不是有一种赌气的成分在里面，我想这样做，是为了告诉杨小夕，我过得很幸福，比他幸福多了。

我们沿着马路往学校的方向走，手拉着手，像情侣那样甜蜜。路人纷纷向我们投来诧异的目光，因为我们两个浑身湿透，像刚从河里捞出来的一样。

"你毕业之后打算干什么？"我问苏志浩。

"不知道。"他回答得很简单。

"怎么会不知道呢？"我嘴上这么说，心里其实早就把他认定成了一个毕业就失业回家啃老的主儿。

第五章　订婚引起的风波

"算了，不想和你讨论这个了。"他把我的手甩开，好像我触及到了他的雷区。

"真是奇怪。"我小声嘟囔了一句。

就在这时，我的手机突然响了，是陆彤打过来的。

"喂，陆彤啊，什么事啊？"

"你在哪儿呢？"她的声音非常焦急，"你快点回来啊！张顺天和杨小夕打起来了！"

"什么？你等着我！我马上到！"我赶紧挂了电话，扭头对苏志浩说，"对不起啊，突然有点急事，我要马上回宿舍，你慢慢走啊！"说完我撒腿就跑。

"你等等我，我也去！"苏志浩在身后喊道。

当我们赶到宿舍楼下的时候，杨小夕和张顺天已经被陆彤她们拉开了，两个人的脸上都挂了彩，在原地叉着腰气喘吁吁虎视眈眈地望着对方，很难想象他们两个在高中可是死党啊！

"怎么回事啊这是？"我问陆彤，"你们不是都走了吗，他俩怎么又打起来了？"

"我也不知道啊！"陆彤无辜地说，"我无意中从窗户往下看了一眼，就看到两个人打成一团，周围围了好多人，我仔细一看才发现竟然是他俩！我们就赶紧跑下了楼，好不容易才把他俩劝开。"

"就是啊！我可是费了好大的劲儿呢！他俩扭成一团，就像是两条互相缠绕的藤蔓！"林静淑也抱怨道。

这是什么比喻啊！

"张顺天,你怎么……还有你,杨小夕你不是也走了吗,怎么又回来了?"我对他俩吼道。

"袁艺,你知不知道他下个月要和罗莎莎订婚啊!"张顺天没有回答我,倒是反问道。

"你说什么?"陆彤急了,"杨小夕要和罗莎莎订婚?!"

"是啊!所以我才打他的啊!"张顺天又想挥起拳头,被林静淑拦住了,估计她不想让好不容易分开的两条藤蔓再次纠结在一起。

"你真是太无耻了!"这次换成陆彤冲到杨小夕面前扇了他一巴掌。

杨小夕的嘴角渗出了鲜血,他抬起胳膊狠狠地用手背抹掉,说道:"总有一天你们会知道我这样做的原因。"

"你还有脸说啊!袁艺对你多么痴情多么专一,你应该比谁都清楚!你倒好,玩劈腿是吧!劈着劈着你还劈到民政局领证了是吧!你能耐了啊你!"陆彤此刻比我还激动,相比较我真是太平静了,平静得好像是她的男朋友出轨了一样。

杨小夕没有说话,默默地转身离开了。

"你走什么啊走!你还知道不好意思啊!你还有脸不好意思啊!"陆彤对着他的背影大喊,惹得许多人看我们。

"行了行了,你少说几句吧!"我赶紧制止了她,我怕再闹下去整个学校的人都跑过来看热闹了,不被保安大叔们带走都算是幸运的了。

"你怎么这么软弱啊!杨小夕就是因为你太放纵,他才会这样的!我替你说几句吧,你还嫌弃我了是不是!"陆彤委屈地对我嚷嚷。

"没有,我没有这个意思!"我的眼泪哗地一下子流了出来,平静的背后是汹涌澎湃和波澜壮阔,我实在忍不住了。

"那你打算怎么办啊?"张顺天问我,"我是真的没有想到,他俩竟然都到订婚这一步了。"

"订婚又不是结婚,你们不要太大惊小怪的,没事袁艺,你还有希望呢。"林静淑安慰我。

"可是都订婚了,离结婚又有多远呢?"梁洁小声说道。

"没关系的,"我说,"我没事,真的。"我把眼泪擦干,继续说道,"而且,我还决定了——我要去参加他们的订婚仪式。"

27. 离家出走

"你疯了吗?"陆彤大叫一声,吓得我一哆嗦。

"就是啊,袁艺,你不会是被这件事刺激坏脑子了吧?"林静淑满脸惊讶地瞅着我。

"你确定你现在还是正常的?"梁洁接着问道。

"袁艺你可要想清楚啊……"张顺天劝我。

"我想得很清楚了,"我坚定不移地宣布道,"我、要、去、参、加、他、俩、的、订、婚、仪、式。"

"为什么?"四个人异口同声地问我,就像是提前排练好的。

"因为——"我一把拉过苏志浩的胳膊,将头靠在他的肩膀上,微笑道,"我们在一起了,我要让杨小夕好好看看,没有他我一样能够很幸福。"

苏志浩始终一言不发,我拽拽他的胳膊,他才勉强点了点头,不情愿地将头歪向我的头。

四个人盯着我们两个亲密的造型看了好半天,眼珠子都要瞪出来了,然后一个一个来到我面前。

陆彤先说:"你丫的也太快了吧?害得我白激动半天,真是浪费感情!"然后转身走了。

张顺天跟在她后面,用手指着我说:"你……算了没什么,再见。"然后转身也走了。

梁洁对我摇摇头,叹了一口气,转身也走了。

只有林静淑的表情和大家不一样,她一脸坏笑,真不知道这回葫芦里卖的什么药。她得意扬扬地说:"我早就猜到了,嘿嘿,你们慢慢聊啊,我先闪了!"然后跑向了梁洁。

"他们这是怎么了?"我转向苏志浩,他此刻面无表情,脸就像是蒙了一层雪白的冰霜,看起来异常的冷漠。

他只是淡淡地说:"原来我在你心里,只是用来气杨小夕的一个工具。"说完就走了。

所有人都离开了,只有我一个人站在原地,一动不动,我想迈开腿追上他,告诉他不是这样的,可是我没有勇气。我其实有那么一点点是这样想的,只不过被他当面说开,多少有些难堪。

我看着苏志浩渐行渐远的背影,心中涌上来一阵酸楚。

我这是怎么了?

第五章 订婚引起的风波

刚才跑得太急,现在突然平静了下来,才发觉腿一阵阵的酸疼,轻轻一挪动,脚趾头也磨得像针扎一样的疼。我慢慢地一步一步走向宿舍,每走一步腿都打弯一次,看来高跟鞋不宜久穿啊。

推开寝室的门,我一屁股就坐在椅子上,把高跟鞋脱了下来,小脚趾已经被磨得破了皮,显露出里面嫩红色的带着血斑点的肉。我心疼地抚摸了一下,然后用酒精消了消毒,疼得我嗷嗷直叫。

"你那会儿是去哪儿玩了?怎么浑身上下都湿透了啊?"林静淑一边吃着一串烤面筋一边问我。

"哦,去广场看喷泉了。"我说着拿出一块干毛巾,一边擦脸一边说。

"我以为你不小心失足掉河里了呢!"林静淑继续说,嘴巴还吧唧吧唧不停地嚼着。

"你是和苏志浩一起去的吧?"陆彤从床上下来,坐到了我的旁边。

"是啊,怎么了?"

"你是认真的吗?"陆彤看着我的眼睛,表情严肃地问我。

我被她的表情吓到了,支支吾吾地说:"是……啊,当然是了。"

陆彤盯着我的眼睛,傻子都能看出来她完全不相信我说的话,弄得我自己都不相信我自己了。

"可是我怎么觉得你好像在利用他啊?"陆彤追问道。

"怎么是利用呢?不是你想的这样啊!"我赶紧解释。

"对啊!我看袁艺也不像是利用他,苏志浩长得那么帅,又对袁艺那么好,是个女的都会动心啊!"林静淑一副花痴状,眼睛里全是粉红色桃心。

■ 蓦然回首许多年

"对对,"我赶忙附和道,"你们不觉得他长得特别像李敏镐吗?"

"袁艺啊,我看你啊还是少看点儿韩剧吧,都神经兮兮的了。"陆彤说完这句话重新爬回了她的床。

林静淑思考了一会儿,恍然大悟地大叫一声:"哎呀,我说怎么第一次看他就那么眼熟!你这么一说倒是提醒我了,真的好像啊!看来我需要再重温一遍《城市猎人》了!"说着就搬出了她的笔记本电脑。

我不屑地看了她一眼,回到我的床上躺着了。

之后的几天,我像往常一样过着教室、宿舍、食堂三点一线的生活,非常富有规律。只是偶尔还能够在校园里看到苏志浩的身影,但我都没有勇气上前和他打声招呼。他和我擦肩而过,也当我是透明的一样。我突然想起一句诗——侯门一入深似海,从此萧郎是路人。后来想想觉得不恰当。

时间一晃而过,暑假来了,我们都回家了,苏志浩也应该毕业了,不知道他有没有找到工作。大学生毕业找工作可是一件难事啊,一纸文凭在当今社会上早已不算什么稀罕事了,随便抓个卖猪肉的都是大学生,大学生的含金量早已不如我们父辈了,而且还在继续贬值中。

我不禁为苏志浩感到担忧,他牺牲了那么长的时间照顾我,一定付出了很大的代价,我竟然还冲他发火,我真不是人。

我躺在家里的床上,望着天花板,空调的冷气呼呼地吹在我的身上,我将被子往上盖了盖,突然想起了苏志浩在医院陪我的时光。

我晚上睡觉一向很不老实,用林静淑的话来说,就是每天清早起床见到我

第五章 订婚引起的风波

的第一眼,绝对不知道我睡的是哪头,因为我是横着躺的。

苏志浩知道了我这个毛病后,每天都会在半夜走到我的床边,把我踢掉的被子重新掖好。他的动作很轻很轻,生怕把我吵醒,事实上我每次都知道他来了,只是装作熟睡的模样罢了。

夏天了,也不需要有人帮我掖被子了,可是总觉得每天晚上少了些什么,心里空空的,很失落,像是丢掉了什么珍贵的东西。

早上醒来,也不会再有一杯温热的豆浆和放了很多辣椒的煎饼果子了。爸妈每天都很忙,家里只有我和张阿姨,当然,她会负责给我做早饭的,不过我再也吃不出来在医院的那种感觉了。

我夹了一口菜,就把筷子放下了。

"怎么?不好吃吗?"张阿姨也夹了一口,品了品,"咸淡正好啊!"

"不是,"我淡淡地回了一句,"今天没胃口。"

"要不要紧啊?"张阿姨关心道,"需要看医生吗?"

"哎呀,不用了,又不是什么大事。"我不耐烦地说,我特别讨厌被人娇生惯养的,温室里的花朵都长不大。

"哦。"她像是说错了话一样,继续埋头吃饭了。

"我爸妈呢?都上班去了吗?"我明知故问。

"是的,一大早就出去了。"张阿姨说。

"忙死他们吧!"我没好气地喊道,"我都回家了也不知道抽空陪陪我!"

"袁艺啊,你也不要这么说,他们忙是正常的,父母需要挣钱养家啊!"张阿姨替他们说好话。

"挣钱挣钱！满脑子都是钱！挣那么多钱有什么用！生不带来死不带去的！"我生气地吼完，转身就回到了我的屋子，砰的一声把门关上了。

我把自己扔到床上，像是发泄一般，莫名其妙地对着无辜的人发了一通火，难道我的大姨妈要来了？

我一闭上眼睛，眼前就浮现出苏志浩的样子。他俯下身吻我的样子，他抱着泰迪熊微笑地向我走来的样子，他在喷泉中间像个孩子那样纯真地笑的样子……无数张像幻灯片一样定格在我的脑海中的图片，一张一张地放映着，占据了我的脑海。

我从床上坐起来，打开衣柜，随手拿了几件能穿的衣服，胡乱往背包里一塞。这个家实在没有什么值得我留恋的地方了，我要离家出走！

我气呼呼地拉开门，对着还在吃饭的张阿姨说道："张阿姨，我出去一下，要是我爸妈回来了就告诉他们不用找我啊！"

"你去哪儿啊？"

我没有理她，径直走出了家。

其实我设想过很多个离家出走的场景，至少也应该走得轰轰烈烈的。就像是电视剧里那样，主人公和某某人大吵一架，然后背上包就坐上通向远方的火车，去一个未知的地方闯荡一番。然后很多年过去了，离家出走的那个人开辟了一番新的事业，再次回到家乡，令人刮目相看。

可是我的离家出走，除了一个张阿姨作为见证人之外，就再也没有其他人了。我甚至连一张字条都没有留下，我想回家再补一张，想了想还是算了吧。

第五章 订婚引起的风波

我一个人生闷气,也没有人可以发泄,我背着包在大街上走,漫无目的,像个流浪汉一样。

我给陆彤打电话,竟然是关机,这丫的估计还没起床呢。我一边走一边想,到底要去哪里呢?对了,不然我去苏志浩租的房子看看吧,不过他已经毕业了,房子应该也退了吧。总之我去碰碰运气,看看他到底还在不在。

一想到上次在宿舍楼前和他发生的争执,我就觉得特别抱歉,所以我想了一个绝妙的方法——给他带点见面礼。想起来他曾经说过他特别喜欢吃芒果,我就到水果摊给他买了一大包最好的芒果,然后又去便利店买了一瓶两升的芒果多,味道很不错的,至少我是这样认为的。

我坐上了公交车,才发现我带的东西太多了,不仅多而且沉,我在车上晃晃悠悠的,险些摔倒。我到了苏志浩租的房子的时候,手已经被勒出来一道道红印了。

我按响了门铃,忐忑不安地等待着。

突然,门开了。

可是站在里面的不是苏志浩,而是一个陌生的女人。

第六章　寄居不等于同居

1. 陌生女人

这个陌生的女人大概有一米七高,头发很随意地在脑后绾成一个结,几缕长长的头发松散地垂在耳朵两侧,皮肤很白,化了很浓的烟熏妆,穿着一条白色雪纺纱连衣裙,裙摆一直垂到脚腕,一双黑色的男士拖鞋隐隐约约地露了出来。

她一只手靠在门上,另一只手摆弄着她耳朵前面的头发,修长白皙的手指做了美甲,银色的亮片一闪一闪。

"请问你找谁?"她的声音很慵懒,带着些许性感。

"我找……"我一时有些发愣,说话便吞吞吐吐的,"我找苏志浩。"

我刚说完,里面就传来一个男人的声音:"谁啊?"

我看到苏志浩走了过来,站在陌生女人的身后,他光着上身,下面只穿了一条短裤,趿拉着一双拖鞋。

他看到我后,先是露出了非常惊讶的神情,就像是星爷经常在电影中作出

第六章 寄居不等于同居

的那种吃惊状,瞪大了双眼,嘴巴向两侧咧开,看得我突然扑哧一声笑了出来。

陌生女人见我突然莫名其妙地笑了起来,扭头看向苏志浩。苏志浩立马换了一个表情,那变脸变得都快赶上专业演员了。

他突然装作非常生气的样子对我吼道:"亲爱的你怎么才来啊?你不知道我等了你多长时间吗?"

苏志浩怎么这么快就像换了一个人一样?这段时间他是不是受到了什么刺激?

"我……"我刚想问问这究竟是怎么一回事儿,就被苏志浩接下来的话打断了。

"你是不是又没有听见闹铃起晚了?我不是让你早点来嘛!"他竟然开始撒娇了,我后背起了一片鸡皮疙瘩。然后他看到了我一只手拎着一包芒果,另一只手抱着一瓶芒果多,惊喜地叫了起来:"呀,亲爱的你真好,给我买了我最爱吃的芒果,拿着多沉呀,快进来放下啊!"

"我……"我想说的被他滔滔不绝的话硬生生地憋回到了肚子里。

苏志浩走到我面前,把我的东西全都抱在他的怀里,然后还腾出来了一只手拉着我的胳膊,愣是把我拉进了客厅里。

"她是谁啊?还亲爱的?你新女朋友?"陌生女人双手叉腰,用非常骄傲的语气质问苏志浩。

"是啊!"苏志浩把东西放到茶几上,然后把我揽到怀里,对着陌生女人又说,"长得漂亮吧?"

我的脸唰地一下子红了。

"切,有我漂亮吗?"陌生女人自恋地说。

"当然有了!"苏志浩回答。

"苏志浩你没病吧?"我赶紧挣脱了他的怀抱。

"人家小姑娘好像不乐意呢!"陌生女人笑着看我。

苏志浩面露尴尬之色,偷偷地掐了我一下,动作幅度特小,但劲儿特大。我刚想嗷的一声叫出来,然后再给他一个回旋踢把他打得落花流水,突然转念一想,这情节怎么这么熟悉?敢情苏志浩是想让我和他合伙演一场戏啊!

"苏志浩你怎么能这么说呢!说人家漂亮那不是你的错,但是你说出来刺激别人那可就不厚道了啊!"我入戏还挺快,为此我扬扬得意。

"你!"陌生女人用那长指甲指着我,眼睛都要喷出火来了,我怕我下一秒会被她的眼神瞬间烧焦。

还好我担心的事情没有发生,她从沙发上拿起她的手提包,气冲冲地把拖鞋往地下一甩,换上了一双高跟鞋出去了。走时她还不忘把门非常用力地关上,震得整个茶几都在颤抖。

"怎么回事?"我问苏志浩。

他两手一摊,耸耸肩:"没事儿。"

"这还没事儿?"

他没理我,从茶几的袋子里拿出一个芒果,在裤子上蹭了蹭,然后坐到沙发上,开始剥皮。

"你怎么洗都不洗就吃啊?"我嫌弃地对他说。

"我又不吃皮,洗了也是白洗。"他一点一点地剥下来,露出里面金黄色的

第六章 寄居不等于同居

芒果肉。

"这可不是白洗!如果不洗的话,农药残留在果皮上,你剥它的时候很可能就会污染到果肉上,接着就被你吃进肚子里,然后你就一命呜呼了!"

苏志浩给了我一个极其鄙视的眼神,大口地咬了一下芒果,淡淡地对我说:"哪有你说的这么可怕,一会儿你看看我会不会一命呜呼啊!"

"爱信不信!反正肯定有害健康!"我承认刚才我说得有些夸张,我不过就是想吓唬吓唬他,没想到他根本不吃这一套。

"你怎么知道我喜欢吃芒果的?"苏志浩问我。

"你忘了你之前说过的,上次你路过一个水果摊,看见摆着好几排芒果,你口水都要流出来了。"

"哦对!"他一拍脑门,"我想起来了,好像是有这么一回事儿,你记得还挺清楚的,嘿嘿。"

"哈哈,那当然啦!"我有些得意忘形地说,"我的记性那可是数一数二的,小的时候我就被大人们说成是神童呢!"

"给你点儿阳光你就灿烂,给你点儿洪水你就泛滥,给你三分颜色你还开起染坊来了啊!"

"切,不和你胡扯了,说正事儿,刚才那女的是谁啊?"

"她啊,我前女友。"

2. ABCD

"哦……就是那个把你甩了和有钱佬走的那个?"

"你怎么知道的?"

"我是谁啊!这世界上还有我不知道的事吗?"

"我记得我没和你说过啊?"

"我自己猜测出来的。"

"真的假的……"

"她来这干什么?"

"没事找事。"

"她是不是想跟你和好?"

苏志浩点点头。

我继续猜下去:"她是不是被那个有钱佬给甩了,然后回来找你,告诉你说她发现还是你对他最好,之前都是被钱蒙蔽了双眼,现在重获光明,希望你再给她一次机会?"

"这么厉害,你都可以去编那些鬼扯的小说了。"

我心想我要告诉他我就是一编小说的他会是什么反应,要知道胡编乱造是我们的长处,看一个人就猜出他的身份,听一句话就要引申出背后的内容,这是我们的职业素养。

不过我还是没有说出来,我继续问他:"那你是怎么回她的?"

"我说我已经不爱你了,你走吧。她竟然一直纠缠我,我才发现女人竟然是如此善变的物种。"苏志浩最后总结道。

"怎么能这么说呢!你这是以偏概全一叶障目一孔之见!不是所有的女人都像她这样,比如说……"

"比如说什么?"

"比如说我啊!我就不是这样的人!"

"路遥知马力日久见人心,我要先好好观察你一段时间再下结论,不然又被你骗了怎么办,我现在可是折腾不起了,你们女人啊就是麻烦!"苏志浩拧开芒果多的瓶盖,咕嘟咕嘟地仰头就往嘴里倒,喝完后往沙发上一躺,二郎腿跟着一跷。

"那么一大瓶呢你怎么就一个人喝啊!你没看我买的是两升的吗?你就不知道倒杯子里吗!"我赶紧把芒果多拿过来,用纸巾一圈一圈仔仔细细地把沾过他唾液的瓶口擦得干干净净的。

"我又没有 H7N9!我又没有传染病!至于这么夸张吗?"苏志浩一下子坐起来,像个小孩子耍脾气一样看着我。

"哈哈,不是啦,我就是讲卫生嘛!"我笑嘻嘻地说。

"再说了……"他突然坏笑起来,"你又不是没有尝过我的唾液……"

"苏志浩你真恶心!"我从桌子上抓起一个芒果冲着他的脸就砸了过去。

"等下,你怎么还背着一个大包啊?是要去旅行吗?"苏志浩突然意识到我背上的双肩包。

"啊对,忘了此行的重要目的了,我今天来呢不是和你斗嘴的,也不是故意在你前女友面前演戏的,而是——咳咳,"我清清嗓子,用一种非常庄严神圣的语气说,好像在教堂里面念祷文,"离家出走!"

苏志浩面无表情地盯了我三秒钟,然后哈哈大笑,笑得幅度太大了导致刚吃进嘴里的芒果肉都喷出来了,黄黄的带着汁水的一摊,黏在透明的茶几上,

■ 蓦然回首许多年

令人作呕。

"有什么好笑的!"我严肃地喊道,"严肃点!我可是下了好大决心才鼓起勇气离家出走的!不是你可以用来当作听笑话一样随便笑笑的!"

"不是笑话吗?"他的表情一下子正儿八经起来,我真后悔他为什么不去报表演系。

"当然不是啦!"我意识到了这件事情的重要性,终于有人肯因为我离家出走而感到鼓舞与振奋了,这才是一个大好青年应该具备的闯荡精神,如今像苏志浩这类缺乏进取心的人最应该好好学习学习我这种精神了。

"丫大早晨抽什么风呢!"苏志浩腾地从沙发上弹了起来,就像是一个拉弯的弹弓突然发射了。

"我没抽风啊!我是认真的!你看我连行李都准备好了!"我把包摘下来,拉开拉锁,将里面的衣服一件一件往外掏,边掏边念叨,"什么连衣裙啦什么超短裙啦什么短裤啦什么小内衣啦……"

"停停!塞回去塞回去!"听到"小内衣"苏志浩的脸红了,赶紧制止了我的行为,很识趣地把头扭到了一边。

"哎哟,你还会不好意思啊!"我逗他,"你们男的研究女性内衣不是比我们还专业吗?眼睛一瞄胸部立马 ABCD 就有答案了,那速度比做选择题还快!"

"嘿嘿,我是那种人吗?"苏志浩把头扭过来,眼睛盯着我的胸部。

"你不会真的要当场演示一下吧?"我赶紧双手交叉挡住前胸。

苏志浩思索了一会儿说:"顶多也就 B 吧!"

第六章 寄居不等于同居

"丫眼神有问题啊!"我从包里掏出一件衣服就往他脸上扔,没想到扔出去的是一个嫩粉色文胸!

"呀,你不至于吧?还怕我说得不准,亲自让我看看?"他坏笑地抓起文胸,在手上把玩着。

"快给我!你快点给我!"我扑过去准备抢,他一个闪身我就扑空了,我跌坐在沙发上,这一撞可不轻,我的骨头都要散架了。

"给给给!"苏志浩丢过来,"我又不要你的!"

"你想要我还不给你呢!"我一把抓过来,用手拍了半天,好像染上了什么不干净的东西一样。

"哇,真是桃色诱惑啊!"苏志浩已经完全暴露了他的流氓本质。

"你个大坏蛋!"我赶紧把文胸塞回书包里,气愤地骂道。

"男人不坏,女人不爱啊!"他还恬不知耻地说。

我白了他一眼,又委屈地说:"再怎么着也不能说我是 B 啊!我有那么小嘛我!"我低下头又有些不自信地看了一眼。

"其实吧,有时候用眼睛看还是存在一定偏差的,关键是需要亲手测量一下……"

"你个臭流氓!"我使出全身力气举起包重重地砸向他的头,每砸一下都骂他一句,"你个大色狼!不要脸!无耻!下流!卑鄙!邪恶!禽兽不如的家伙!"

"够了够了!"苏志浩向我求饶,"我错了!我再也不敢了!女王饶命啊!"

"这还差不多!哼!"我把包放下,一听他叫我女王,一股优越感油然而生,教训他一下意思意思也就得了,万一真打傻了,我还不得负责嘛。

"疼死我了……"苏志浩揉着头,委屈地说。

"活该!"我白了他一眼。

他没理我,看了看摸过头的手,上面有些许红红的液体。

"流血了啊?"我一下子紧张了起来,我看了一眼书包,发现上面有一串金属质的挂件,肯定是被那个磕破了。

"怎么办啊?怎么办啊?"我突然变得不知所措起来。

"没事儿,不就是破了点皮吗?又没有死人,"苏志浩无所谓地说,然后抬起头看着突然满脸泪水的我,"你怎么哭了?我没事儿啊,真没事儿!"

我还是忍不住,眼泪越流越多,我哽咽道:"对不起,我不是故意的……"

"傻丫头,"苏志浩把我揽到怀里,轻轻地拍着我的后背,"原来你就是刀子嘴豆腐心啊!我要是真的有个三长两短,你还不得哭着去见阎王爷了啊?"

"去你的!"我被他逗乐了,一边哭一边笑的,我哭笑不得啊!

他突然紧紧地抱住了我,仿佛要抓住什么一样。

"不要离开我,"他在我耳边轻轻地说,呼吸弄得我耳朵一痒一痒的,"我要你永远陪在我身边。"

"不会离开的,而且我还要住在这里。"我终于说出了我的最终目的。

3. 所有不以结婚为目的的恋爱都是耍流氓

"你疯了?"苏志浩一下子把我推开。

"怎么啦?这么大反应!"我诧异地看着他。

"不、不是,"他深吸了一口气,继续说,"你一个小姑娘住一大老爷们儿家?"

"咱俩才差几岁啊?两岁还不到呢!就成了一个小姑娘一个老爷们儿了!"我笑着说。

"你不会是想……和我同居吧?"苏志浩坏笑道。

"想哪儿去了!是暂时寄居!寄居不等于同居你懂不懂啊!"

他摇摇头:"不懂。"

"现在是这么个情况啊,"我帮他分析了一下此时我的状况,"我袁艺呢——一个胸怀大志充满理想与抱负的大好青年,因不满家人对我的溺爱,遂决定离家出走一个月,靠自己的双手养活自己,向他们证明——我还是一个新世纪独立女青年!"

苏志浩什么都没有说,上来摸了摸我的额头,小声嘟囔道:"这也不烫啊,怎么回事儿?"

我啪地打了一下他的胳膊,没好气地说:"我说的是正事儿!我真的离家出走了!而且现在没有地方住!"

"所以你要住我这里?"

"对啊,你不会要搬出去吧?"

"暂时还没有这个想法,我想再等一阵子。"

我心想,你一定是不好意思回家吧?没有找到工作回家啃老多丢面子啊!但是我嘴上却说:"所以我搬过来和你一起住啊!我每个月可以和你平分房费、水电费以及各种费!"

以后苏志浩的屋子里面不仅出现了一个养眼的大美女,而且还能够减少一半的生活费用,从天而降的馅饼他怎么可能不张开嘴巴大吃特吃呢?

"你住进来可以……"怎么样?他果然吃了吧!

"但是不需要你帮我平摊费用。"

我说你一个贫穷老百姓就别碍面子了,装什么高富帅啊?

"没事儿的,这点钱对于我来说……"

"我说不用了你听不明白吗!"苏志浩突然大吼一声。

我立马石化了。看来男人的自尊心真的不能随意践踏啊!

"明白了……"我弱弱地说。

"不好意思啊,有点激动了,那你以后就睡我那屋吧!"

"那你睡哪儿?"

"我睡这儿。"他拍拍沙发背。

"多不好啊!"我有些不好意思,其实心里就是这么认为的。

"那不然咱俩一起睡?"

"去死!"

为了显示我住进他家的诚意,我决定今天中午亲自下厨。各位看客们可能要问了,平常不都是你家保姆给你做饭吗?你会做什么啊?你可不能小瞧我,现在我要展示一下我的拿手饭了:色香味俱全,老少皆宜,不分四季,一碗保证管饱,两碗保证吃撑,三碗保证进医院的宅男宅女居家必备品——方便面。

"敢情你说的拿手菜就是泡面啊!"苏志浩坐在餐桌旁边看到我端进来一

大盆煮方便面,额头立马露出了三道黑线。

"这不是泡面,这是煮面!"我纠正他,同时去厨房拿出来两个小碗两双筷子两个玻璃杯。

苏志浩倒了两杯芒果多。我帮着把面盛了出来,吸了一下鼻子,满足地说:"哇,真是好香啊!"

"废话,方便面当然香了,你也不看看里面放着多少调料呢!"

"我就放了一包呀!"

"……"

苏志浩吃面发出的哧溜哧溜的声音真的很不雅,我提醒他:"吃面的时候不能发出声音,你在幼儿园的时候阿姨没有教过你吗?"

他抬起头,面条一半在嘴里一半露在外面,一眨眼就吸溜完了,笑眯眯地说:"这才能显示出我吃得香,你做得水平高呢!"

"切,别找借口。"我嘴上这么说心里其实偷着乐呢。

"能有人每天给我做饭该多好呀,"苏志浩突然说,"即使天天吃泡面也无所谓。"

"我可不要天天吃泡面,我好不容易保持的身材可不能就这么毁了。"

"不然我教你做饭吧!"他放下筷子问我。

"你还会做饭?"我不可思议地看着他。

"对啊!上次你过生日好多菜都是我炒的!"他颇为得意地说。

"啊?我以为都是张顺天做的呢……"

"他?他就是一打杂的!什么切切葱啊,洗洗菜啊,搅搅鸡蛋啊,都是他干的。"

敢情掌勺的是苏志浩啊！我可真没有想到，我不由得赞叹他说："哇,想不到你还挺能干的！"

"那当然了,想当初我闯荡江湖的时候,什么事情没有做过啊,睡地下室、遭人白眼、一天只吃一个面包……"苏志浩陷入了回忆当中。

"闯荡江湖？"没想到他竟然还有一段不为人知的奋斗史,"你不是好吃懒做、坐吃山空的主儿吗？"

"谁说的！"苏志浩急了,"我就是想让我爸知道,没有他我一样也能活得很好！"

"你爸反对你？"天底下竟然还有反对儿子奋斗的父亲,真是奇葩一朵。

"也不算是,他就是想……"苏志浩说到这里停顿了,"没事儿,接着吃。"

"你把话说完啊！都勾起我的好奇心了！"我这个人不把事情闹清楚心里就会堵得慌,一天不八卦下别人就觉得白活了一天。

"没有什么,继续吃。"他开始埋头吃面。

眼看扒不出来什么有爆点的猛料了,我也跟着他埋头吃面。我突然意识到自己竟然对他的了解少之又少,亏我还是他女朋友呢,连他家的基本情况都不知道。

你又不是要跟他结婚。我脑海中的小袁艺对我说。

你难道没有听过一句话吗——所有不以结婚为目的的恋爱都是耍流氓。你想让我耍流氓啊！我反驳她。

小袁艺说完"你又不是没耍过"之后一溜烟跑了。

第六章 寄居不等于同居

我回忆了一下我的恋爱史：幼儿园和一个长得白白胖胖的小男生玩过暧昧，最终骗了他两根草莓味的棒棒糖。上小学一年级的时候被我同桌强吻过，要不是那个男生长得特别帅我早就告诉家长了，不过代价是我的嘴唇留下了五香麻辣条的味道，天知道他吃了多少包之后才鼓起的勇气，以致很长一段时间我闻到五香麻辣条的味道都会反胃。上小学五年级的时候集体去实验基地，一个男生说那里的寝室闹鬼把我吓哭了，他一边给我递纸巾擦眼泪一边用手揽着我的肩膀安慰我，于是我就傻傻地认为这个男生真好这么温柔体贴又有安全感，长大些我才觉得他这种追求女孩子的方法真是太不人道了。上初一的时候暗恋我同桌，后来在一次大扫除过后发现他也同样暗恋我，于是我们就顺理成章地在一起了。上初二的时候我一不小心又爱上了一个篮球打得特别好的高个男生，我们经常一起上学放学，渐渐地这个第三者就名正言顺了，初中毕业我们被分到了不同的高中，后来彼此都有了喜欢的人，感情逐渐就断了。而那时候我遇上的就是杨小夕，他同样是我的同桌，于是我总结出一条规律——男女同桌之间最容易擦出火花，因为挨得近所以摩擦比较激烈。

而我直到大学也一直认定杨小夕将会是我最后的一站，我的人生最终将交付与他，他会是我的爱人、我的老公，陪我到天长地久、海枯石烂的那个人。杨小夕也确实是这么和我说的，他说他这一辈子非我不娶。现在想想，他比我还能扯淡。

这么说来在杨小夕之前的我都是在耍流氓，好不容易不想耍流氓了却被别人耍了，我怎么这么命苦啊我。

所以我得出的结论就是——反正总有一方要耍流氓,与其被别人耍,不如我耍别人,嘿嘿。

4.你出四块五,我出四块五

一想到杨小夕马上就要和罗莎莎订婚了,我的心里那叫一个惆怅啊,心里一惆怅脸上也就写出来了,所以吃到最后满脸闷闷不乐的。

他杨小夕都能结婚,我袁艺凭什么不能结啊?找个好男人踏踏实实过日子多好,什么相夫教子啦,什么现世安稳啦,什么子孙满堂啦,这就是大多数女人一生追求的目标。

"我要结婚。"我一边吃面一边说。

"噗——"苏志浩正喝汤呢,听我这么一说全吐回碗里了。

"你恶不恶心啊!"

"你说什么?"他擦擦嘴角,"你再说一遍?"

"我说——我、要、结、婚!"我一字一顿地说。

"和谁结啊?"苏志浩问我。

"你说和谁,当然是你咯。"

他喝了一口芒果多,差点被呛死。

"你怎么突然想起这个了?"

"我特别羡慕有人能够照顾我,那种感觉特别好。"

"你家不是请着保姆呢啊!"

"那是另一种感觉,反正不是我想要的那种感觉。"

第六章 寄居不等于同居

"你感觉器官怎么就这么发达啊,哪里来这么多种感觉?"

"结婚不好吗?你都要毕业了,你爸妈不着急吗?"

"才毕业就结婚,那也太早了吧。"

"不早啊,我好多小学同学连孩子都满一周岁了。"

"噗——你这都什么同学啊,是不是村里的?"

"好像是啊,不过村里的怎么了?你歧视人家啊!我告诉你人家比你有钱多了,至少不会抠到可乐都没气了还让我帮你喝完,你知道那就跟喝兑过水的止咳糖浆的味儿一样,有这么对待女朋友的吗?"我不满地说。

"那是节俭好不好!怎么能叫抠门呢!现在都提倡光盘行动,把可乐喝完那是应该的,你应该表扬我才对!"

"好好好,你真是太伟大了。"说完我自己都觉得特别假。

"我可不想那么早结婚,作为一个男人,应该有属于自己的事业,在事业面前,婚姻是牵绊!"这话竟然从苏志浩的口中说出来,我怎么那么不相信啊。

"谁说结婚了就不能有事业?你没听过一句话吗——每一个成功的男人背后都有一个女人,我就是那个女人。"我俨然成为了一名贤妻良母,我的眼前甚至出现了每天清晨我在镜子面前给他打领带的场景!

"结婚是一件大事情,可不是小孩子过家家那么轻松简单,"我停止浮想,认真听他的谆谆教诲,"你得有资本吧?这年头谁结婚不得准备房子啊车啊的,不奋斗个十年八年的,这些都从天上掉哇?"

"等你们男的成功了,就把女朋友甩了,到那时候我就成了糟糠之妻,成了你的牵绊!你们男的都这样,一有钱了就变坏,在外面找小三,全然忘记了当初是在谁的扶持与鼓励下才有的今天这番事业,我最不信你们男人了。"我愤愤不平地说,就差举个牌子上面写着"男人没有一个好东西"了。

"我可不是这样的人,你也知道的,我对你是多么专心啊!"苏志浩开始贫嘴了。

"我不知道,你一点儿也不好,好的话咱们现在就去民政局领证,你出四块五,我出四块五。"

"……"

"怕了吧?哼。"我不屑地说。

"快点吃吧,吃完刷碗去啊!"苏志浩将最后一口汤倒进肚子里,把碗往桌子上一放,用命令的口吻对我说道。

"刷碗这项光荣而艰巨的任务自然是由你来完成啊!"我也将面吃完,把空碗挪到他的面前。

"凭什么?"

"因为是我做的饭。"

"……"

我在沙发上一边看电视,一边听着厨房里传来的哗啦哗啦的水声,甚是得意,颇有一种自豪感和优越感。我吹起了欢快的口哨。

就在这时,我的手机在桌子上嗡嗡地震了起来。

5. 偶遇

是陆彤打过来的,这丫一般吃完饭给我打电话绝对只有一个目的——

逛街。

"喂？我说陆大小姐,您有何贵干啊?"我吊着嗓子怪腔怪调地说。

"袁艺啊咱俩去逛街吧!"听听,知陆彤者,莫过于袁艺我也。

"现在?"

"是的!"

"出发!"

这就是我们每次逛街之前必有的对话,好像是在执行一项重大任务之前先喊喊口号壮大势气一样。

我对还在刷碗的苏志浩说:"下午我要出去一趟,指不定几点回来呢。"

我和陆彤在百货大厦门口一见面,那场面激动得和几十年才相见的老友一样,实际上我们两天前还在宿舍收拾回家的行李呢。

我和陆彤在逛街方面那简直是绝配啊,都属于从早晨商场开门一直逛到保安开始往外面赶人,还依旧恋恋不舍不愿意离开的主。哪怕脚上踩着十厘米高的高跟鞋,我们依然逛得兴高采烈、热血沸腾,好像光着脚在沙滩上奔跑一样舒适惬意。

通常这种情况下,杨小夕和张顺天都会气喘吁吁地向我们求饶,两位姐姐啊,咱们休息一下再逛吧,你们都连续不断地走了三个小时,不觉得累啊?

这时候我和陆彤都会从鼻子里发出一个很不屑的声音,然后强调三个小时对于我们来说那还只是热身阶段。

于是他俩在我俩身后慢吞吞地走着,手上拎着大包小包。每当我们进到一家店里,他俩都会极力怂恿我们去试衣服,因为这样他们就可以在椅子上多坐一会儿了。

我穿着新衣服在试衣镜前面转来转去,问杨小夕,这件我穿上好看不?他每次都会一本正经地摇摇头,说再试试别的吧,多试几件,然后掏出手机开始刷微博。

"你家张顺天怎么没来?"我一边看衣服一边问陆彤。

"杨小夕又不在,他一个男生才不来呢!"陆彤挑了一件黑色的连衣裙,问我,"这件怎么样?"

"夏天穿黑色的多热啊。你试试这个,"我指着一件天蓝色的吊带连衣裙说,"这件看起来很清爽。"

"嗯不错,我去试试。"陆彤说着就往试衣间走。

我继续在店里看,转了一圈也没有能入我眼的。我坐在榻榻米上,跷着二郎腿,悠闲地看着来来往往的人。突然我的视线停留在了一个中年妇女身上,她从门前经过,看到她的侧脸后我立刻确认这就是我们的高中班主任。

老班进了一家店,我抬头一看,好家伙,竟然是路易·威登专卖店。我今儿个还琢磨着买一个包呢,因为我从家里出来得太匆忙了,以至于我根本没有带任何拿得出手的手提包,但是看见老班也在挑包,我突然不太情愿进去了。

说实话,我和高中班主任的感情一直不好,那时候我和杨小夕暗地里谈恋爱,她刚开始其实是有一点发觉的,为此还给我老爸打过电话。我老爸工作特别忙,所以对这些事情也不在意,他在意的只有如何才能赚更多更多的钱。当老班说下了晚自习看到你家女儿和一个男生在操场上搂搂抱抱的时候,我爸一脸义正词严,坚定地说,老师,您一定是搞错了,我家女儿我最了解,她根本

第六章 寄居不等于同居

不可能做出这种事情,一定是天黑您没看清楚,等您调查清楚了再打给我,我还有些事情要忙,再见。说的那叫一个官方,我在旁边听得直乐。他还最了解我呢,连我在学校里干什么都不知道。老班后来也开始怀疑是不是自己的视力下降了,因为我开始采取另一个战略了——和罗莎莎勾肩搭背形影不离,这件早恋事件就这样不了了之了。

"袁艺,好看吗?"陆彤穿着天蓝色吊带裙站在我的面前,晃悠来晃悠去,满眼期待地问我。

"你快过来啊,"我没有回答她,拉着她的胳膊就往门外拽,"你看那儿!"

"你干吗啊?"陆彤顺着我的手指看过去,惊叫起来,"这不是咱高中班主任吗?"

"是啊!就是咱老班!"

此时老班正挎着一个路易·威登包包在试衣镜前面照呢,看样子还是蛮喜欢的。

"她竟然买路易·威登的包包!"陆彤也被吓到了。

"我刚开始也不敢相信,不过看样子是真的,要知道高中她教我们的时候穿得那叫一个朴素啊,裤子就差打补丁了,背的那个包就和去菜市场买菜一样,现在竟然这么发达了,真不可思议。"

我说得一点没错,高中我是走读生,每天上学放学都和班主任走同一条路。我坐在我家车里往外看,经常能够看到老班骑着一辆小折叠车不紧不慢地前进,风吹起她凌乱的短发,原本就很暗淡的衣服更像蒙上了一层灰土。我通常情况下都会把头扭向一边,不忍再看。

此时此刻的她浑身上下全是名牌,特别光鲜亮丽,和之前完全是两个人。要不是我看到她那张脸,我还真不敢认呢。

"现在老师赚钱越来越多了,你想想咱们那个时候交的择校费就有多少啊!重点高中拼的就是升学率,升入重点大学的人数越多,高中就会越吃香,家长们就算倾家荡产都要挤进重点高中的门槛,好像他们进了重点高中就一定能够进入重点大学一样。"

"就是,说不定她买的那个路易·威登包的拉链就是咱们资助的呢!"

"哈哈,说不定那上面的一块皮就是我家花钱出的呢!"

我们不再讨论这个话题,陆彤买了那件裙子,我也挑了一件上衣,出了这家店,我们看看手机,才下午五点,于是又继续在商场里转,我们本着的原则就是——不到关门时间不罢休。

走着走着,我们走到了冰激凌店前面。我俩小眼一对,立刻便知晓了彼此的心理,我们就是有这种默契,于是我们微笑着手拉手就走了进去。

我们一人要了一个奥利奥味的暴风雪,看着店员娴熟地将它倒过来又倒回去,就是洒不出来,我从来都没有见过有失手的时候,因此格外喜欢这种倒杯不洒的冰激凌。

我们坐在高脚凳上吃得格外开心,我突然想起来上回和杨小夕也是来的这家店,他似乎对冰激凌不太感兴趣,一直在玩手机,我当时头脑一热一激动冲他就喊,别看手机了快点吃啊,待会儿就该凉了!说完店里所有人齐刷刷看向我,杨小夕也抬起头诧异地问我,冰激凌还会放凉啊?

"你知道咱们下周六高中聚会吗?"陆彤问我。

第六章　寄居不等于同居

"不知道啊,谁说的?"

"班长群发的短信,你怎么会没有收到呢?"

"可能因为我换号了他不知道吧。"我猜测。

"也有可能,那你……去吗?"陆彤小心翼翼地问我。

"去啊,为什么不去呢?"我反问她。

"啊,没事儿,我以为你肯定不去呢。"我才意识到陆彤是怕我和杨小夕见面太尴尬。

"因为杨小夕和罗莎莎我就不去,那我岂不是太看得起他俩了?"我冷笑道。

"就是,我同意。"陆彤附和说。

说实话,我心里不太想去,我不敢保证看到他俩令人作呕的脸我的胃会不会不舒服,但是一年一度的聚会又没有不去的理由,我不想以一个失败者的身份逃避这一切。

我正纠结中,一个熟悉的身影从我的眼前走过去,我的手一抖,勺子啪的一声掉到了桌子上。陆彤坐在我的对面,看到了我异常的神情,诧异地用手在我的眼前晃了晃,问我:"怎么啦? 见鬼啦?"说完一扭头。

我看到她浑身轻轻地颤了一下,勺子也从手里脱落了。

我知道,她遇上麻烦了。

第七章　他有致命的缺点

1. 谁才是最有安全感的男人

话说当我看到张顺天从门前走过去的时候,我第一反应是要叫住他的,可是当我发现他高大的身影挡住了他旁边站着的一个身材娇小的可爱女生时,我就意识到,这并不是一件简单的事情。

我没有想到张顺天这么老实的一个人,竟然也会如此随便地和除了陆彤以外的女生逛街,而且两个人看起来还是异常地亲密,一人拿着一个甜筒吃得津津有味的。

我看到陆彤抓起包就冲了出去,我也赶紧跟在她的身后,我怕她做出什么出格的事情。以我了解她的程度来说,她当场把张顺天撂倒在地的可能性非常大。

果然,她上去就给了他一巴掌,声音特别清脆响亮,然后她一抬手将他手上的甜筒打翻在地,可怜的甜筒还没有吃几口就被丢到地上变成一摊烂泥。

"陆彤你干什么啊?"张顺天用手捂着左脸,冲陆彤大吼道。

第七章 他有致命的缺点

"你说我干什么啊！你不是说你最讨厌陪女生逛街了吗？现在怎么和这小狐狸精在一起？"陆彤不依不饶地质问他。

"你话别说这么难听好不好？你说谁小狐狸精了？我还没问你呢,你是谁啊?"娇小女生说话了。

"你问我是谁？你有这个资格吗你！"陆彤太激动了以致她差一点就要扬手甩耳光了,被我及时从后面拦住了。

"陆彤,你先别激动,还没搞清楚状况呢。"我劝她。

"这还不清楚吗？你还想让他俩多明显啊！"陆彤的声音带了哭腔。

"陆彤,不是你想的那样,她只是我表妹。"张顺天走过来抱住她。

"你别骗我了！"陆彤把他推开。

"哥,这是怎么回事啊？"娇小女生问道。

"你快来劝劝你嫂子！她好像误会了！"

"真的假的?"陆彤半信半疑地问张顺天。

"当然是真的了！你看我什么时候骗过你！"他又将陆彤揽在怀里,一脸真诚地说。

"原来是误会啊！陆彤你快点别闹了！"我也劝她。

看到她渐渐恢复了常态,我们的心都放下了。她把眼泪擦干,重新恢复了笑容。

"时间也不早了,我就先回去了,顺天你照顾好陆彤啊！"我交代完就离开了。张顺天的表妹在接了一个电话后也走了,只剩下他俩站在原地还搂在一起。

我出了商场的门,伸手叫了一辆出租车。一路上我就在想,陆彤的命怎么就那么好呢,遇上一个张顺天,对她百依百顺的,她要什么有什么,她要天上的月亮他能连带着把星星也摘下来。刚开始我对张顺天的印象并不太好,我觉得作为一个男人应该像杨小夕那样霸气,而不是像一个受气包一样整天被女朋友管着,都不知道还手还嘴。现在我才明白,那样的男人是最让人有安全感的。

回到苏志浩家,我敲了半天门,他才给我开开。
"你在屋里干什么呢?怎么这么久才给我开开?"
"戴着耳机听歌呢,声音太大了。"
"总是调太大音量对耳朵不好。"
"没事儿,我不在乎。"
"你在乎什么啊?等你老了你就知道了,到时候耳朵聋了可别怪我没有提醒过你。"
"等有一天我听不见了,你就当我的耳朵吧。我过马路的时候听不见汽车的鸣笛声你就拉着我,我听不到你唱歌了你就给我跳舞。"
"想得美。"我笑着说。
"哈哈,老婆我爱你。"他走过来抱住我。
"去你的,真肉麻。我饿了,你做饭了吗?"我把他推到一边。
"你不是说你不到商场关门不回来吗?所以我还没有做饭……"
"今天出了点事,就早回来咯。"

"什么事儿啊?"他皱起眉问我。

"偶然碰到张顺天和他表妹了,陆彤误以为是他出轨了,于是大闹了一场。唉,这小两口总是不让人省心。"我叹一口气。

"你们女人就是太敏感了,总是动不动就误会我们,本来没什么的鸡毛蒜皮的小事儿,被你们这么一折腾都成了惊天动地的大事儿了。"苏志浩抱怨道。

"是你们男人到处拈花惹草好不好啊!无风不起浪,你知不知道!"

"好好,你有理,我说不过你,还是先做饭吧,我肚子都咕咕叫了。"苏志浩说完转身去了厨房。

"今天你下厨啊?"

"当然,我可不想再吃泡面了。"

"是煮面煮面!"我强调。

"煮面也不想吃了!今天我要让你尝尝我摊的鸡蛋饼,哈哈!"苏志浩颇为得意地说。

"听起来不错。"我往沙发上一坐,从袋子里面掏出我新买的衣服。每每看到这些"战利品",我都会感到非常开心,仿佛所有压力与烦恼都消失了,购物狂就是这么来的。

我正准备穿上新买的T恤,就听见厨房里传来一声惨叫。

2. 没文化真可怕

"啊——"

我赶紧把衣服放到沙发上,冲进了厨房里。

"怎么了,怎么了?"我以为苏志浩把锅打翻了,或者不小心起火了,却看见他站在冰箱前面,一手打开冰箱门,一手没事儿似的揣在口袋里。

"没鸡蛋了。"他很平静地说,音调与之前"啊"的那一声完全就是从天上掉到了地底下。

"我以为出了什么大事儿呢!一惊一乍的!我迟早要被你吓出心脏病来!"

"嘿嘿,我错了,下次我注意。"苏志浩把冰箱门关上。

为了给我显摆他的鸡蛋饼有多么多么好吃,他硬是拉着我和他一起去超市买鸡蛋。

出了公寓,刚才还很晴朗的天空突然变得有些阴沉,甚至刮起了大风。

每次我和苏志浩并排走在大街上,我都会有一种奇特的感觉。因为苏志浩不刮胡子的时候,显示出的实在是一张成熟大叔的脸,虽说不是五大三粗的身板,而是又瘦又高的电线杆,但确实和我这天生一张萝莉可爱的脸蛋不相配。所以外人看到我们两个绝对不会联想到"情侣"二字。不过千万不要再像上次一样,和他走在大街上竟被旁边一个路过的大妈说了闲话。

估计这大妈长期以来深受小三的折磨,眼袋都快耷拉到下巴了,于是乎见到街上所有有着漂亮脸蛋的年轻女子都会愤世嫉俗怒火中烧心怀不满,见到一个就骂一句"这小骚货一看就是一小三"。偏偏这句压低了声音的话被我敏锐的耳朵捕捉到了,我一扭头,看着大妈从我身边擦肩而过,我故意抛给她一个极其妩媚风骚的媚眼,真有一种"回眸一笑百媚生,六宫粉黛无颜色"的自我良好的感觉。我看见她的脸一阵青一阵白,灰溜溜地快步走远了。

第七章 他有致命的缺点

那个时候我就已经明白了一个道理：不要抱怨你的老公或者男朋友被别的女人抢走，并不是她们实力强，而是你自己的努力还不够。所以我不怪杨小夕。

突然刮起了一阵大风，卷着灰尘一个劲儿地往眼睛里钻，我揉揉眼睛，扭头看向苏志浩。

怎么就能把我误认为是他的情人呢？我明明是正宫啊！再者说了，他也不是那么老啊，没办法，估计天生一张大叔脸吧。苏志浩经常在镜子前面占着洗手间刮胡子，青青的下巴，却还是像一茬一茬的韭菜，怎么割也割不完的样子。

我真纳闷，在火车站见他的第一眼怎么会把他和《城市猎人》中的李敏镐联系在一起。难道是因为他戴着口罩？不管了不管了，我现在收回这句话，因为我越看苏志浩越觉得他像李敏镐的爸爸。

"有没有人说你长得很像大叔呢？"我实在忍不住好奇心了不禁问他。

"我？"他停了下来，用手指着自己的脸，不可思议地反问我，"大叔？"

我点点头。

"哈哈哈哈……"他突然大笑起来。

"说你大叔呢你还笑，你这人真奇葩！"我白了他一眼，继续往前走。

"你有没有搞错啊？"他跟了上来，笑着问道。

"就是很大叔啊！你看这儿，这儿，还有这儿，"我指着他脸上的五官，"啊，越看越像大叔，尤其是这下巴，你说你天天刮胡子怎么还是一圈黑啊！"

他仰起下巴，用手摸了摸，眯着小眼，眉毛微微皱起，得意地说："多性感……"

　　我用手按住胸口，真怕一不留神我这小心脏承受不住他言语中的自恋爆裂了。

　　"得了，说你大叔真是对不起'大叔'这个词了，我替你向'大叔'道个歉。"我满怀愧疚地说道。

　　"啊，我想起来了，"他一拍脑门，看向远方，眼神熠熠发光，"虽然没有人说过我像大叔，倒有人说我是小正太啊！"最后一个"啊"字他竟然拉长了尾音，透出格外的自豪与骄傲之情，好似小的时候在幼稚园里被老师说你长大了一定是个有出息的孩子一样，事实证明，幼稚园阿姨见谁都这么说。

　　"说你小正太的，一定是姥姥级别的人物，不是耄耋之年就是期颐之年。"我讽刺道。

　　"唉，话可不能这么说，虽然我比你大一年吧……"

　　"大一年零十个月！"我赶紧插话，补充这个重要的信息。

　　"好好，大一年零十个月吧，我怎么着也是个正值花季雨季的青少年……"

　　"把'少'字去掉……"看他如此不知羞耻地说下去，我实在忍受不了了。

　　苏志浩这次白了我一眼，眼皮翻得特别狠，我都怀疑他再使点儿劲眼珠子会不会突然滚到地上。

　　我正在脑补他眼珠子掉出来的恐怖模样时，突然听到他惨叫一声。我一个哆嗦，心想，敢情这不会也成真了吧？那我岂不像贞子一样有特异功能可以用意念杀人了？激动兴奋紧张惊悚之余，我连忙问他："怎么了？眼珠子翻出来了？"

第七章 他有致命的缺点

"进沙子了!"他嗷嗷直叫,用手揉眼睛。

"你有没有点常识啊?"我跑过去,把他的手打了下来,"眼睛里进东西了不能乱揉,会损伤角膜的!"

"那怎么办啊?"他手足无措挤眉弄眼一脸滑稽地求助我,"要不然你向我眼里吹气?"

"笨蛋!"我拍了一下他的头,"吹气也是错误的方法!"

"啊?"他惊讶得把眼睛都睁大了,然后感觉到眼睛被异物摩擦的疼痛感,又叫了一声赶紧闭上了。

"没文化真可怕!"我鄙视他,"眼球表面的角膜就像是一层晶莹剔透的玻璃,异物进入眼内,一般是先附在角膜上。当感到疼痛和睁眼困难时,用手揉擦就会在角膜上磨出一道道痕迹,而向眼内吹气,不仅不会吹走异物,反而将口腔内的细菌吹入眼内,会加大眼睛受感染的风险。"

"哦……原来是这样……"他恍然大悟地说。

我突然觉得此时的我俨然就是一个上知天文下知地理无所不知学识渊博神通广大的知识分子,如果没有前面这一串修饰词语,我还是符合的。知识分子在如今这个社会可是太普遍了,连门口卖菜的大爷都可以自称为知识分子,会加减乘除,能将数学知识熟练运用于生活当中,这是多么难得的一件事情!要知道,多少人学了这么多年的数理化,愣是不知道自己为什么要学,更不用说将它应用到生活中去了。

"正确的处理方法是这样的……"我往前走了一步,离他的脸很近,我用手轻轻地将他颤抖不停的上眼皮提起来。

"能别抖吗？"我说。

"不行啊，这是本能。"他说。

他的眼皮在我的大拇指和食指中间捏着，就像捏着一个垂死挣扎振翅欲飞的蛾子一样。

我知道他不可能不抖，但是我还是想问他，因为这句话曾是杨小夕问过我的，我不过是重复了一遍他的所作所为、所言所语。每年北方的春天都会刮很大的沙尘暴，而我没有一次骑车子不迷眼的，每当我骑着骑着突然停住大叫一声啊我又迷眼了之后，他都会立即下车子跑到我的旁边，用手将我的上眼皮提起来。我第一次迷眼的时候，他还没有被我训练得这么熟练，他在车子上无所谓地说，迷就迷了呗谁叫你眼睫毛那么短啊。我那时气愤地用手狠狠揉眼睛，直到揉得一片通红布满了血丝，杨小夕才意识到我是多么得傻连常识都不知道，于是他把知识给我普及了一下。

"就这样就行了吗？"他用一只眼睛看着我，那一只眼球完全是白色的，还好天没有黑否则一定把我吓死。

"当然不行啊！"我说，"赶紧流眼泪，快点。"

"什么？！我现在流不出来啊！"

"我都这么使劲儿了，你眼皮难道不疼吗？"

"不疼，嘿嘿。"他竟然还笑！

"我……我的胳膊太累了……还有……你能不能放低点身高？"我踮着脚尖伸着胳膊，这个姿势是我在厨房里经常摆出来的，因为橱柜太高，每次拿酱油醋的时候都要像这样才能够得到。

"哦,也对,你那么矮。"他缓缓地弯下腰,弯到和我一般高了。

"呀,你说谁矮呢?是你自己基因突变长那么高的和我这标准身高有什么关系!"本来就是,他一米八六的身高,我一米六五的身高,谁矮了?我用膝盖撞了一下他的肚子以示不满。

"啊,痛死我了。"他用手捂住肚子直叫唤。

"哭出来了吗?"我看看他的眼睛,还是一点液体都没有,"我真怀疑你是不是干燥综合征啊?"

"啥叫干燥综合征?"

"没文化真可怕!回家问你妈去!"

"我妈也不知道!"

"那你就去问度娘!"

"好吧……"他的声音渐渐低了。

"你想点难过的事情。"我试图用情绪感染他。

"我没有难过的事情啊……"他还是一脸无奈。

"你就假想自己出车祸了,你爸妈看到你的尸体哭得稀里哗啦的,你抬起沾满鲜血的手握住他们的手,用尽最后一丝力气说,我……我来生……来生还做……你们的……儿子……"最后那句话我是用诗歌朗诵比赛时的语气说的,情感充沛,我自己都快被感动得掉泪了。

"尸体怎么能抬手呢?尸体怎么能说话呢?"

"重点不是在这儿!"我彻底失去了耐心吼道,把手一甩,他的眼皮像弹簧一样啪地弹回到眼珠上面。

又是一阵杀猪般的号叫。

"你怎么可以这样对我!也不提前告诉我一声!我好有个准备啊!"他的声音带着哭腔。

"嘿嘿,流泪了吧?"我双手在胸前交叉,得意地说,"快睁开眼睛看看,你的世界是不是又重新恢复了光明?"

苏志浩站定,慢慢地抬起头,睁开了眼睛。

我仿佛看到他的眼前一片金黄色的亮光闪烁,他的笑容渐渐爬上了嘴角,他的眼泪在这一片金黄色的光芒下格外耀眼。

"啊!主啊!感谢你!让我重拾光明!"如果要是有配音的话,一定要让他说出这句话,否则都对不起我这个自编自导的臆想狂了。

"谢谢你啊!"他对我说。

我把手一摆,潇洒地说:"小事一桩。"继续往超市的方向走,偷偷地乐了。

3. 在你们心中,我还不如工作重要

我和苏志浩推着一辆车子往卖鸡蛋的地方走,路过果蔬区,我立刻让他把车子停了下来。

"停停,咱们买点蔬菜和水果吧!我看冰箱里都那么空了。"我一边撕袋子一边提建议。

"可是我不喜欢吃蔬菜和水果,当然除了芒果。"苏志浩说。

"那你喜欢吃什么?"

"肉啊,什么鸡肉猪肉牛肉羊肉……各种肉。"

第七章 他有致命的缺点

"怎么可以这样呢？你应该多吃些蔬菜！什么白菜菠菜芹菜青菜……各种菜！"

我将红彤彤的西红柿装进袋子里，又挑了几根黄瓜，之后还买了一些水果，鉴于有男劳动力的情况下，我又买了一个大大的西瓜。当然，我没有忘记买鸡蛋这个重要的事情，我还想尝尝他亲自做的鸡蛋饼呢！

苏志浩推着的小车已经装满了，看在实在没有空地塞进去的分上，我才停止了，否则我还会买更多的食物。

"你是不是想在家里开个菜市场啊！"苏志浩看着满满一车的蔬菜和水果，吃惊地叫道。

"多有营养啊！什么钙铁锌硒维生素 ABCDE 的！"我骄傲地告诉他。

"我最讨厌吃胡萝卜了！"苏志浩从车里拿出一包胡萝卜就扔回去了。

"哎哎，你干吗啊？"我又扔回车里，"胡萝卜中富含维生素 A，可以缓解眼睛疲劳，像你这种整天对着电脑玩游戏的宅男，最应该多吃了！"

"我又不是兔子！我才不要吃呢！"苏志浩真是个老顽固！

"爱吃不吃！哼！"我推着车子就往收银台走。

"生气啦？"苏志浩追过来，"我吃还不行吗？"这句话说得那叫一个委屈，好像我让他吃毒药一样痛苦。

"这才对嘛，不能总是吃肉，营养会不均衡的。"我像个幼儿园老师一样教育他。

苏志浩的喉咙上下滚动，想说什么最终却被咽了下去。

我们在付款的时候发生了一些争执，我想划我的卡，苏志浩死活不让。我说我在你家白住白吃白喝多不好啊,怎么着这些东西也是在我的强迫下才买的,我必须交钱,否则就对不起我的良心。苏志浩说和女朋友出门怎么能让你掏钱呢?还是划我的卡吧。

我俩就一直纠结这个问题,收银员小姐对我们抛来了无数白眼,后面排队的人也等得不耐烦了。我一怒之下把苏志浩的卡抢过来攥在手心,然后把我的银行卡甩给了收银员小姐。她看着我雷厉风行的霸道行为,露出了极为惊恐的眼神,好像她要是不划我的卡她就会像这张卡的下场一样,狠狠地摔在桌子上面。

我们买的东西足足装了三大包,我拎了一包,苏志浩一手一包,而且我在装袋的时候,故意将那些轻的东西放到了一包,剩下重的东西分成了两包,我走的时候就拎的是轻的那一包。

我在前面一边走一边轻松自在地晃着袋子,不时回头看看他。他吃力地走着,因为穿的是短袖,可以清楚地看到他胳膊上的青筋暴起,肌肉也特别明显,一块一块的。我真想过去用手指捅捅。

于是我就真的这么做了。我转身走到他旁边,伸出食指,小心翼翼地触碰了一下他的肌肉,轻声惊呼道:"哇,这么硬。看来真的是肌肉。"

"废话,难不成还是假的?"苏志浩瞥了我一眼,语气颇为得意。

我突然觉得特别好玩,继续用食指戳着,好像在戳一块塑胶性很好的橡皮泥。

"你还有瘾了是吧?没长过肌肉还没见过肌肉啊!"苏志浩用鄙视的眼神看着我。

第七章 他有致命的缺点

"谁说我没长过肌肉了?"我将胳膊用力弯起来,期待能够出现一个鼓鼓的肌肉包,可惜却是什么都没有,细瘦的大臂只有凸起来的一块长骨头。

"哈哈哈,就你那小胳膊,还肌肉呢!"他哈哈大笑起来。

"切,"我对他撇撇嘴,"谁稀罕。"

"你不稀罕你戳我胳膊!"

"我……"

"你什么你?你就是个大色女!"

"我才不是呢!"

"对着一个男人的肌肉戳来戳去的,你想摸就直说嘛!"他露出了邪恶的坏笑。

"谁想摸啊!"我的脸红了,快步向前走去。

"哎哎,等等我啊!我拎着这么多东西呢!也不知道体谅体谅我!"

我刚一进到苏志浩的屋子里面,手机就响了起来。我一看屏幕,赶紧对苏志浩说:"你千万别出声啊,是我爸。"他踮起脚尖蹑手蹑脚地进厨房了。

要不是我不在家,他一定不会想到和我打电话,在他的心目中,事业远远比我的地位要重要。

记得小的时候,我很喜欢跳舞,每次幼儿园举办跳舞比赛,爸爸都不会来参加,因为要开会,开很重要的会——比我还重要的会。妈妈也是只来一下,看完我就立马走了,根本等不到比赛结果揭晓的那一刻。

那一刻我记得很清楚,当我听到我得了一等奖的时候,我并没有露出开心的笑容。我站在颁奖礼台上,眼泪哗哗地往下流,主持人以为我是太激动了抑制不住情绪,其实不是这样的。

别的孩子都有爸妈在一边举着小旗子庆祝,本来应该是我爸妈坐的位置,却永远是空着的。我在脑海里想象他们见到我后高兴的样子,我才露出了一抹微笑。

"艺艺啊,别开玩笑了,你也知道你大了,不要再耍小孩子脾气了,什么离家出走的,说说也就行了,赶快回家吧,我让张阿姨做了你最爱吃的菜。"我爸在电话里对我说。

"爸,我没有开玩笑,我也没有耍小孩子脾气,我是认真的,你不用担心我了,我在外面一切都好。"我说完就把电话挂了,然后关了机。

挂完电话我的泪就掉下来了。

无论我做什么你们都会无视我,从小到大。我参加比赛获得一等奖你们因为太忙没有亲临现场庆祝,我第一次考试考了双百你们因为不在乎所以只是淡淡地回了一句继续努力,我辛辛苦苦费了一天一夜的时间制作好的飞机模型在你们眼里还不如一份文件重要。

所以,我只能用这种方式,唤起你们对我的关心,因为我别无选择。

"来尝尝我摊的鸡蛋饼!哇!闻起来就好香啊!"苏志浩端着一个盘子放到桌子上,然后转过来看着我,发现我掩面陷在沙发中,肩膀一抽一抽的。

"你怎么哭了?"他赶紧跑过来,将我的手拿开,看到我满脸泪水。

我摇摇头,又捂住脸,止不住地哭着。

第七章 他有致命的缺点

"你爸爸说了些什么吗?"

"不是。"我哽咽道。

"那是什么?他逼你回家?"

"也不是。"我摇摇头。

"你快说啊!到底发生什么事儿了?"

"没事儿,什么都没有发生,我就是心里难过……"我突然哭出了声。

苏志浩有些手足无措,他将桌子上的鸡蛋饼端到我的面前,用筷子夹起一个角,在嘴边吹吹,不烫了之后,往我的嘴里塞。

"我刚摊出来的,凉了就不好吃了。"他劝我吃下去。

我就着咸咸的苦涩的眼泪,一口一口嚼着。鸡蛋饼的味道真不错,苏志浩还真有一手啊,我拿起筷子,自己夹起来,不一会儿就把一盘鸡蛋饼全吃进肚子里了。

"真好吃。"我一边抹眼泪一边吃着。

"你可真能吃……"苏志浩眼睁睁看着我将一盘鸡蛋饼吃光光,眼馋地吞了一口口水。

"我发现吃了你做的饭心情立马变好了。"我将眼泪擦干,对他微笑。

"是吧是吧,我也觉得,我应该专门推出一套治愈系的菜肴,肯定会有很多很多人来尝试的,哇,真是个不错的主意呢!"苏志浩沉浸在自己的幻想中。

"苏志浩啊。"

"怎么啦?"

"你为什么总是不回家呢?"我终于将我心里隐藏了很久的问题问出来了,

因为我一向对别人的家庭隐私是很尊重的,一般情况下不会随便打听。

"因为……"苏志浩想了想说,"我也离家出走了。"

4. 致命的缺点

"什么?!"我的眼睛立马瞪得堪比鸡蛋。

"至于这么大反应吗?你不和我一样啊!"

"可是我……"似乎找不出来什么特殊的理由,只好问他,"为什么啊?"

"我和我爸闹矛盾了。"他淡淡地说。

"什么矛盾?"我追问。

"就是有一些矛盾,不想告诉你。"苏志浩拿起空盘子,往厨房走去。

"说吧说吧,你都吊起我的好奇心了!"我果然是个好奇心超级强的人。

"关于未来人生事业的选择,我只能说到这儿,不要再深问了。"他似乎很忌讳这个话题,连说话的语气都变了。

"好吧,总之我们同病相怜啊!握手握手!"我走到苏志浩的面前,向他伸出了手。

他根本没有理我,继续做鸡蛋饼。我才意识到我把我们两个人的晚饭都吃完了,我有些惭愧地退了出去。

我到苏志浩的卧室,准备收拾一下床铺,我刚推开卧室的门,就被眼前的情景惊到了:床上堆满了他的内裤,黑色的白色的灰色的,斑点的条纹的纯色的,各式各样,应有尽有,简直就像开内衣店的。

我赶紧捂住眼睛,一边摇头一边走出卧室,我对苏志浩喊道:"你床上怎么那么多……"

苏志浩刚把油倒进平底锅里,听到这个猛地转过来头,比我的表情还夸张,说:"谁让你进去了?我不是把门关着呢吗?"

"我就不会推开啊!"

"谁让你推开了!"

"那以后就是我的屋子了啊!"

"你这人真是!我刚收进来正准备叠呢,你就回来了,我总不能当着你面叠吧!"

苏志浩急忙跑进他的卧室,抱起这一堆内裤就往衣橱里塞,我看着他手忙脚乱的样子,突然觉得他好可爱。

"不过,你怎么一次性洗那么多啊?"我笑着问他。

"要你管啊!"他没好气地说。

"哈哈,肯定是平时懒得洗,攒多了一起洗。"

他白了我一眼,又走进了厨房,接着传来他的一声惨叫。

我现在已经对他小题大做的惨叫见怪不怪了,这丫的无论大事小事就连没事都喜欢像人猿泰山一样吼一吼,练练嗓子。

我往沙发上一躺,对苏志浩喊道:"又在练你的高音啊?"

"练什么高音!油热糊了!"

"……"

在我们的全力抢救下,在一片呛人的浓烟中,终于处理完了。苏志浩却再也没有食欲了，索性打开笔记本电脑，在沙发上玩起了网络游戏。

"你都多大了还玩网络游戏，这不都是小孩子才玩的游戏吗？"

"你玩过没有啊就在这里瞎说，这可是高智商的游戏！"

"切，还高智商呢！我看也没什么啊！一堆小怪兽打来打去的！真无聊！"

"像你这种智商低的人根本不懂！这可是一款非常益智的游戏，要是玩这个玩得好的人，学乐器肯定特别快，因为能够锻炼手指的灵活度！"

苏志浩说完就认真地开打了，同时还和耳机里的队友大声吵着一些专业的术语，手指在键盘和鼠标上敲得特别用力特别迅速，好像这笔记本电脑的键盘和鼠标敲不坏一样。

我对他摇摇头，我已经完全对他失望了。这样一个只会玩游戏看球赛的男人，如何将自己的一生托付给他？虽说他哪里都好，首先是长得帅身材棒，其次是对我温柔体贴懂得呵护人，最重要的是他只对我一个人好，不会担心他有外遇，光是这一条就可以筛选掉三分之二的男人。

但是，我开始转折了，他这个人有一个致命的缺点——他太贪玩了。看他的穿衣打扮和生活条件，并不是有钱人家的模样，作为一个已经毕业了踏入社会的男人，只知道玩而不知道工作赚钱，想想都觉得可怕，他又如何为结婚做准备？如何有资本娶妻生子？对于我这种家庭型的女人来说，是有些不合适啊。

我心里的小算盘又打起来了。虽然我家里有钱，但是我爸妈也不会同意我以后养个小白脸供他吃供他穿啊。

我瞅了一眼苏志浩专注于游戏的神态，心想他要是能够以这种态度找工作该多好啊!

我一边整理着我的床铺,一边想着有没有好的办法能够让他重新找回正确的人生目标,如果能够挽救一个年轻人的前途,那将是一件多么功德无量的事情啊!

我为我自己的想法致以深深的敬意,我坐在苏志浩的旁边,一边看书一边安静地等待他将这一盘游戏打完,看到他眼含笑容激动地将耳机往沙发上一甩,我就知道他赢了。

正好,趁着他心情好的时候说,应该可以起到很好的效果。

"你看着我傻乐什么啊?我脸上有笑话?"苏志浩诧异地问我。

"我做了一个重大的决定,"我故作严肃深沉地宣布,"从明天开始,我要——"

"你要干什么?"

"我要找工作了。"

5. 我的未来不是梦

不要怀疑你们的眼睛——各位看官,你们没有看错,我说的就是"我要找工作了"而不是"你去找工作吧"。这就是我计策的高明之处,如果我直接提出让他找工作这个要求,面子上怎么也说不过去。作为一个男人,尤其是他这种自尊心超强的男人,女朋友嫌弃他打游戏时间过长,嫌弃他毕业后不找工作,嫌弃他只知道啃老,我想他要是知道了一定会选择一头撞死永不再见我。而我婉转地通过我来找工作,刺激一下他追求未来事业的自信心,相比较更是一种可行的方法。毕竟之前他也明确表过态——结婚需要资本。

不过我没有想到苏志浩在听到我的宣布后竟然反应如此强烈,他用满是怀疑的语气问我:"你说什么?你要找工作?我没有听错吧?"

"没错,我就是要找工作,是不是瞬间觉得我特别伟大啊?"

"你还没毕业呢,着什么急啊!"

"都像你似的,"我不小心走漏了嘴,赶紧掩饰,"我这不是为了以后做准备啊!现在竞争这么激烈,招聘单位都是要有丰富实践经验的人!"

"这么说来也挺有道理的,我赞同,你可以找份兼职做做。"

我一听他的态度变了,瞬间觉得此事可行,趁热打铁地说:"不然我们一起去找工作吧!我一个人也怪孤单的!"

"这个嘛……"他有些犹豫,"我可以帮你在报纸或者网上看一下这方面的招聘信息,作为你的学长,我可以提供丰富的经验,帮你参谋参谋。"

我心想,你还丰富的经验呢,你以为找工作和打游戏一样玩玩就完事了啊。

看来我天衣无缝的完美计划就这样泡汤了。

不过,虽然没有将苏志浩感化了,我自己倒是受到了启发,我开始思索我的人生。我突然发现,我都活了二十多年了,竟然是第一次开始思考自己的未来。我从小就是被娇生惯养的,好像我的人生轨道都是被父母制定好的,我这辆火车只需要在这条轨道上平稳地前行就可以了。于是我不愁吃不愁穿不愁找工作,整天做着白日梦,我唯一没有实现的目标好像就是将来和杨小夕结婚了,那曾经是我努力追求过的,现在看来根本无法实现了。

所以我的人生就像是飘荡在茫茫大海上失去方向的小船,漫无目的地顺着风的方向飘,不知道前方等待着我的是什么,不知道自己要去哪里。

其实我也是有梦想的人,我的梦想就是写小说,不过我只当它是业余爱好,是一种抒发情感倾诉内心的好方式,并没有想到要将它作为自己的职业。因为在我的心目中,如果将一件自己喜欢的事情变成谋生手段的话,就没有了原有的感觉,你会发现你越来越不喜欢它了,你渐渐就会失去它。

这个道理是我偶然认识的一个大学同学说的,当我问她你学的什么专业的时候,她告诉我是韩语,我当时那个激动啊好像见到了我男神一样。我后悔我当时没有报考韩语,现在我看韩剧都赶不上贴吧里的直播贴了。那同学说你真的很幸运,幸亏你没有学韩语,我刚开始和你想的一模一样,但是当你真正学起韩语就会越来越讨厌它,现在我连听到韩语歌都会恶心。

我不希望我将写作变成一个负担,至少我现在还不是那么讨厌写小说。

所以我想还是通过自己的努力找到一份可以养家糊口的工作,证明我的实力,而不是托我爸的关系进去。

这么一想,我瞬间觉得我的前途一片光明,我躺在床上不由自主地哼起了歌:"我的未来不是梦,我认真地过每一分钟,我的未来不是梦,我的心跟着希望在动,跟着希望在动……"

我正唱得忘情呢,苏志浩咚咚咚地开始砸卧室的门,一边砸一边吼道:"你丫的以为这里是KTV啊,要唱歌去练歌房去!"

我立刻闭了嘴,意识到这里不是我家,隔音效果没有那么好。

■ 蓦然回首许多年

　　迷迷糊糊我睡着了。我梦见自己长了一双翅膀,一直飞啊飞啊飞到了天空中,苏志浩不知道什么时候在远方向我招手,他坐在一棵很高很高的树上头,微笑地看着我说,欢迎你的到来。

　　我醒了,看看窗外,早已大亮。醒来的第一件事通常是回想我的整个梦境,发现只能记起这么一个片段,因为梦中的大部分时间我都是在天上飞的,飞来飞去也没有什么特别的地方。

　　这个梦有什么深意呢? 我想不明白。

　　我不是迷信的人,梦就梦呗,无非是自己白天的所思所想罢了。看来我真是看《暮光之城》看上瘾了,幻想自己能够像吸血鬼一样轻轻一跳就飞得好高。

　　我伸个懒腰穿好衣服就拉开了卧室门,苏志浩在客厅里对着笔记本电脑微笑,笑得还有些猥琐,这丫肯定在看什么少儿不宜的视频。

　　他见了我对我说:"恭喜你啊,有一家广告公司对你的简历挺感兴趣的,邀请你去他们公司面试呢。"

　　我一听这个激动地冲过去,对着电脑屏幕足足看了有三分钟,其实也就一封简短的邮件。

　　"你掐我一下。"我对苏志浩说。

　　"是真的。"他笑着说。

　　"快点你掐我一下!"我着急了。

　　他狠狠地掐了一下我的胳膊,我嗷的一声叫了出来,看来不是在做梦!

　　"啊我好开心啊——"我激动得跳了起来,一不小心磕到了茶几腿。

　　"啊——"我疼得龇牙咧嘴。

"这就叫做乐极生悲!"

我白了他一眼,不过心里还是非常感激他的,我昨天把简历给他之后,他今天就帮我找到了工作。

哈哈,我的未来不是梦!

- 蓦然回首许多年

- 146

第八章 我愿做你的天使

1. 面试

面试的那天我特意穿上了几天前刚买的职业装,其实也不算特别正规。因为我讨厌那种中规中矩的正装,本来一挺乐呵的人一套上立马变成了《新闻联播》的主持人,一脸的严肃。

我站在镜子前面端详自己,我的上身是一件白色短袖衬衣,下身是一条白色的紧身裹臀短裙,还穿上了一双白色的细跟高跟鞋,整得和一小护士一样,太过淑女我自己都有点不习惯。

苏志浩看着我的样子非常满意,从背后像变魔术一样掏出一个礼品盒,说是送给我的礼物祝我面试取得好成绩。我打开一看,一只崭新的黑色钢笔。我应聘的是广告策划,虽说现在是电脑时代吧,但是一支钢笔对我用处还是很大的。

说到这里我不得不提一下有关钢笔那档子事儿。我高中的时候特别喜欢用钢笔写字,我觉得握着钢笔的感觉就和握着一支圆珠笔的感觉不一样,那才叫写字呢,好像我用钢笔写出来的字那都叫书法作品一样。杨小夕见我一笔一画认认真真在笔记本上用钢笔做笔记,比我还着急,说老师都讲到第五章了,你第四章的笔记还没抄完呢,谁让你用钢笔了一点儿也不实用。我伸着脑袋和长颈鹿一样看了一眼他做的笔记,那叫一个龙飞凤舞啊,好像字都像气球飘起来了一样。杨小夕看到了我鄙视的眼神,说你丫的装什么有学问啊,把本子一合不理我了。

后来也不知道是我写字的习惯有问题啊,还是因为钢笔的质量不好,我用一根坏一根,总是写着写着就不出水了,可明明是刚灌满的水。我使用的钢笔寿命最长的一支是我爸从美国给我带回来的,"毕加索"牌儿的,我像捧着一个珍贵瓷器一样捧着那支笔。我心想这下好了,来了个洋牌子还是名牌儿的,却在包装盒上的一堆英文术语中间看到了几个熟悉的英语单词——made in China,我当场晕那儿了。

说它寿命最长我也只用了不到一个月,就怎么划也划不出水了,好像生锈了钝住一样。于是我回家让张阿姨帮我洗了洗笔芯,又重新灌满了水。我心想这回肯定能用了,就找来一张大白纸在上面划拉。那钢笔刚开始挺乖的出了点儿水,可是还没写完我的名字呢就又不出水了,我一怒之下一使劲儿,好家伙的把笔头都戳歪了。

于是,杨小夕在发现我接二连三换了至少十来根钢笔之后,给我起了一个外号——"杀笔"。我当时听到后真佩服他的创造力,我说你这么有才的一个人怎么就不把这小聪明用到正事儿上啊,真是屈才啊屈才。接着将他的小胳膊掐得青一块儿紫一块儿的。

■ 蓦然回首许多年

我抱着我的简历坐在面试大厅等候着,我的心里其实忐忑不安的,周围坐着的人一个个看起来都那么专业。瞧那个男的,眼镜片比啤酒瓶底儿还厚,抱着一本和砖头一样的书看,好像我们学校考研大军中的一员。还有那个男的,嘴里一直念念叨叨的,好像这里是寺庙一样。

这时走过去一女的,穿得特别清凉,那热裤短得都到大腿根部了,天儿也不是特别热啊,连吊带背心都穿出来了,你说你这是参加选美啊还是参加面试啊。她那双高跟鞋目测至少八厘米,像踩着一双高跷一样,每走一步我都替她捏把汗。

她的背影看起来特别妖娆,连我这个女人都被她吸引了,更不要说那些眼球动物了。果然,坐着的一票男人全抬起头来看着她,连那个眼镜片儿堪比酒瓶底儿的都恨不得把眼珠子黏到她身上。

那女的找了一个空位坐下来,我这才看清她的正脸,浓妆艳抹的就和夜总会的小姐一样。我怕我一恶心吐出来了,就转过头去不再看她,突然觉得这女的怎么那么眼熟啊,我又转回来,仔仔细细地盯着她的脸。

吓,这不是梁洁吗?为了防止我眼花,我决定揉揉眼睛,突然想起来我画着眼线呢于是就放弃了。

我站起身走到那女的面前,盯了她三秒钟。之后她腾地站起来,我俩不谋而合地抱在了一起。

"袁艺啊,没想到你也来面试啊!"梁洁激动地喊道。

"是啊,我也没想到在这里还能碰上你!你没有回家吗?"我问她,全然把

第八章 我愿做你的天使

刚才对她的不良想法抹去了。

"没有,我想暑假找份兼职做。"

"真巧,我也是这么想的。"

"反正回家也没有什么事儿干,不如早点儿找份工作锻炼锻炼自己。"

"要是他也有你这种想法就好了……"我想到了苏志浩这个懒虫。

"什么?"梁洁没听懂。

"哦哦,没什么,"我赶紧说,"咦?刚才好像叫我的名字了,我先进去了啊!"

我对梁洁摆摆手就往面试的房间走去。我一推开门,一股强大的气场瞬间就把我震住了。好家伙,审问犯人都没有这阵势,目测至少有十来个面试官围成一圈坐着,中间一个椅子估计就是我的葬身之所了。

一个胡子刮得特别干净的男人是主考官,他见我坐到椅子上先用那猥琐的眼神从下到上扫视了我一遍,看得我浑身不自在,之后开始了提问。不知怎么回事也可能是我说话口气太强硬了吧,总之发生了一点小争执,于是整个面试过程变得特别短暂,估计连名字都还没记住呢就下一位了。

我出了房间看到梁洁还坐在那里,我对她说了几句鼓励的话就离开了。这个地方我真是不想再待下去了,不知道是不是自尊心受挫了,要知道我从小到大都没有受过这样的气。

我回到苏志浩住的地方,门铃还没响够一声呢,门就被苏志浩打开了,他满脸兴奋地问我:"面试怎么样啊?是不是特别成功?"

"成功个大头鬼!"我没好气地说,"肯定选不上放心吧!"

"怎么了这是?题很难吗?"苏志浩诧异地问我。

"我现在不想说话。"我走进卧室砰的一声把门关上了。

"别担心啊,你肯定能通过的!"苏志浩隔着门对我喊道。

你又不是占卜师怎么这么肯定啊?无非又是来安慰我的话,算了我还是不听了。我想着就躺到床上,用毛巾被盖住脸。

一种深深的挫败感油然而生,我活到这么大都没有过这种感觉。

我突然想回家了,不知道爸妈过得好不好。

我一侧身,一滴泪就滑落到枕巾上。

2. 大峡谷没有峡谷?

苏志浩看出来我最近的心情处于低落期,于是小心翼翼地问我是不是大姨妈来了,我一拍他脑袋说你想什么呢姐就是莫名失落。苏志浩听到这个问我,我知道周边一个地方听说挺好玩的,你要不要去?

我一听有好玩的地方立马来了兴致,掏出手机就把陆彤和张顺天也叫上了。看苏志浩突然一脸扫兴的样子我才意识到,敢情他是想单独和我去约会啊!

我尴尬地冲他笑笑,说电话都打完了就一起去吧,人多还热闹呢。

于是在一个周末,我们四人踏上了通往龙潭大峡谷的旅途,看电脑上的宣传画特别美丽,我们到了那里却挺失望的,就是几块大石头,在里面走来走去的。

陆彤说:"可能还没有走到吧,一般到峡谷不是先要爬上很高的山,然后再走下来吗?"于是我们就这样走啊走啊,走了很久,被太阳烤得都快热死了。

"你说你找的什么破地儿啊?一点儿景都没有!"我一屁股坐到石头上,对苏志浩嚷嚷。

苏志浩也没辙儿了,就问旁边一卖西瓜的大爷:"大爷啊,这大峡谷在哪儿呢?怎么走了这么长时间都没见到啊?"

"这儿就是啊!"大爷指着周围的大石块,热情地说。

我们当场歇菜。

这峡谷也太浅了吧!两边的山还不如我们家的别墅高呢!

之后我算长了见识,随便一个山沟沟都能叫作大峡谷,明明引的是自来水偏偏说是不老泉,一帮傻子们还把矿泉水全都倒掉排着队等着接呢。随便一个小山洞都能在上面写上三个字"盘丝洞",我们进去没见着蜘蛛精,蜘蛛网倒是特别多。

我们走累了,纷纷埋怨起苏志浩来,说他怎么选了这么一个破地儿,要啥没啥的,真无聊,还到处都是垃圾和臭水沟。苏志浩说网上那些图片照的可不是这样啊,那叫一个山清水秀花鸟虫鱼的,整个就是一生态乐园。

我们实在没劲儿了,正准备回去呢,看到有划船的,苏志浩走过去问了问价钱。那大妈估计是因为没有多少顾客坐船,闲着也是闲的,给我们了一个特别低的价格。我刚想掏钱包呢,陆彤对大妈来了一句,我们有学生证能不能半价啊?

划船还是很美好的,我坐在船上,凉风吹过我的面颊,非常惬意。不知不觉就走了大半天,我们该启程回去了。

回去的车上,苏志浩睡着了,我悄悄地看他的侧脸,那么俊朗那么轮廓分明,浑身上下散发着成熟男人的气味儿。

我的脸不自觉地就凑近了些,那司机不知道是不是故意的,一个刹车我就贴了上去。苏志浩猛地惊醒看到我的嘴触到了他的脸颊,立马脸红了。

都说喜欢脸红的人心眼儿好。我看着苏志浩惊慌失措的样子,突然笑了。

他一起身将唇凑了过来,和我吻上了。我们在车里一直热吻,看得陆彤在一边直用手指头捅我的腰,说注意点儿形象注意点儿影响。不过丝毫没有打扰到我们。

因为我们坐的是客车,按照路程收费,售票员走到我俩面前问我们在哪里下,我们停下来,我刚想说 H 大,苏志浩来了一句:在我们早晨上车的地方下……

我心想这孩子该不会是被我吻缺氧了吧?

3. 高中聚会(1)

自从上次逛街的时候陆彤告诉了我周六高中同学聚会这档子事儿,我连着好几天晚上没睡好觉儿,我也不知道是为什么,我到底怕什么呢?我是怕看到罗莎莎此时取代了我的位置和杨小夕在一起亲密的样子吗?好像也不是,我总觉得我是在躲避什么,我这个人一遇到事儿就喜欢逃避,好像看不见就不存在一样,我就像掩耳盗铃的那个傻子,自欺欺人了一天又一天。

不过该来的总是要来,我需要去面对。周六那天,我正洗漱呢,手机响了,

第八章 我愿做你的天使

我一看是陆彤的。

我叼着牙刷含混不清地说:"干吗啊我正刷牙呢。"

她尖尖的声音传了出来:"你丫起得还挺早的,我怕丫没起床特意给丫震个铃儿。"

中午我们约在了皇宫大酒店的一个包间,我、陆彤和张顺天早早就到了,坐在包间的沙发上开始闲扯。

我对陆彤吼:"都怪你丫的让我来这么早,人家老板都是最后才到的。"

陆彤撇撇嘴说:"敢情你丫的还怪我头上了,谁说路上可能堵车啊早点出来赶不上高峰期。"

我俩要是说急了,你丫的你丫的就全蹦出来了,张顺天在一旁玩手机玩得不亦乐乎根本不搭理我俩,我一看好家伙的这丫的正神庙逃亡呢。

其实也没有坐多久,同学们都陆续来了。想起曾经在网上看到一转载量极高的帖子,说的是春节同学聚会,一帮人模狗样、猪头狗脸的装×犯们开始粉墨登场,共同上演一出人间喜剧。情节大同小异,混得好的从北京上海或者国外回来的同学,怂恿班长负责组织,几个当年班上的盲流分子积极协助。勤勤恳恳的班长一个个电话,把男女同学忽悠到一起,有的人因为能见到老相好而兴奋,有的人怕见到初恋倍感忐忑,有的混得好的火急火燎,有的混得差的如丧考妣……各怀鬼胎。什么当三年兵的回来给你分析世界形势,在政府看大门的给你分析国家政策,卖狗皮膏药的教你怎么养生,在浴场当小弟的给你讲江湖大哥的传奇经历……总之就是稍微沾点边的,你就可劲儿吹吧,警察抓不到你。

还好我们还没有毕业，聚会还不至于装到这种程度，不过也快了。菜都上齐了，罗莎莎那骚货才推门进来，手上拿着一苹果最新手机，显摆什么呢显摆。一边晃着那手机一边用很嗲的声音说："真是不好意思啊，我们家司机开车就是小心，我说让他快点吧迟到了多不好啊，他还怕我出危险了不好回去交代。"

我听见陆彤在我旁边小声骂了一句。

罗莎莎那丫穿的衣服和没穿一样，前胸低得乳沟都显出来了，也不知道她怎么挤的。背后跟被人扯了一道口子一样，一直露到了腰，还穿一特别短的牛仔裤，稍微往下一弯腰俩屁股蛋都要露出来了。越看越觉得她像一发廊妹了。

罗莎莎也看到了我，径直向我走来，还伸出手，故作好姐妹一样问我："呦呵，这不是袁艺吗？最近过得好不好啊？"

跟我在这儿装，我也不能让你没面子啊。我伸出手握住她的手，微笑着说："托您的福，好得不能再好了。"然后暗地里一用力，使劲捏住了她那双跟白骨精一样的手。

我看到罗莎莎的脸色立马变了，不过她还真不愧是当演员的料，手都被我捏红了依然面不改色心不跳，故作镇定地看着我，脸上那微笑假得和礼仪小姐一样。

我没想到她接下来会说："你看你这指甲多长时间没有保养了，我认识一家美甲店做得特别漂亮，改天带你去，我还是那里的贵宾哦！"

我一听赶紧松开了手，把手缩回来，她瞪了我一眼，像是在对我示威说小样儿跟我玩你还嫩着呢。

陆彤突然在下面抓住我的手，像是在告诉我不要怕有我在呢，然后腾地一下子站起身。陆彤个子很高,比罗莎莎高好多,她俩站在一起绝对是罗莎莎吃亏,陆彤半开玩笑地说:"几个月不见你,怎么没有之前好看了啊?你看看这干燥的皮肤,这鱼尾纹,这鼻子怎么也比以前塌啊,还有这下巴,小日子过得不错啊都吃成双下巴了。我认识一家美容院,引用了韩国最新的整容技术,你要不要也整整,整个林志玲的小脸出来,好勾引更多男人啊!"

说得罗莎莎脸一阵青一阵白的,我估计她的肺都快气爆了吧。

她气冲冲地找了一个空位坐下,挨着杨小夕,我知道那是杨小夕为她留的位置。我看着杨小夕,他一抬头,目光和我的对上了,便立马转移了视线,举起一杯白的说:"既然大家都来齐了,我们先喝一杯吧!"

刚才弥漫的浓浓的硝烟味儿就在大家的起哄声中渐渐消散了。整个饭局全是些无聊的谈话,一点儿营养价值都没有。不知道是哪个不长脑子的喝高了,大声地问杨小夕:"你怎么不和袁艺坐一起啊?你俩该不会是分手了吧?"

你丫的你是真不知道还是装的啊?

"四哥,你喝多了,我们早就分手了。"杨小夕赶紧解释说。

"就是啊,我们早就分了。"我赌气似的将杯子里剩余的半杯白酒一饮而尽。

罗莎莎趁机说:"现在杨小夕喜欢的人是我。"说着就来了一个交杯酒,一桌人跟着起哄。

不知道杨小夕是羞得啊还是喝醉了啊,脸红得跟猴屁股一样。他看了罗莎莎一眼,突然站起来说:"同学们安静一下,我要宣布一件事情——"

所有人立刻不吵吵了,底下静得就跟高中上晚自习一样。

杨小夕拉起罗莎莎的手,郑重地说:"下个月,我们俩就要订婚了。"

话一说出来,口哨声起哄声震得房顶都快被掀翻了。

"邀请大家都来参加我们的订婚仪式啊!"

"祝贺啊!我一定去捧场!"

"没问题的!我们一定会来的!"

……

我一杯接着一杯喝酒,什么菜也吃不进去。陆彤在我耳边小声说,你可不能这么作践自己啊,你要知道你喝的这不是白开水,是白酒啊,你可得悠着点,别把胃喝坏了。

她给我夹了一块豆腐,她知道我最爱吃豆腐了。我冲她笑笑,吃了下去。我突然觉得我面前的陆彤是那么的美丽。

我想我有点醉了。因为我看杨小夕的时候,是重影的。我还是无法阻止我的视线停留在他的身上,我看到他帮罗莎莎夹了一块烧茄子,罗莎莎嫌太油腻了,他端来一杯水,将茄子放进去涮了涮,又捞出来。

我清楚地听到罗莎莎柔声细语地说:"喂我嘛。"

然后杨小夕就真的喂到了她的嘴里。

我实在看不下去了,我把筷子狠狠地往盘子上一摔,瓷器相撞的声音很清脆。我对陆彤说了一句我去趟洗手间,然后拉开椅子出去了。

我刚把包厢的门关上眼泪就涌了出来,像坏了的水龙头,止也止不住。我也顾不上形象了,连脸也没捂就那么肆无忌惮地流着泪。从我身边擦肩而过好几个人,都满脸诧异地看着我,估计都纳闷呢这里是饭店又不是火葬场,不知道的还以为这丫芥末吃多了吧。

到了洗手间,一个人也没有,我看着镜子里自己哭花了的脸,狼狈的样子,整个一溃败的逃兵。我承认我真的输了,我再也撑不下去了。

我把水龙头按开,哗哗的水声伴着我的哭泣声,奏成了一曲悲伤的音乐。我旁若无人地哭出了声,也许是弯腰时间太长导致我胃里被挤得一阵恶心,我哇的一下子就吐了。刚才没有吃多少菜,吐的全是酸水儿,一股浓烈刺鼻的白酒味儿扑面而来,我又一恶心,吐得翻江倒海的。

吐着吐着我突然感到有人拍了一下我的后背。

4. 高中聚会(2)

不知什么时候陆彤站到了我的身后,她一边拍我的后背一边关切地责备我说:"让你少喝点儿你偏不听,难受的是自己,你自己心里比谁都清楚!"

我怎么听着这话都像是一语双关。没错,我自己折磨自己,我忘不了杨小夕,我心里难受,我比谁都清楚,我活该。

吐完了,我瘫坐在地上,陆彤好不容易才把我扶起来。她拽出一张纸巾,将我脸上的水擦干,然后拍拍我的脸颊。"清醒点儿清醒点儿。"她叫道。

我睁开水汪汪的眼睛看着她,她也看着我,满眼都是怜惜。

"你还爱杨小夕吗?"

我点点头。

"那苏志浩呢?"

我愣了,我差点忘了还有他。

"你到底爱谁?"

我心虚了,支支吾吾说不出来。

"姐姐我最恨脚踩两只船的人,你要是选择了苏志浩,就不要再回头了。"

我也恨我自己,我就是一贱人,我一见到杨小夕就和着魔了一样,我总觉得曾经那些美好的岁月还会重来,我以为我一天不死杨小夕就有可能重新回到我的身边。

"振作点儿,不要唧唧歪歪的,你可是女神啊,我的袁艺女神,不要在他面前显示出一副你还对曾经有所迷恋的样子,你可一直都不软弱啊,千万别让我瞧不起你。"

陆彤从她的包里拿出来化妆包,帮我把妆重新画了一遍。就在这个时候,镜子里突然出现了罗莎莎的脸,她一见我们就发出了类似火烈鸟叫唤一般的声音:"哎哟,我说你俩去哪儿玩了,敢情在这儿补妆呢啊,我们当演员的都没有这么勤快过,你俩在这儿臭什么美啊!"

陆彤转过身就甩了她一耳光,啪的一声,特别使劲儿。我从镜子里看到罗莎莎的右脸颊立刻显示出五个手指印,非常明显。

"你!"罗莎莎捂着脸气得说不出话来了。

"别捂着了,一会儿就该肿起来了,要不然我再扇你一巴掌给你整个对称的?"陆彤不依不饶地说。

罗莎莎气得转身就跑开了。

陆彤回过头来对我说:"等下回到餐桌上你可不能表现出来一丝忧伤啊,你要让杨小夕看看,你没有他一样可以活得很好。"

第八章 我愿做你的天使

我用力地点点头。

我和陆彤回去的时候,看到罗莎莎依偎在杨小夕的怀里,肩膀一抽一抽的。我也白了杨小夕一眼,我看到他的眼里像是蒙了一层大雾,看不清、猜不透。

我们从中午十二点一直吃到了下午四点多,期间还打了几牌儿三国杀。好几个同学在接了一个电话之后说有事儿就先走了,我估计走的这帮子里有一多半是不想买单了。之后服务员五分钟来一趟,来了也没事儿就是看看我们就出去了,显然在催我们走呢,不然我们赖在这里都该影响晚上的生意了。

于是班长组织去唱歌,剩下一帮子中五音不全总是走调的人默默退场了,罗莎莎竟然还恬不知耻地去了,要知道她唱歌那真是比杀猪还难听。

我和杨小夕都属于麦霸型的,都是那种拿了话筒就开始狂吼一首接着一首停不下来的主儿。高中的时候经常聚会去KTV,我们每次都要合唱一首《今天你要嫁给我》,而且次次满分,无一例外,大家都说我们是绝配。

可是现在,不知是谁又点了这首歌,蔡依林的部分换成了罗莎莎来唱,她刚一张嘴我就受不了了,不仅跟不上节奏,而且跑调都跑到她姥姥家了,她还好意思唱。唱到高潮,她还拉住了杨小夕的手,俩人一起晃啊晃的,晃得我都头晕。

我看到陆彤和张顺天搂在一起卿卿我我的,看得我鸡皮疙瘩都出来了,我端起桌子上的啤酒就喝了一杯,喝白酒喝多了之后觉得啤酒尝起来就跟可乐一样甜。

一曲毕,开始打分了,意料之中的八十分,这是我在KTV看到过最低的分

蓦然回首许多年

数了,再低机器好像都不显示了。顾客就是上帝啊,人家是怕伤了上帝的自尊心,万一上帝一生气说以后甭想让我再来了我在你们这儿唱歌都没及格过。

这八十分就是罗莎莎那破锣嗓子拉下来的,她还不承认,急着说这机器坏了坏了我唱得这么好听怎么不是满分啊。我靠,你要是唱满分了那要机器评分还有什么用啊,人人都是一百了。

不知是谁喊了一句袁艺来一首袁艺来一首,陆彤也停下和张顺天的亲热,加入到了起哄的队伍中。我本来心情不好,不想唱歌,看这架势我不唱面子上还真过不去。

我决定唱光良的《童话》,我也不知道为什么突然想起了这首歌。音乐一起,我无意中瞥到了杨小夕,他坐在沙发上安静地看着我,黑暗中他的眼睛一闪一闪的,仿佛溢满了泪水。

我突然想起了我和杨小夕第一次去KTV的场景,那是高一的暑假,我被我妈关在屋子里做作业,突然接到了张顺天的电话,他说杨小夕在KTV喝醉了正闹腾呢你快过来劝劝他啊不然他该撞墙自杀了。他说得特像,我当时那个单纯啊以为是真的呢,我合上课本就准备冲出去,我妈问我作业写完了啊有没有复习好啊,我骗她说都写完了陆彤说有几道题不会让我去她家教她呢。我跑到大街上招手就叫了一辆出租车,司机看我着急的样子问我去哪儿啊,我说去××路的"想唱就唱",麻烦您开快一点儿啊。说着说着我哭了起来,我怕再晚一步小夕就没命了。那司机特别疑惑,又问了我一句到底去哪儿啊,我吼道"想唱就唱"!那司机一踩油门冲了出去,估计他直到我下车还纳闷呢,这去练歌房又不是去医院还哭了一路,真是林子大了什么鸟儿都有。

第八章 我愿做你的天使

我到了张顺天说的包间,推门进去,在昏暗的光线下,我看到了杨小夕、陆彤、张顺天,还有几个狐朋狗友们。杨小夕站在中间握着话筒又跳又唱,一点儿没有想要自杀的倾向。我刚想发飙呢,敢情你们一帮人合伙儿骗我啊,杨小夕突然停下了正在放的歌,包间顿时变得非常安静。接着他用话筒说道,亲爱的老婆大人,送你一首《童话》,张顺天非常配合地点了这首歌,之后杨小夕充满深情地唱完了,末了还说,我愿意做你的天使,守护你一辈子。听到这句话我所有的担心和气愤都消失了,坐在那里感动得一把鼻涕一把眼泪的。

此时换成了我在唱:我愿变成童话里你爱的那个天使,张开双手变成翅膀守护你,你要相信,相信我们会像童话故事里,幸福和快乐是结局……

唱着唱着我感觉到我的音调变了,我才意识到我早已泪流满面,我唱完最后一句,已经哭到了不能自已,我捂住嘴压抑着自己的哭声,放下话筒就冲了出去。

跑到洗手间后,我将格子间的门关上,蹲在地上抱住膝盖,眼泪哗哗地往下流,我听到陆彤一边敲门一边喊:"袁艺你开开门啊,你没事儿吧,袁艺你听见我说话了吗?"

我站起身把门打开,陆彤一下子冲到我面前抱住我,她轻轻拍着我的后背像妈妈安慰孩子一样安慰着我。我哭着说我做不到啊我真的做不到,我以为我可以忘记他,可是无论我到哪儿在做什么事情都会想到他,他怎么这么讨厌啊总是缠着我不放,太坏了他真是太坏了……

我的眼泪鼻涕全流到了她的肩膀上,她穿的是露肩上衣,我说对不起啊我弄脏你肩膀了,她却一点儿也不嫌弃,依旧紧紧地抱着我。

那一刻我竟然想的是——我要是爱上陆彤该多好啊,就不会有这多麻烦了。

我告诉陆彤说时间也不早了我先走啊,你帮我向他们道个歉就说我突然有点儿急事。其实现在才七点多,往常聚会我都属于不到半夜十二点不回家的主儿,为此我爸还特意在每次聚完后开车来接我。不过陆彤知道我此刻的心情,她将我的包拿出来递给我,拥抱了我一下,说你回家好好想想,有些人真的不值得你一而再再而三地为他哭泣。

我点点头说好,便转身离开了。

出了"想唱就唱"的大门,我远远地就看见一个熟悉的人影站在前方。他一手揣着兜一手拿着手机,颀长的影子投在地上。之后他看到我走了过来,把手机放回兜里,向我跑了过来。

"袁艺你没事儿吧?你看你哭得妆都花了,是不是喝多了啊?走路怎么晃晃悠悠的?我听到陆彤说你难受就急得连腰带都没系上就冲了过来,还好没有遇到堵车,现在好点儿了吗?要不要紧?要我扶着你吗?"

我看到他的牛仔裤因为没有系腰带松松垮垮地套在他的腿上,他窘迫地用双手拎着裤腰,样子甚是滑稽。

我冲过去就抱住了他,两行泪顺着我的脸颊滑了下来。

"苏志浩,谢谢你。"

第九章 防人之心不可无

1. 天降喜事

日子就这么一天天过去,转眼间都过了半个多月了。我在床上躺着看电视剧,吹着空调,喝着冷饮,瞥一眼窗外的大太阳我都浑身发热,更不要说出门了。

我彻彻底底地成为了宅女,买菜这种事情完全交给了苏志浩,于是我足不出户连床都懒得下,一待就是一天。

陆彤打电话问我去不去逛街,我说你开辆车到我家楼底下我就出去。我其实就是开玩笑呢,没想到陆彤当真了。

我抱着笔记本电脑正好看到电视剧大结局了,男女主角生死离别的时候我正哭得一把鼻涕一把眼泪呢,好家伙,我的手机铃声响起来了,那音乐欢快得让人有一种想跳舞的冲动。

我把眼泪一抹接了电话,陆彤的声音就冲了出来:"丫在哪儿呢?我到你楼下了。"

我噌的一下子坐直了身子,我说:"你说什么呢,我现在没在家啊!"

陆彤急了:"你刚才不是说让我开辆车到你家楼底下吗?你家那个阿姨说你不在啊!"

我一想坏了事了,陆彤还不知道我离家出走了呢,我说:"陆彤啊,我现在在一朋友家玩呢,要不咱改天再去吧。"

陆彤骂道:"姐姐我好不容易才把我爸的车偷出来,你在哪儿呢?我去找你。"

我心想,我要是告诉她现在我和苏志浩住在一起呢她那个大嘴巴不闹得满城风雨才怪呢,到时候苏志浩肯定会被我爸找人以诱拐少女罪关局子里去。

"要不这样吧我那朋友家离 H 大特别近,我在学校南门等你,你快点过来啊!"我说完挂了电话,冲进洗手间开始洗头发,我发现女的都有一规律——不出门绝对不洗头,不洗头绝对不出门。

我一边吹头发一边对苏志浩说:"我要和陆彤去商场啊,不知道什么时候回来呢,中午你自己随便做点儿吃就行了不用管我。"

苏志浩神情专注地望着电脑,我们俩都属于那种离开了电脑就活不了的主。

"嗯。"苏志浩不知道是不是用鼻子发出的声音。

我收拾好了自己然后挎上我新买的包,一打开门就开始后悔了,一股热浪扑面而来,好像从冰箱进到了烤箱的感觉。等出了公寓楼,大太阳一晒,好家伙的又从烤箱进到了熔炉里,我都快被熔化了。

我赶紧把遮阳伞打上,还好我防晒霜涂了整整三层,不然我出去一趟非得

第九章 防人之心不可无

掉下来一层皮。我觉得我踩在地上就和踩在烧热的平底锅里一样,我估计我不小心碎个鸡蛋在地上立马变成一煎鸡蛋出来。

远远地,我就看见了陆彤家那辆银灰色宝马,我像看见了亲人一样就冲过去,拉开车门我瞬间又回到了冰箱里,这冷气开得也忒足了吧呼出一口气都快成白雾了。

"你丫不是没有本儿吗开什么车啊!"我扭过头问陆彤,她今天戴了一茶色大蛤蟆镜,半边脸都被遮住了,我啥表情都看不出来,整得和一特工一样。

"没本儿就不能开啦!"她还理直气壮的。

"废话,你才过了科目一!"我提醒她。

"我实战技术高呀,那些东西都是虚的,我要是让我爸出面一砸钱,保证把本儿双手奉上,我就是懒得去。"陆彤一踩油门就出去了。

这丫开得还挺快的,要不是没本儿我心里有点儿虚,心里念叨着各路大神们都保佑交警都嫌今儿太热回家凉快去了。

还算顺利,我们找到了一个停车位,下了车我俩立刻撑起遮阳伞,多晒一刻都不行,皮肤就是我们的小命啊。

我俩这一逛啊就没了时间概念,直到肚子咕咕叫了才意识到已经下午三点了,我们大包小包地找了家西餐厅坐下,一边吃饭我一边说:"你说咱们成天这么混日子多不好啊!"

"哎哟,大小姐你今儿个怎么觉悟了?你不是说过咱们的人生那是注定好了的,吃喝玩乐什么都不用操心,那可是多少人羡慕的啊!"

"现在想想觉得也挺无聊的,一点儿追求都没有。"

"哈哈，丫是不是空虚寂寞了？难道苏志浩对你不好吗？"

"你想哪儿去了！满脑子没有正经事儿！"我脸红了，赶紧喝了一口冰橙汁。

"说实话吧，有的时候我也思考过这个问题，但是改变不了，你要是有点主见吧你父母又该说你青春期叛逆了，你要是逆来顺受吧你父母又会说你没有理想没有抱负，其实想想也挺无奈的。"

我埋下头吃披萨，不再言语。一股忧伤的氛围笼罩在我们四周。我不知道该接什么话，我在犹豫要不要告诉她我离家出走了，想了想还是先别说了吧。

我们的忧愁在血拼中瞬间消失得无影无踪，我突然发现我的银行卡上又多了好几位数的零用钱，老爸对我还是仁慈的，怕我在外面受苦受累，其实他不知道我小日子过得相当的滋润。

我们成功地逛到了整个商场里都回荡着萨克斯曲《回家》。

在车上陆彤问我："先把你送回家吧？"

我赶紧说："不要啊！把我送到 H 大就好了！"

我刚说完一个急刹车我差点儿就撞挡风玻璃上了，幸亏我绑着安全带呢，否则我的小命就不保了。

我尖叫道："陆彤你吓死我了！"

我看看前方，也没有挡着路啊刹车干什么啊？

陆彤扭头看向我，她那副大蛤蟆镜片儿上清清楚楚地反射出我受惊吓后苍白的面孔，她严肃地问我："袁艺我从一开始就觉得你不对劲儿，说吧，你现在到底住哪儿?"

我看着她却看不到她的眼睛,可是我能感觉到她正直勾勾地看着我,眼神犀利,像一把闪着明晃晃光儿的刺刀,架在我的脖子上。

我知道我什么也骗不了陆彤,我俩除了幼儿园不在一起上,小学初中高中大学都在一起,她就像是我肚子里的蛔虫,我心里打什么小鼓她都一清二楚的。

我刚想告诉她呢,后面有车开始按喇叭了,我说:"你先开车啊,别到时候警察来了咱俩就完了。"

她一踩油门我们又冲了出去。

陆彤目视前方,依然用严肃的语气又问了我一遍:"你丫到底住哪儿啊!"

"我……"我一咬牙一闭眼,姐姐我今天豁出去了,"我现在和苏志浩住在一起!"

好家伙突然又吱的一声尖利的轮胎擦地的声音,陆彤这丫怎么又急刹车啊再坐下去我都该吓出心脏病了。

我安抚着我怦怦直跳的胸口,惊魂未定地冲她吼道:"陆彤你把你家宝马开坏了,回家你爸不把你整死才怪呢!"

"是我爸整死我还是你爸整死你啊!和苏志浩才谈了多久啊就开始同居了你!袁艺你丫胆子还挺肥的啊!你对他了解不了解啊!别到时候被他骗得把肚子搞大了最后还被他一脚踹了!我告诉你啊这样的例子可是数不胜数啊!"陆彤一把摘下来那蛤蟆镜,满眼冒火地看着我说。

"不是你想的那样啊!我是离家出走了迫不得已才暂时住在那里的!"

"呦呵,胆子不小啊,你还离家出走了啊!"陆彤伸出手就掐了我大腿一下,"你以为你丫还是一青春期叛逆小青年儿啊!"

"我的亲姐姐啊,您可千万别告我爸啊!"我求她。

陆彤不理我了,我看到她皱起了眉毛,她一皱眉毛就是在思考问题,还是那种特别难特别纠结的问题,高三做数学压轴题的时候她就经常露出这种表情。

"姐——"我装乖地叫了她一声。

"好好,我可以不说,但是你必须告诉我你为什么离家出走。"看到陆彤的眉毛舒缓了,我悬着的心也掉了下来。

"你也知道,我爸妈整天忙生意,根本没时间陪我,我一气之下就收拾了点儿行李,搬苏志浩住的那地儿了。"

"袁艺真不是我说你,你不是脑袋少根弦就是上次出车祸撞傻了吧,你放着好好的大别墅不住你搬一还不如你家厕所面积大的屋子里,你是不是好日子过腻歪了想体验体验上山下乡艰苦奋斗啊你!"

"算是吧,"我耸耸肩,无奈地说,"反正你也不理解我。"

陆彤没有说话,气氛一时有些僵,她一路把我直接送到了苏志浩租的地儿。临走的时候她说了一句保重,我把车门关上刚想转身离开,她把车窗按下来又对我说:"苏志浩那丫要是敢欺负你,你就告我啊,我非把那丫阉了变成太监不可!"

上楼梯的时候,陆彤的话一直回荡在我的耳边,我心里突然就涌上来一阵感动。她这人急了说话是挺难听的,不过没坏心眼儿,我知道她全是为了我好。

我这辈子能有她这一个姐妹就够了。

我刚一进门苏志浩就给了我一个熊抱,我说:"我正热着呢,浑身汗涔涔的你不嫌抱着黏啊?"

他没有放手还在我额头亲了一下,我诧异地问他:"今儿是怎么了笑成这样,你看你嘴巴咧得都快到耳根子了,你才几个小时没见我啊就激动成这样?"

苏志浩放开我,笑着说:"你面试通过了。"

2. 我们分手吧

第一天上班的路上我就在想,这大学生找工作也没新闻上说的那么难啊,我随便投了个简历过去,面试的时候还差点和主考官打起来了,我这样的主都能通过,真不知道这广告公司靠不靠谱啊。

我这个职场新人第一次上班啥也不懂,在一师兄的带领下来到了自己的办公桌前。好家伙的,这办公环境比我想象的要好多了,不仅配备最新的笔记本电脑,桌子上还有一书挡,里面摆着各种关于广告文案培训方面的书籍,好几个天蓝色的文件夹整整齐齐地插在最边儿上,还有一小熊笔筒样式的相框,相框旁边放着一盆仙人掌。

"我们公司的副总说了,仙人掌可以防止辐射,对女性的皮肤有好处。"师兄对我说。

"谢谢。"我客气地点了一下头。

■ 蓦然回首许多年

■ 170

"等下我会把您需要了解的相关资料拿来,您熟悉之后就可以开始工作了。"

哇,这公司真是人性化啊,这副总也真够体贴人的,还知道防辐射。第一天上班就受到如此待遇,顿时让我对以后的工作充满了希望。

其实我挺适合创意部的,像我这种整天胡思乱想的人,脑细胞每时每刻都处于极度活跃状态,不利用就太浪费了。

公司里的人对我都挺照顾的,我去茶水间冲杯咖啡都有男的争先恐后替我,我婉言谢绝了他们的好意,受宠若惊得背后都冒冷汗了。

我正冲咖啡呢,突然看见了梁洁,敢情她也通过面试了啊,看来这年头美女找工作就是容易。我看着她那条超短裙发愣,风轻轻一刮保证能看到里面的小内裤。

跟像我一样的新人一起工作,我心里多少踏实了些,就这样一天过去了。

我一回去就享受到了皇帝级别的待遇,苏志浩做了满满一桌子菜,我说:"你学行政管理真是屈才了,你应该去御膳房工作才对。"

"老婆大人上了一天班多辛苦啊,我这是应该的。"说完夹了一块糖醋里脊到我的嘴里。

我一边嚼着一边说:"你知不知道我有多幸运,我办公桌上应有尽有,还有小熊相框呢,明天我就带一张我最满意的照片放进去。"

苏志浩微微一笑,没有言语。

我觉得我的人生已经够曲折的了,所以这一阵子过得特风平浪静,每天和

第九章 防人之心不可无

个上班族一样,把大部分时间都耗费在了工作上,渐渐有些喜欢这种充实的感觉。

回想一下我这大半年:男朋友背叛了自己和自己最好的朋友订婚了,我还出了车祸躺了几个月,虽然痊愈了但是在脸上留下了一条蜈蚣一样的疤痕。好不容易交了个新男朋友,哪里都好就是太贪玩了,我怎么能把我的后半生交给一个只会打网络游戏的大男孩啊!

那天回家的路上赶上堵车,我心情特郁闷,好不容易到家了,我敲了半天门都没人开,只好从包里掏出钥匙。苏志浩为了方便给我配了一个房门钥匙,不过我每次都懒得开门直接按门铃等着苏志浩来开,不过不知道今天这是怎么了。

穿高跟鞋走路走得我脚都疼死了,我一屁股坐在沙发上,卧室的门开着。我看到苏志浩戴着耳机对着笔记本电脑,我第一反应就是这丫一定又在打游戏!

我腾地从沙发上站起来,径直走到他的面前。

"做饭了吗?"

他没理我。

我加大了音量:"做饭了吗?"

他抬起头来看着我,淡淡地说:"没有,你要是饿了的话楼下有超市。"说完继续目不转睛地盯着屏幕。

我啪的一下子就把笔记本电脑摔地上了,亮着的屏幕一下子黑了,我也不管他在干什么,我就是看这电脑不顺眼,摔坏了大不了再赔他一个。

我却没有想到他突然站起来,把耳机从头上拽下来,甩到床上,冲我吼道:"袁艺你吃错药了啊!"

我一听这话立马火了,我也冲他吼,我说:"你才吃错药了呢!每天不务正业的!就知道打游戏!打游戏!你到底是不是男人啊!你不是说婚姻需要资本吗!你这个样子我怎么可能嫁给你!我可不想永远养个小白脸儿!"

我没想到我一生气会把心中隐藏许久的想法全说出来,说完我才意识到这话儿好像说得太过了。

我看到他浑身都在颤抖,两眼被怒火烧得布满了血丝,他发白的嘴唇在微微抖动,我知道他有话想说,却没有说出来。

他转身出了卧室,穿过客厅,之后我听到房门传来砰的一声巨响。

我从来没有见过他会对我发这么大的火,他一向都是百依百顺的。以前我走路走累了的时候他会背着我,一边走路一边唱歌,我说我喜欢听韩语歌,他特意学了好几首 Super Junior 的最新单曲。以前我对他说我想吃辣的了,他立马带我去鱼香辣婆婆吃水煮鱼,我又说我想喝酒了,他会买来好几瓶啤酒陪着我一起醉。以前我伤心的时候,他会抱着我给我擦眼泪,安慰我说一切都会过去的。我们也吵过架,不过每次都是他先道歉,他会红肿着一双像兔子一样的眼睛,可怜地看着我,看得我一阵心疼。我不忍心他难过。

可是这一次不一样了。

我蜷缩着身体坐在沙发上,双手抱着腿。曾经有人说,这个姿势最让人有安全感,因为那是在妈妈肚子里的姿势。

第九章　防人之心不可无

我一直坐着,我把屋里所有的灯都打开了,我怕苏志浩回来会找不到我。

我看了看墙上的挂钟,已经凌晨一点半了。我一点儿也不感到困,尽管我的眼睛很干涩很痛,但是我不能闭上眼睛,我怕睡一觉儿起来,发现苏志浩再也不回来了。

他不在了我才发现我是多么需要他。

我一直在流泪,泪水将我的裙子打湿了一大片。如果他现在回来,我一定会先道歉,无论如何也要他原谅我。我知道我做错了,我不该那么冲动,我不该说出那些伤他自尊心的话。我真是个浑蛋。

我突然想起来前段时间苏志浩过生日那天,我问他,我说你要什么我给你买。他想了想说,我要你好好的。

当时听完我的泪就涌了出来。

我要你好好的。

我一点儿也不好,你不在我一点儿也不好。

苏志浩回来的时候,时钟刚好敲了两下。

我赶紧从沙发上站起来,连鞋也没有穿就冲到他的面前。一股强烈的酒气扑面而来,他醉得摇摇晃晃的,走路也走不稳了。

我刚想搀着他回卧室,却被他的胳膊一下子甩到了地上。

"对不起——"我哭着求他的原谅。

他却只说了一句话:"我们分手吧。"

3. 险些羊入虎口

后来我们就一直冷战。苏志浩没有赶我走,我也没有收拾行李。我们两个在一个屋檐下生活,彼此却像陌生人一样。

每天早晨我起床了从卧室走出来,都会看到苏志浩在沙发上熟睡的样子。他个子太高沙发太小,他就蜷着腿睡。我突然发现自从我到了这里,就总是欺负他,我把床占了让他睡沙发,我还总是抱怨那张床太硬,应该换一个好一点儿的床垫。

我走过去,将掉到地上的被子的一角重新搭在他的肩膀上,我的动作很轻,我怕我会吵醒了他。这个每天熬夜不到凌晨一点多绝对不睡觉的主,白天黑夜完全颠倒了,以前我在家的时候,还会强迫他起床给我做早餐。现在,我想就让他一直安静地睡吧,放心地睡吧。我不会再来打扰你的。

我将客厅里的空调调高了两度,我总是说晚上睡觉不能太冷了会感冒的,他就是不听。后来有一次醒来他发烧了,一量体温都三十九度八了。我问他退烧药放在哪里了,他说他从来不吃药,我说生病了怎么能不吃药呢,他说我体质好挺一挺就过去了。

后来他不止一次地对即将要放弃的我说过,生活中有很多坎儿,只要你挺一挺就会过去的。

我赶紧挎上包离开了,我怕我再多待一秒,会忍不住哭出来。

我走在大街上,看着来来往往的人群,他们都匆匆地赶路,沿着既定的轨道行进着,没有谁会在乎一个人的悲喜。这个世界上悲欢离合多了去了,要是成天像林黛玉一样哭哭啼啼的，那还活不活了。

于是我眨眨眼睛，模糊的视线重新变得清晰。全身心投入到工作中，我对自己说加油。

今天的工作任务比较多，会就连着开了两个，等到要下班的时候都已经晚上八点了。我的肚子饿得开始咕咕叫了，忙的时候没觉得特别饿，一闲下来瞬间觉得自己胃口大增，仿佛能一口气吃掉三个大汉堡。

我想打电话把陆彤叫出来，正好可以和梁洁小聚一下，可是梁洁说她有事儿先走了，不过没关系，就我和陆彤也好。

我拿出手机，刚要按下陆彤的头像，我们的部门经理向我走过来。

部门经理姓王，五十岁上下，身材特别臃肿，肥头大耳脑满肠肥的，每天挺着个啤酒肚就和怀孕了一样，胸前两坨大肥肉走起路来一晃一晃的，又矮又胖的。我踩上高跟鞋足足比他高一头，和他站一起我都不好意思。

他对我笑着说："袁艺啊，我看了你的简历，你对于文学创作还是颇有造诣的，其实我也挺喜欢写小说的，我从小的梦想就是当一作家，后来也不知道怎么回事儿反而成了经理，说实话我骨子里其实还是一文艺青年。"

我心想，你丫都快当爷爷的份儿了还文艺青年？你要是青年了那我岂不是还处于受精卵阶段？

"是是，热爱文学的人都有一颗孩童般的心。"说完这句话我自己都恶心了，幸好我肚子里特空不然我非要当面吐出来不可。

"哈哈哈，说得好啊，今天我终于找到知己了，你还没吃晚饭呢吧？不然今天我请客,咱俩出去撮一顿?"

看王经理热情高涨的样子,我也不好破坏了他的兴致。工作期间和领导吃饭也是很正常的一件事情,说不定他高兴了还能提拔提拔我当个助理啥的。

我心里的小算盘啪嗒啪嗒打起来了,我说:"好啊,和王经理一起吃饭是我的荣幸。"

"快别叫我王经理,喊我王哥就好了啊。"

"是是,王哥好,王哥好。"我满脸假笑。

我们去了公司旁边的一家日本料理店,还是单间,我心想就我们两个人又不是搞同学聚会呢要一单间干什么。后来我一想老板们吃饭不都是这样么,喜欢找个环境优雅的安静的地方,吃饭聊天儿什么的,还方便些。

我那时压根儿就没想到这全都是阴谋,你说我这么单纯一小孩儿,大学还没毕业呢,就先遇到了社会中只听说过而没有亲身经历的东西——潜规则。

王经理,哦不,叫他王八蛋吧。话说这王八蛋刚开始吃饭还挺正常的,和我聊了聊文学,聊了些当今社会上争议颇大的一些作家们,还是一副一本正经的样儿。这三杯烧酒一下肚,就开始晕乎了,就说开胡话了,满嘴跑火车,荤段子一个接一个的,我心说你就长了一张嘴,怎么跟那破窑子似的,没个把门儿的呢?

我一直吃,偶尔礼貌地点点头,寻思着吃饱了找个借口就溜,让他一个人在这儿讲吧,讲个昏天黑地的整出一脱口秀来得了。

这丫的酒量不行就别喝了呗,还一杯一杯的以为这是他家白开水啊。我心想这可不行,一会儿他再喝高点儿就不满足于他的臆想了直接真人演练了,

第九章 防人之心不可无

我一把夺过他的酒杯对他说:"王哥啊,您看您今儿喝得也不少了,就别再喝了,我叫服务员给您拿瓶儿醋来醒醒酒吧!"

我话还没说完呢,他那肥嘟嘟的猪手就抓住了我端杯子的手,我吓得一哆嗦杯子里的酒洒到了裙子上面。他比我还着急呢,惊叫道:"哎呀,怎么这么不小心啊,你看你裙子都湿了,我来帮你擦擦吧。"说着就伸出他那双肥猪手,在我大腿处蹭。

姐姐我今天真是见识到流氓了,我腾地一下子站起来,因为是我上司我还不好意思发太大火儿,不然我早找人把你做了。我说:"不用了,谢谢您的好意,这顿饭我吃得很好,我先告辞了。"说完我就要拉开包间的门。

那双肥猪手还不让,使劲拽住我的胳膊把我往回拉,那肉瘤大脑袋上堆满了淫笑,吧唧着沾满了油的香肠嘴说:"嘿嘿,袁艺啊今儿晚上就别回家了陪陪我呗,你不知道啊你嫂子在外地出差呢,我一个人怪寂寞的……"

"王哥,你找错人了啊!"我对他吼道。

这王八蛋怎么这么没有眼力价啊,越说还越兴奋了,眼看着就要把裤腰带解开了。那肥硕的身躯一步一步向我靠近,胸前两坨大肥肉一抖一抖的,淫笑着俩小眯眯眼,直勾勾地盯着我的胸部,眼珠子都快跳出来了。他笑起来还是歪嘴儿,一绿菜叶儿黏在大门牙上,格外刺眼。

我的处女之身啊可不会就毁在这头猪身上了吧,都说第一次要和一帅哥做不然以后会留下阴影,姐姐我今天豁出去了也要保持清白!

我刚想甩手抽他丫一耳光,又怕脏了我的手。我抬起脚冲着他命根子就是一下,我那高跟鞋估计戳得不轻,他嗷地叫了一声赶紧用手捂住了下身,疼得龇牙咧嘴的。

"你……你……"看他疼得连话都说不全了,我一阵得意,我不把你踹得断子绝孙了姐姐我就不姓袁!

我拉开门就走了,我潇洒地对服务员说:"里面那位买单。"

我刚走了三步又转过身来补充道:"对了,如果里面那位需要叫救护车,你就帮忙打个120,谢谢了。"我对服务员抛了一个媚眼儿,那服务员一看就是一小男生暑假做兼职的,连忙点头哈腰说没问题没问题全都包在我身上了。

走到大街上,突然感觉特别累。别看我这人儿有时候特别蛮横,其实没有坏心眼儿,我其实就是一特单纯的孩子,生平第一次遇到这种只听说过的事儿,吓得我后背直冒冷汗,这外面小风一吹,还冷飕飕的呢。

怪不得苏志浩总是说,你这人就是缺心眼儿,在社会上总有一天会吃亏的,骗子们就专门逮着你这种人来骗,一骗一个准儿。

我当时还特别不以为意,我说这世界上还是好人多啊,你别在这儿净瞎造谣,要搁"文革"那个年代你早胸前挂个牌子当街游行了,这个社会之所以混乱就是因为有你们这种人存在,要是人人都相信真善美,就不会有那么多坏人了。

苏志浩拍了拍我的脑袋,说哎你还是一孩子啊,没经过什么大风大浪的,到时候吃一次亏你就明白了,这世界复杂得很,说白了都是由欲望组成的,金钱、名利、美色,你能保证人人都经得起那个诱惑吗?害人之心不可有,防人之心不可无啊!

一番话说得我哑口无言的,我说你才比我大多少啊,竟在这儿装沧桑了。

第九章 防人之心不可无

说这话感觉我一晚上突然变得世俗了起来,社会这个大染缸,你要想进去必定会被沾染一些原先没有接触过的颜色。今儿个我算见识到了,还真是苏志浩说的那句——到时候吃一次亏你就明白了。老人们都说吃亏是福啊,吃一堑长一智,那可不是白说的。

想着想着我的眼泪就流了出来。真丢人,在大街上走着都能哭出声。

我也不知道我为什么哭,我就是觉得委屈。我不知道明天上班我还能不能以一副无所谓的姿态来面对别人,我觉得我现在对大街上走过去的每一个人都心存戒备之心。

真是知人知面不知心,你不知道什么时候就会被一看起来特善良的主儿给骗了,好像未来每走一步都必须格外小心翼翼的,似乎到处都潜伏着地雷,稍不留神就会被炸得血肉模糊粉身碎骨的。

我一边抹眼泪一边走,我竟然忘了要招手叫辆的士。不知道怎么回事儿我脚上的高跟鞋也跟我过不去了,鞋跟歪了,我走路一崴一崴的。

我觉得我今天特狼狈。我难过得鼻子又酸了。

就在这时,我听见背后传来一声音:"袁艺!"

我一扭头,看到苏志浩火急火燎地跑向我,他喘着大气,双手叉腰站在我面前,焦急地问我:"你没事儿吧?这么晚了上哪儿去了?那王经理没把你怎么样吧?他就是一老色鬼,见到漂亮妞儿就走不动道儿了,你可把我吓坏了,你没事儿吧?"说着还捏着我的下巴将我的头扭来扭去,左看看右看看,好像我被那王八蛋扇过几耳光一样。

看到我脸上除了一道道的泪痕以外,没有受伤的迹象,他将我额前的几缕头发顺了顺,动作特别轻柔。这让我想到了他每次见到大街上的流浪狗流浪猫时,都会蹲下身子弯下腰,轻轻地抚摸着它们的毛发,此时他眼睛里流出来的爱怜之情和那时的一模一样。

我往前走了一步抱住他就哭了。我将头埋在他宽厚的胸膛里,我双手像敲小鼓一样击打着他的后背,我把我所有的委屈与心酸都发泄到了他的身上。他不还手,只是一直默默地站着,默默地承受着我的欺负。

看我打累了,他伸出手连着我的胳膊一起抱紧了,抱得紧紧的。

我瞬间软了下来,在他怀里变成了一摊烂泥。

我哭着说道:"你怎么不早点儿来啊?你可不可以不要和我冷战了?你知不知道每次我想说话,看到你那冷漠的眼神我都会害怕,我觉得你好像变成了陌生人,好像回到了我们还不曾相遇的时候。我不想这个样子,太痛苦了,我受不了了,不要再折磨我了,你还不如一刀捅死我算了……"

"别死死死的,多不吉利啊,有我在呢,我一直都在。我不会再不理你了,我发现我也好痛苦,我做不到把你当成透明人。你知不知道那天晚上我特别伤心,我听到你说出那些话心都碎了,我想大醉一场,然后借着酒意告诉你分手吧我太累了,后来才发现,我已经离不开你了。袁艺,我错了……"

"是我错了,你没有错,不要这样说,你越这样我越愧疚。我觉得我就是一个浑蛋,你对我这么好我还不知足。你救过我的命,还在医院照顾我,你为了我牺牲这么多,我却没有为你付出过一点点。我不是人,我真不是人,你打我吧这样会让我好受些……"我抓起他的胳膊就往我身上抡,他一个反手把我的胳膊抓住,死死地放在他的胸口。

"我们别闹了,回家吧。"

这是他第一次对我说出"回家"这两个字,以前我们都把他那个出租屋叫作"红房子",因为那套公寓楼全身上下都是红色的,看起来特喜庆。

可是这次,他管那里叫作"家"。

只属于我们两个人的家。

我的泪又悄无声息地落下来了。这次不是因为委屈,是感动的。

4. 疯狂的想法

回到家里的时候是晚上十点钟,这个时间点对于我们来说就和下午没有区别。在大学的时候就已经养成了每天凌晨才睡觉的习惯,不是我不想睡,而是宿舍环境不允许。四个女生叽叽喳喳起来就没完没了了,颇有一副聊天一直到天亮的架势。

我看到苏志浩走进了厨房,他说要给我做点夜宵。他知道我晚上一定没吃饱,至少是没吃好,于是给我做我最爱吃的炸酱面。

我看着他切黄瓜的背影,真的恍惚有一种我们两个结了婚过日子的感觉。我轻手轻脚地走到他的身后,双手环住了他的腰。

我将头凑到他肩膀,亲了一下他的脸颊,因为他太高了,在家里我穿的又是拖鞋,所以我踮着脚尖,用力地伸着脖子。

他也转过来头,嘴唇贴到了我的唇上。我听到菜刀被他放在案板上的声音,他转过身来,抓住我的肩膀。

我一直后退,被他按到了冰箱前,我的身体贴着冰冷的冰箱外壳,心却是火一样的热。我们吻得忘情而认真,缠绵的窒息般的长吻,持续了大约一分钟。

吻完之后,我看着他英俊而帅气的脸,我的脑海中突然闪现出一个疯狂的想法,连我自己都被这想法吓了一跳。

我对他认真地说:"你要了我吧。"

第十章　深藏不露真男人

1. 第一次

苏志浩一听这话立马把我推开了，他一边回到案板切菜一边说："你丫受什么刺激了？"

我没想到他反应会这么强烈，看来他是一个好人。

"我没受什么刺激，既然我都同意和你结婚了，反正早晚也要……不如早点儿，这样我也放心了。"

"你放哪门子心？"他笑着问我，我看到他笑了也不那么紧张了。

"万一哪天你遇上个比我还漂亮的大美女，你一冲动把她娶回家了，我怎么着也得把你留住啊，无论是用灵魂还是用身体，反正你早晚都是我的。"我霸道地说。

"我可不是禽兽，我不能这么干。"他还在这儿装正人君子呢，也不知道他是真的披着羊皮的小羊羔，还是一只披着羊皮的大尾巴狼。

"管你干不干，反正我去洗澡了。"说完我就出去换衣服了。

■ 蓦然回首许多年

　　我没有关紧卫生间的门,我也不知道为什么,好像我真的受了刺激。哗哗的流水从头顶喷洒下来,打在身上很舒服。虽然不能享受我家那个牛奶浴,但是淋浴的感觉也很舒坦。

　　我望着镜子里自己的胴体,乌黑的长发在流水的冲刷下服服帖帖地顺在耳朵两侧,光滑紧致的皮肤仿佛吹弹可破。因为是夏天,所以脖子和四肢裸露的地方被晒得有些黑,和胸前的白皙形成鲜明的对比。高挑的个子,匀称的身材,这么一看我觉得我也挺符合前凸后翘的。

　　我第一次觉得我自己不是我自己了。这个疯狂的想法让我很兴奋。其实只有我知道为什么,社会复杂,人心险恶,我不知道哪一天我就不属于我了,万一独自一人走在黑暗的甬道被人强奸了也说不准儿。我只是想把我自己交给我爱的人,那个和他在一起会很幸福的人,那个值得我托付终身的人。

　　我突然有些莫名的伤感。我突然觉得我是在糟践自己。

　　曾经那么单纯的一小女生儿,那个第一次发现内裤上有血迹惊慌得不知所措只是一个劲儿大哭的小女生,那个幼稚得只会和洋娃娃玩过家家的小女生,那个连和自己喜欢很久的男生悄悄拉拉手都会脸红心跳的青涩小女生,那个根本不知道亲吻是需要伸出舌头的无知懵懂的小女生。

　　就要完成蝴蝶蜕变了。就要从一个女生变为女人了。

　　还记得十八岁成人礼那天,杨小夕祝贺我说,袁艺你终于成为一个女人了。我羞红了脸反对他说,成人了不代表我就变成了女人,只有……我停顿了一下,那个了之后才能算作真正意义上的女人。

　　杨小夕哈哈大笑,笑得弯了腰,他说那照你这么解释的话,世界上那么多

第十章 深藏不露真男人

老处女岂不是都属于女生啦?

我推了他一把,脸涨得通红,我说嘘……你就不能小声点啊,丢死人了。

他还恬不知耻地凑到我的耳边悄悄说了一句,要不要我把你变成女人啊?

我当时冲着他后背就来了一拳头,疼得他嗷嗷直叫女王饶命。

呵呵,我对着镜子里的自己嘲讽般地笑了。

曾经美好清纯的时代,一去不复返了。

不过人总是要一直向前走,总有一天我们都要成熟起来,面对许多未知的东西。由不得我们的,必须要经历的东西。

我擦干身子裹好浴巾,推开了卫生间的门,我闻到了香香的炸酱面的味道,苏志浩正坐在沙发上,面前摆着两碗热气腾腾的炸酱面。

我的头发还在往下滴水,我走到他的面前,对他说:"刚做出来太烫了,我们等一会儿再吃好吗?"

我看到他的喉结动了动,他说:"你该不会是认真的吧?"

我说:"是的,我是鼓起好大的勇气才下定决心的,都说好女孩对男人不能太主动,会被你们看轻了的,但我不是坏女孩,我是真的爱你,所以才想把自己给你的。"

我看到他张开嘴想说什么,我却没给他机会又接着说:"我知道你会对我负责的,如果你愿意和我结婚的话,就跟着我进来吧。"

说完我就往卧室走,整得我好像特别熟练一样。

我听到他的声音从背后传来:"你等我去洗个澡,做饭出了一身汗。"

我微微一笑,果然,男人就是抵挡不住美色的诱惑。看来苏志浩还是个健康的男人。

我进到卧室后把窗帘拉上了。我静静地躺在床上,望着天花板,心咚咚咚直跳。说实话,我真的很紧张,都说第一次会很疼,我怕我会受不了。

不过,为了我亲爱的,不就是一层膜吗,一咬牙一闭眼就过去了。怎么说得我好像要受刑一样痛苦?

我听到卫生间哗哗的水声停止了,之后苏志浩走了进来,我第一次看到男人的身体,而且是一个健康的帅气的身材超棒的男人。

我知道,黑暗中,他看不到我红成番茄一样的脸。

我对他喊道:"你快点过来啊,别磨磨叽叽的,这个就像打针一样,前面擦酒精棉球的时间越长,就越害怕。"

说完苏志浩扑哧一声笑了,他坐到我的身边,弯下腰开始吻我,一边吻一边将我身上的浴巾脱下来,我能感觉到他的手在发抖。

"你也是第一次吗?"我推开他一点儿问道。

他点点头,很认真地说:"我也要把我的第一次送给我深爱的女人。"

我突然感动了。我开始疯狂地吻他。我们在床上滚来滚去的,我终于体会到了"滚床单"的感觉。

我们都有些紧张,毕竟都是第一次,没有什么经验。他进入我身体的时候,我疼得叫了一声,我没有想到会有这么疼。

他停了下来,关心地问我:"很疼吗?我轻点儿。"

我的鼻子一酸,泪就顺着眼角滑到了枕巾上。

那一刻,我突然觉得自己变成了世界上最幸福的女人。

<h2 style="text-align:center">2. 他是一个有秘密的人</h2>

做完之后我们都很累,仰面躺在床上,我的肚子突然咕咕咕的叫了几声,看来我是真的饿了。

"我们去吃炸酱面吧。"我提议道,说着坐起来。

我看到了白色的被单上一小摊红色的血渍,我轻轻地抚摸着,对苏志浩说:"你看,多美。"

我们并排坐在沙发上,狼吞虎咽地吃着炸酱面。

"怎么样?好吃吗?"苏志浩转过头来问我。

"好吃。"我一边儿挑着面条一边儿往嘴里送。

"你爱吃的话以后我经常做给你吃。"他笑笑,将我嘴角的酱用纸巾抹去。

我们两个像一对幸福的小夫妻,我瞬间觉得未来一片光明与美好。

"对了,你怎么会知道我和那个王八蛋一起吃的饭?"我突然想起来这个关键的细节,忘记问他了。

苏志浩刚开始没反应过来"王八蛋"是谁,后来一笑才知道我说的是谁。

"我看你到了下班的点儿还没有回家,就去公司找你,有人告诉我说你和王经理一起吃晚饭去了。"他轻描淡写地说。

"那你为什么说他就是个老色鬼啊?好像你很懂他一样。"我依然不理解。

"哦,你说现在哪个当经理的不色啊!哪个不是看见漂亮下属就想入非非的啊!没一个例外的,真的。"他说这话的时候明显眼睛都没敢看我,一看就是心虚。

"哦,原来是这样啊。"我半信半疑地说。

敢情他还是一个有秘密的人啊,看我哪天不把丫灌醉了套出些话儿来。

3. 辞退

第二天上班,我是怀着忐忑不安的心情到了公司,我已经做好了被辞退的准备。估计那王八蛋被我踹了一脚之后现在还躺医院里呢,一时半会儿想动也动不了吧。

不过他比我预想中的要好很多,至少他来上班了。我看到他办公室的门开着,他在里面抱着一个大箱子,像是在倒腾什么东西,我心想你丫被我踹得还不够啊,不在家里好好养伤来这儿翻箱倒柜的是要造反不成?

突然有人拍了一下我的肩膀,我扭头一看,是梁洁,她神秘兮兮地把我拉到一旁,对着我耳朵悄悄说:"你知不知道王经理今早儿被辞退了?"

"什么?!"我以为我听错了,大声喊道。

"嘘——"梁洁赶紧捂住了我的嘴,"那么大声干什么,还怕别人听不到啊,这是内部消息,我好不容易才打探过来的。"

"说说,怎么个情况这儿是?"我心急地问她。

"对外宣称是调到别的部了,实际上是被辞退了,你没看他正收拾东西呢吗,这消息一准儿没错。"

"为什么辞退他啊? 他都一把年纪的了,也算是公司的老将了。"我不敢确定是不是因为昨儿晚上,因为这事儿没人知道。

第十章 深藏不露真男人

"听说是……"她伸出食指向上指指,"上头下的命令,特别狠,也不知道这厮得罪了哪个有头有脸的人物。"

"哦……"我装作恍然大悟的样子,实则愈加迷糊了。

"你可别告别人啊。"最后梁洁小声嘱咐我说。

"没问题,我绝对不说出去。"我向她保证。

"那我先走了啊。"梁洁说完继续往前走,我看到她又见到一同事,拉着人家胳膊就躲一边儿去了,估计她又把刚才告我这话儿重复一遍,末了还加上一句:你可别告别人啊。

"流言蜚语"这个词儿是怎么来的我今儿算是见识到了。

我走了两步觉得这事儿有点奇怪,又退了回去,正好撞上了那王八蛋抱着一大箱子文件从办公室里走出来。

我心想,妈呀真是怕什么来什么,难不成他一生气抬腿踹我一脚?不过光天化日之下,还是存在天理的。不做亏心事不怕鬼敲门,我堂堂正正一新世纪五好女青年——相貌好、家世好、身体好、学习好、心眼儿好,也轮不到当着同事的面儿被一个险些糟蹋我的老头子殴打吧?

这么一想我挺直了腰板,顿时充满了力量,我刚想向他打声招呼也算是出于礼貌了。他突然向我恭恭敬敬地鞠了一个至少九十度的躬,还嬉皮笑脸地说:"袁艺啊,那件事儿我对不起你,我向你郑重道歉,请求您的原谅!"又向我敬了一个礼。

这厮一下子从昨晚那个调戏黄花大姑娘的淫邪皇军变成了一个对着皇军一脸谄媚笑容的狗头汉奸,你丫跟我在这儿演抗战剧呢啊!

"啊？哦，没事儿，没关系的，您不用自责啊，我也有不对的地方，"这里我指的就是那一脚，"您没受伤吧？去医院看过了吗？实在不行别硬挺着啊，虽然您也没有那个能力了，但是总归对身体不好的，我建议您还是多回家休养休养身子。"说完我都觉得自己说的话儿太狠了。

果然，那王八蛋的脸一会儿红一会儿绿的，再加上那泛黄的肌肤，整个一交通信号灯。

"是是，袁艺说得对，我现在就请病假回家养着去，改日再聊，告辞了。"王八蛋说完抱着箱子屁颠儿屁颠儿地跑了。

"哼。"我冷笑一声。

我刚想离开，突然发觉到周围所有人的头瞬间齐刷刷全转了回去，装作各忙各儿的样子，敢情这帮家伙们刚才一直看热闹呢。

我也不再久留，赶紧回到我的办公桌上，忙我手头上的事情。我打开文件，对着它发了好一阵子的呆，一直在纳闷：这王八蛋的下流事儿是谁说的啊，他自己？除非他不想活了。我？更不用说了我谁也没告诉啊！

等等，好像我就告诉了一个人。

妈呀，这怎么可能呢？

4. 真人不露相

正当我为我脑中的想法感到汗颜的时候，突然感到一股尿意，敢情我早上喝咖啡喝多了，我把文件夹合上，起身去洗手间解决一下。

解决完我感到浑身上下一阵轻松，特满足。你可以说我这人就是没追求,干什么都一副特满足的样儿,连吃个咸菜就馒头都能吃出麦当劳巨无霸的味儿。

我站起来系腰带的时候,听到几个女的在谈论什么事情,我最喜欢偷听别人的隐私了,我竖起耳朵,系腰带的速度顿时慢了下来。

"小丽啊,你知不知道创意部的王经理被辞退了?"

好家伙的流言蜚语的传播速度真是比我想象中的还要迅速,都传到别的部门的耳朵里了。

"不知道啊,他不是挺厉害的嘛,可是他们部门的一把手呢!怎么突然被辞退了?"

"听说啊……"她压低了声音,"因为一个女的……"

"女的?"

"小声点儿,好像叫袁什么的,王经理得罪了那个女的,就被上头给'咔嚓'了。"

"天啊,这女的来头还真不小。"

"就是啊,要不怎么听说她特顺利就通过了面试,直接来上班了,待遇还特别高,一个月……这个数。"

"妈呀,这年头有权有势就是好啊,不像咱们,辛辛苦苦每天做牛做马的挣得还不如有些人吃一顿饭的钱多呢。"

"还有啊,我还听说那个叫袁什么的,是苏总的女朋友,俩人现在住在一块儿,瞒着父母呢!"

"天啊,同居了都!那女的一定特别骚,看来咱们是没希望了,以前还指望着苏总能看上我呢！"

"就你！哈哈，别想了！"

"切，你以前不还成天和我说，那个苏总长得好帅好有型哎！现在人家不来上班了，你还成天想着人家，说话也左一个苏总右一个苏总的，三句都离不开苏总！"

"你够了小丽！在外面别乱说，小心我把你……"接着是一阵放浪的笑声。

"哎？我说这儿里面有没有人啊？大号也早该出来了吧？"我听到高跟鞋撞击门板的声音，我赶紧冲了水，打开了门。

那两个女的站我跟前，一直用手在鼻子前面扇来扇去的，我心说这洗手间里又没有苍蝇你俩不嫌累啊。

一看她俩的打扮，花枝招展的，一身儿的地摊货，劣质化妆品涂得满脸跟个脸谱一样，还一副趾高气扬的模样。本来长得就不好看还爱说闲话，就这德行搁哪个男人身上爱要啊！

我转身往外走，听到那女的压低了声音说："她该不会是便秘吧？这么久才出来，哈哈哈哈……"

我心想要是我这会儿转过身告诉她俩我就是那个叫袁什么的，她俩会不会跪下来向我求饶，说女王你行行好千万别辞退我们啊？

可是我没有，我还是很善良的。我装作什么都没有听见走到水池旁边，按下水龙头，哗哗的水声打在我的手背，很凉爽很舒适。

冰凉能够让我瞬间变得清醒，因为从早晨到现在我一直觉得我好像还在做梦一样。

第十章 深藏不露真男人

怪不得我把简历给了苏志浩之后第二天就通知我可以参加一广告公司的面试,怪不得我面试那么糟糕苏志浩还说我肯定能够通过的,怪不得我办公桌上又是笔记本电脑又是参考书籍又是小熊相框又是仙人掌的,怪不得我和王八蛋出去吃饭会让苏志浩那么紧张呢,怪不得王八蛋对我又是点头又是哈腰的,敢情是苏志浩把他辞退了哇!

狗血的韩剧情节竟然在我袁艺的身上活脱脱地上演了——看似整天不务正业的苏志浩竟然会是广告公司的老总!还遇到了我这么一个忘恩负义的绝情的坏蛋,不仅为我走后门找到了一份好工作,还要不厌其烦地听我在他耳边数落他的不是,我竟然还对他吼说他就知道打游戏,说他不是男人,说我不想永远养个小白脸儿!

妈呀,我现在才发现原来我才是他养的小白脸儿!

我真不是人。我越来越觉得我不是人了。

羞愧使我的脸瞬间变得格外烫,我看着镜子里的自己,真有一种想对着这张脸砸一拳的冲动。

我正这么想着,那女的解决完了走到我旁边的水池,用一种就跟被人掐着脖子似的声音对我说:"呦呵,还没走呢?这手都洗了这么长时间了,怎么总也洗不干净啊?"

我一听有人找事儿我就火大,本来姐姐我今儿个心情就不爽,你丫算是倒霉撞枪眼儿上了!

"你谁啊你?这水龙头是你家的啊?你管我洗多长时间啊?我爱洗多久洗多久,你管得着么你!"

"你这个人怎么说话的呢！有没有家教啊！小丽你说这从哪儿冒出来一野丫头,也不掂量掂量自己几斤几两,这儿是你能待的地儿吗!"

"娜姐,算了吧,咱们走吧。"那个叫小丽的女的拽拽那个叫娜姐的胳膊。

"今儿算你幸运,哪儿凉快哪儿待着去,别让我再看见你啊!"说着这俩花蝴蝶就扭着屁股踩着和高跷一样的高跟鞋啪嗒啪嗒地出去了。

她刚说完"别让我再看见你啊"这句话后还没过十分钟,我俩又见面了。我刚进公司照顾我的那个大师兄带着我到媒体部见一主任,没想到就是那个娜姐,怪不得她在公司里颐指气使的,敢情还是个头头啊。

"娜姐,这是袁艺,刚来我们公司没多久,苏总特意拜托你多关照关照她。最近我们在搞一个项目,需要双方的合作,你俩好好沟通一下。"

我很有礼貌地向她伸出手,微笑着说:"娜姐您好,我还是个新人,有不懂的地方还请您多多包涵。"

一听到"苏总"娜姐的脸色顿时变得惨白惨白的,像见了鬼一样。她哆哆嗦嗦地伸出手,握住了我的手,我能感觉到她的手心全是汗,握的时候还一直发抖,像握着一烫手的山芋。

"您……您好。"娜姐说,嘴唇也是苍白的。

"对了,您可记清楚啊,我叫袁艺,不是那衰什么的。"我轻描淡写地提了一句。

大师兄显然听不懂我们的对话,就先告辞了,临走时又特意嘱托了一下娜姐:"这可是苏总拜托的啊。"

娜姐见他走了,立马也和王八蛋一副汉奸嘴脸了,左一个姐右一个姐的叫得我心里那个美呀,还说什么"大人不记小人过""宰相肚里能撑船""宽容是人类的美德""宽容是人类进步的阶梯"……我心说这进步的阶梯怎么这么多啊,我小学的时候学得明明是"书籍是人类进步的阶梯",敢情还好几个版本?

不管怎么说,我也不是记仇的人,姑且放了这厮一马。我估计她下回再也不敢在卫生间里说闲话了,这就叫作隔墙有耳。

下了班我心里又开始忐忑了,回到家我该怎么向苏志浩道歉呢。我真是羞死了恨不得一头埋进地底下,我现在最希望出现一台哆啦A梦的时光机,将时光倒流回那个晚上,把我说出来的那些无情的话全部收回。

妈呀,我还摔了他一台笔记本电脑!我差点都忘了!

5.答案是个高富帅

我心里的小算盘又打起来了,古代的廉颇不是负荆请罪嘛,我来个负笔记本电脑请罪。我到苹果专卖店里买了一台最新的笔记本电脑,加上划卡总共还不到五分钟,我买东西就是越新越好,管他多少钱呢,在卡上不就多个零少个零的嘛。

服务员一边点头哈腰一边笑着说欢迎下次再来。我心想他们就喜欢我这种买东西迅速的顾客,效率高,利润大,一天好几百台地往外卖,多带劲儿。不像有些人,在店里一待就是好几个小时,一款一款地试用,好像把这儿当成网吧了,这台机子不行就换下一台,总有一台使着顺手的。你说这种人要是最后买了也就算了,关键最可气的是他用个遍后还特嫌弃,挑这儿挑那儿的,挑完了太阳也下山了,最后空手而归。其实那种人出了店门就开始得意——妈妈

■ 蓦然回首许多年

不让我在家里玩儿我就来苹果专卖店体验个够。

回到家我蹑手蹑脚地打开了门,和做贼似的,看到苏志浩一人儿坐沙发上看电视,餐桌上摆了一桌子饭。

"老婆回来啦。"看他一脸开心我都不知道该如何张嘴了。

"啊,是啊,回来了。"我魂不守舍地回答,大脑飞速旋转,想着话题该怎么切入。

"呦,买了台笔记本电脑啊?"苏志浩发现了我手上拿着用来赎罪的东西,"你公司那台不好用吗?怎么又买一新的?"

我索性眼儿一闭豁出去吧:"上次把你笔记本电脑摔了真是对不起你我又给你买了一苹果最新款大人不记小人过宰相肚里能撑船您就饶了我吧。"我一口气没喘地说完,大口呼吸了一下新鲜空气,妈呀憋死我了。

"嗨,有什么啊,没关系的,没什么大问题,你怎么突然想起这事儿了?"

"就是……就是……今天王经理被辞退了。"我前言不搭后语地说。

"哦?是吗?这就叫作恶人有恶报啊!"苏志浩还在这儿装雷锋呢——做好事不留名。

我被他一恶心就恢复了我以往说话的风格:"你丫就别装了,我都知道了是你辞的那个王八蛋,替天行道大义灭亲啊,今儿买个笔记本电脑谢谢你——苏总啊!"

"什么大义灭亲!用词一点儿也不恰当,他要是我亲戚我用豆腐一头撞死算了,早看他不顺眼了,趁这机会赶紧把他炒了,搁公司都嫌丢人的。等等,这事儿你怎么知道的?"

"我是谁啊,这世界上难道还有我不知道的事儿?笑话,我上知天文下知地理左知历史右知未来的。"

"你还真好意思说,快吃饭吧,一会儿凉了就不好吃了。"苏志浩夹了一口菜,吧唧吧唧地吃了起来。

我洗完手也坐到餐桌旁,我刚吃了一口米饭,就放下筷子,从冰箱里拿出两罐啤酒,推到他面前。

"干吗?"

"想喝酒了。"我打开一罐,仰头喝了一口。

他也把另一罐打开,和我碰了一下。

我们一边吃饭一边喝酒,直到把冰箱里储存的啤酒全部喝完后,我看到他的脸颊上两片绯红。我这回悠着劲儿呢,目前还属于清醒阶段,于是我开始发问了,我知道酒后吐真言,所以我把丫灌醉了想套点话出来。

"你说咱俩都是要结婚的人了,我连你家几口人都干什么还不知道呢。"

"你嫁给我又不是嫁给我爸妈。"

"那我也得知道啊!"

"好吧,我独生子,父母健在,老爸做生意的,老妈专职太太。"

"你爸做什么生意的?年薪多少?"

"你问这么详细干什么?"

"快说。"这丫的没喝醉啊,我又和他碰了一杯。

"你们那个广告公司就是我爸开的。"

"噗——"我听完把啤酒喷了一桌子。

"你这么激动干吗啊?"他赶紧抽了好几张纸巾全糊上去了,一边擦一边训我。

"敢情你家这么有钱啊?"

"这是他们的钱,又不是我的钱。"

听完这话我立马羞愧了,我花我爸妈的钱花得天经地义的,要有半点儿他这觉悟,我早成龙成凤了。

"你既然是个高富帅,你前女友怎么还把你甩了?"

"你看我这样子像高富帅吗?"

我看他穿着一件白色的皱巴巴的T恤,一条黑色短裤,脚踩一双澡堂子里常见的那种蓝色塑料拖鞋,摇摇头:"贫苦老百姓。"

"这就对了嘛,他就是见我整天这副邋遢样子,还不务正业就知道打游戏,才离我而去的。"

我心想那女的也真够倒霉的,要是学学我再坚持一小下,就会柳暗花明又一村了,估计他前女友要知道他这么有钱一定会戳瞎自己的双眼。

"你是在用这种装穷的手段来寻找真爱的吧?"

"对啊,真聪明。"他用手摩挲了一下我的头发。

"现在找到了吧?"我眨巴眨巴眼睛。

"嗯,找到了。"

我看到他一双迷醉的小眼睛越来越近,我们又搂到了一起,开始了窒息般的长吻。

6. 青春期撞上更年期

后来我俩真的都喝醉了,全属于特不清醒的状态,迷迷糊糊中我还依稀记得苏志浩和我说了些什么。他说他和他爸闹了点儿矛盾,之前他也和我说过是关于未来人生事业的选择,他老爸都给他规划好了,毕了业就来他公司上班,已经给他挂了个副总经理的名儿,就差人还没到了。可是他偏不,我心想装什么青春期叛逆小青年儿啊,这么好的事儿竟然都不知道珍惜,真不知道他怎么想的。他说他喜欢画漫画,希望能够通过自己的努力成立一个工作室,上次我见他在笔记本电脑前那么专注以为是在打游戏便把电脑摔地下了,实际上他正在画他那本漫画的结尾,他本来是说等画完了再告诉我的,没想到我说出了那么无情的话,他说他心都碎了。

妈呀,我一边喝酒一边感叹,苏志浩在我心中的形象瞬间高大了起来,相比较而言,我觉得我越来越猥琐了。本来在我心里,我们的婚姻被我比喻成了这样一幅图画:苏志浩是一棵小草,在我这棵大树的荫蔽下茁壮成长。现在我觉得我需要修改一下了,不对,不是一下,是需要大动。苏志浩从一棵小草一夜之间长成了一片森林,我则是这片森林中的一只无依无靠的小鸟,逮着一个树枝就开始栖息,失去了森林我就失去了家,找不到方向最终一头撞死在树桩上。题目就是——保护森林,不要让小鸟失去家园。整个一环保宣传画啊?!

苏志浩说他已经一年没有回过家了,最后一次和他老爸吵完架,他就摔门而去了。他只是偶尔去下公司,这说明他其实还是挺在乎他老爸一手打下的江山。这老爷子和他一副德行,都属于那种倔强得不肯低头的主,你丫不回家是吧,丫爱回去不回去。

我突然想起了我爸妈,天啊,我都离家一个多月了,他俩竟然都没有一点儿担心吗?不会也和这老爷子一个想法吧,真是青春期撞上更年期了。

日子很平静地过了一天又一天,现在我看见苏志浩用我给他买的那台电脑画漫画,我都会帮他提一些修改意见。我第一次看见他画的漫画时,不由得从心底赞叹,这丫画得还真挺像那么一回事儿啊!

就在我以为我的暑假会一直在这样平静的日子中流逝时,我看到了我老妈。

那天,我像往常一样吃过苏志浩做的早饭后就下楼了。我正要往车站走,我之所以不打车上下班并不是我心疼钱,我本来就不缺钱,但是苏志浩说了,你既然去工作就是要独立,既然要独立就不能像从前那样花钱不走脑子了。

我刚走没几步,天突然掉起了雨点儿。刚开始挺小的,我以为过一会儿就会停下来,没想到越下越大,还没过半分钟呢就变成了瓢泼大雨。我心想老天爷你哭就哭呗怎么也没个前奏,好让我们也准备准备啊!

大街上就和被捅了的老鼠窝一样,到处都是抱头鼠窜的人们,有钱的站在街边伸手打车,打车的都排成队了,那车短时间也不可能把人都拉走啊,好家伙的为了争一辆车差点动起手来,这工夫早已被淋成落汤鸡了。没钱的躲到附近商店的房檐下,一个个都特狼狈。平时穿着高跟鞋故作优雅走路的那些上班族们,此刻就像被扫黄的警察端了窝的小姐们,也顾不上形象了能跑多远跑多远了。

我一看这架势我也不能傻站着啊,我掉头就往家里跑。跑到楼道我才喘了一口气,还好我平时训练有素,公司组织的什么地震演练啊,火灾演习啊,我都特别认真地对待,所以我现在浑身上下没湿多少。

我正庆幸呢,一抬头,你猜我看见谁了,我见着我老妈了!

7. 目送

我第一反应就是这位阿姨您谁啊一定认错人了,我就装成陌生人先躲过去再说,可是我发现我挪不动脚,我站在原地,像雕塑一样一动不动的。

我妈她也挺尴尬的,见了我都不知道该说我什么了,支支吾吾地说:"小……艺啊,雨……下得挺大的,你没……带伞吧?快上去拿吧!"

"妈——"我喊了她一声。

我看到她的脸上湿湿的,不知道是雨水还是泪。

"妈你怎么会在这儿?"

"我就是路过,看见下雨了我就躲雨来着。"

妈你骗谁呢,路过也不可能跑小区公寓里躲雨啊。我妈就是这样,总是把我当成三岁小孩儿来糊弄,比如我都这么大了她都没有告诉我我是怎么来的,非要我自己琢磨。

"妈你别骗我了,我都这么大了,不再是孩子了。"

"谁说的,在我眼里,你一直都是孩子啊。"

听完这句话,我的泪哗地一下子流了出来。

"妈你就说吧,是不是陆彤告诉你的?"我伸手把眼泪抹掉,就和抹去脸上

蓦然回首许多年

的雨水一样自然。

"这……小艺啊,你也别怪彤彤,她是出于好心才说的,怕我们做家长的担心。你不知道啊,你最后和你爸打完那通电话,他气得高血压又犯了,吃了点儿药才给压下去,后来身体一直就不好。他怕你在外面过得不好,隔段时间就往你卡上打钱,他知道你都在哪里划过卡,这才放下点儿心,说你过得应该还不错,这么大了也该独立独立了。可我不放心啊,你一个女孩子家家的在外面一个人生活,多危险啊,后来彤彤说你在外面和一女同学租着房子呢,让我别担心了,我好不容易才把地址问出来。每天早晨我看着你下楼去上班,看你胖了还是瘦了,看你有没有按时吃饭,看你在外面是不是受委屈了……我不敢告诉你,怕你知道了会搬家……我只是想看看你,真的,没别的意思,你要是觉得我打扰到你了,我现在就走……"

我突然想起龙应台在《目送》里的那段话:所谓父母子女一场,只不过意味着,你和他的缘分就是今生今世不断地在目送他的背影渐行渐远。你伫立在小路的这一端,看着他逐渐消失在小路转弯的地方。而且,他用背影默默地告诉你:不必追。

"妈——"我一把抓住我妈的胳膊,哇地哭出了声。

我和我妈抱在一起,我能感觉到她的泪水啪嗒啪嗒地打在我的肩膀上面,和外面的雨声一样好听。

曾经我妈在我心中是多么坚强的一个女人啊,我只见她哭过一次,还是姥姥去世的缘故,在殡仪馆,哭得特别伤心。那时我才意识到,原来我妈也会掉眼泪啊。

第十章 深藏不露真男人

我从小就怕她,她每天一副很忙碌的样子,偶尔去参加我的家长会,别的同学都会悄悄对我说你妈妈看起来真严厉真可怕。的确,她对我特别严格,小时候因为贪玩不知道被她打过多少次屁股,她在我小时候的梦中,就是以女巫的身份出现的,足以看出我是多么的畏惧她。

后来渐渐长大了,我对她的畏惧转变成了敬佩。她是一个敢闯敢干的女强人,和我爸一样都创下了一番辉煌的事业。于是她经常教育我,要学会奋斗、进取,做人要有追求,有追求梦想的勇气与毅力。她还从小就给我灌输男女平等的思想,直接导致我的性格大大咧咧的,像个男孩子,而和我在一起玩的男生一个个都特别娘。

但是这个女强人竟然当着我的面哭了。

哭得那么厉害,她抱着我的身体都一颤一颤的。

我已经多久没有抱过她了,久得连我自己都忘了。

我注意到她的长发,已经有了好多根白头发,记忆里那一头乌黑的直发,如今却掺杂着一根根刺眼的银丝。

真是岁月不饶人啊。我心中完美的女强人,如今也需要一个肩膀来依靠。

我擦干眼泪,拉着我妈的手。我说:"妈,我上去拿雨伞,咱俩回家。"

我正要上楼梯,我妈一步走到我旁边,说:"一起去吧,正好我也问候一下和你一起租房子的同学。你脾气又不好,生活自理能力也差,我可得好好谢谢她照顾你这么长时间,空手有点儿不好吧?不然我去楼下买点儿水果?算了吧,外面雨太大了,下回我再好好拜访一下。"

我一听这个,腿都软了,差点没趴地下。要是让我妈知道和我租房子的这个同学不是女的,不仅我的小命儿不保,陆彤和苏志浩也不见得能够安然无恙。

我一把拉住我妈的手说:"妈,你就在这儿等着我吧,我一个人上去就行了,爬楼梯多累啊,你腿又不好,在这儿好好歇着啊!"说完我撒丫子就跑。

"哎,你等等妈啊,这总共才七层,累不死人的,你妈我啊还不老呢,腿脚利落着呢,一口气上五楼都不带换气的……"

我上了一层发现我妈就一直跟在我后头,我越走越心虚,索性我停下来,我说:"妈啊,我先给那同学打个电话,她现在可能还没起床呢,我怕这样直接进去会吵到她。"

"也对,你打吧。"我妈往那儿一站,这架势看来是一定要进去了。

我按下了苏志浩的头像,走到离我妈远一点儿的地方,我怕苏志浩那大嗓门一会儿从手机里传出来,让我妈听出来是一大老爷们儿可就麻烦了。

"嘟——嘟——"

我心想苏志浩你快点接啊!你不会又戴着耳机听音乐呢吧?

"对不起,您拨打的用户暂时……"

我把电话挂了,这丫怎么不接电话?难道设成静音了没听到?

我尴尬地冲我妈笑笑:"妈,她不接电话,小丽她就是这样,每天不到中午饭点儿她就不起床,不然你改天再来吧,今儿也没准备,屋子乱糟糟的,我们平时也不收拾……"我想起了公司里那件事儿,顺便就把小丽这个普遍的女性名称用上了。

"这……那好吧,那我在门外等着,你把雨伞拿出来咱们就走,你记得给小丽留张纸条啊,别太唐突了!"我妈嘱咐我说。

"太好了,没问题!"我顿时如释重负,噔噔噔就跑到了门前,我刚掏出钥匙,门就开了,苏志浩站在我面前,手上拿着一把蓝色的伞,还光着膀子!

"我才看到你给我打的电话,我一猜你就是没带伞,我就说天气预报不靠谱,你偏不听,这下可好了,淋成落汤鸡了吧?"

我刚想冲过去把他的嘴捂上,就听见我妈的声音从我背后幽幽地传来——

"袁艺,他是谁啊?"

第十一章 可怜天下父母心

1. 有惊无险

当时我的想法特别简单一头撞死在旁边的墙上得了,可理智最终还是战胜了情感。正当迫在眉睫千钧一发九死一生的时候,我大叫一声:"小丽他哥啊,你怎么还没走呢?不是说今儿早晨的火车吗?小丽呢?她起床了?是不是下楼买早餐了?啊对,想起来了,昨天她还和我说楼下的豆腐脑好吃呢,呵呵呵……"

苏志浩刚开始一头雾水,看到我对他挤眉弄眼的样子,又看看我背后一阿姨那一脸惊诧的表情,瞬间明白我们所处的情况了。

丫还算急中生智,配合我说:"是啊!小丽去买早餐了,她说在我临走前必须吃好喝好,我这不是正换衣服准备行李呢吗,呵呵呵……"

我赶紧转过身对我妈说:"妈,这是小丽的表哥,前几天来看小丽了,我以为他坐上火车走了所以没有告诉你,敢情还正收拾行李呢啊!"

我又转过头对苏志浩说:"那你好好收拾吧,等小丽回来帮我告诉她一声,就说我妈来了,我先和我妈回家一趟,到时候电话联系吧!"

我把他手上的伞夺过来,一把关上了门。

"妈,咱们先回家吧,我给公司打电话请个假。"

我看我妈脸上已经没有了刚才诧异的神情,取而代之的是激动与欣慰。回家的喜悦已经完全压过了她所有的怀疑,这让我长长地舒了一口气。

不过,苏志浩,对不起了。

2. 舍不得你走

回到家之后,我先泡了一个牛奶浴,裹着浴巾往我屋里那个大床上一躺,顿时觉得跟住总统套房一样,倍儿舒服。

我妈高兴,把冰箱里所有的菜都倒腾出来,亲自下厨,给我做了一大桌子好吃的,鸡鸭鱼肉样样都有。张阿姨在一旁打着下手,嘴也乐得合不上了。

我爸特意向他们公司请了假,专门回家陪我,给我沏茶,陪我聊天,听音乐。看着他们开心的样子,我突然觉得我特对不起他们。

在家里享受了一天公主级待遇,我对我妈说我要先回我租的房子那儿把我的行李拿回来,顺便再和小丽道个别。

我妈说等等,然后进卧室了,一会儿出来拿着一沓红色的毛爷爷,硬是塞给我说无论如何也要让小丽收下啊,和你合住这么多天一定不容易呢。

我心想哎老妈你这话儿什么意思啊,敢情跟我住一起那就是折磨人啊?还需要精神损失费啊?

但是我使劲儿点头,我说妈你放心我一定双手奉上,我妈拍拍我的头说乖这才像我女儿。

苏志浩给我开门的时候,我看到客厅里的钟表显示为晚上七点钟,我把我妈塞给我的钱递给他,说:"我妈说了这是给你的租金。"

"我不缺钱,你拿着吧。"他不要。

"我也不缺钱,还是你拿着吧。"我硬塞给他。

我俩就这样推来推去的,最后我没办法了,把钱放到了茶几上,起身去卧室收拾我的衣服。

他突然从后面抱住了我,声音有些哽咽:"不要走。"

我停了下来,眼睛逐渐模糊了。

"不要走,我舍不得你。"

那一瞬间我是有些动摇的,但一想到我妈妈在楼道里说的那些话,我一狠心,把他的手甩开了。

"对不起,我想我真的该回家了。"我有些冷酷地说道。

我走到卧室,拉开衣橱,将我的衣服一件一件拿下来。自从我搬进来之后,他的衣橱就被我霸占了,我把出去逛街买回来的衣服全部挂了进去,他的衣服都被我撤了下来,包括那些像旗帜一样招展的小内裤们。

现在,衣橱变得空荡荡的,就和我此时的心情一样,空落落的。

依稀记得第一次在他的卧室里醒来的情景,睡在一张双人床上,洁白的床单和被单,就像医院一样。旁边木桌上的相框里有一张照片,他前女友被他用剪刀把头剪了下来,看起来特别恐怖,而此时早已经换上了我们俩的合影,我怕有一天我得罪了他,会不会也落得如此下场?

窗台上还是一排大小不一的仙人掌,就像排列整齐的做操的学生们。墙上科比的海报被我家李敏镐的海报严严实实地盖住了,我搬来的第一天就买了好几张韩国明星的海报,什么李敏镐、玄彬、张根硕……把苏志浩卧室的墙糊得严严实实的。不过我没敢动柯南那张,因为我也想"挂科难"。

我环顾整个卧室,眼泪无声无息地顺着脸颊滑了下来。

这个窗台,我曾经被苏志浩从背后抱着,一起站在那里,看远处的星星。

这把椅子,我曾经站在上面,举着苏志浩的日记本,大声朗读着,他一伸手就抢了过来,我没站稳,直接倒在了他的怀里。

这张床,我曾经在上面完成了从女孩到女人的蜕变,那白色的被单上,永远地留下了一圈淡粉色的轮廓,像一朵绽放的梅花。

我把衣服塞进包里,沉沉的,像我此时的心情。我用力地拎着它,刚一转身,就撞到了苏志浩宽厚的胸膛。

啪的一声,我握着的包滑落到了地上。

他猛地按住我的肩膀,嘴唇温柔又霸道地凑了上来,将我轻易地置身于潮湿之中。我的脑子暂时变得一片空白,像是瞬间死机的电脑。我整个人仿佛深陷一团巨大的葱翠绵软之中,被堵住了呼吸。

他用力太大,将我完全扑倒在床上,那双汗津津的手,那双漂亮的、柔软的、骨节分明的男人的手,钻进我的衣服里,像缠绕在身上的蛇,冰凉地湿漉漉地贴着我的皮肤行走。

这使我更加坚信,我已经可以骄傲地昂起头,向那个幼稚的不成熟的岁月挥手告别。

　　他一点一点将我胸前的扣子解开,动作轻柔,像在打开一件他珍爱很久的礼物。他呼出的气息打在我的肌肤上,微微有些痒。

　　我们的衣服被一件一件丢到了床下,空调的凉风吹在我滚烫的脸颊,他的脸贴在我的眼前,我能清晰地看到他额头那细小的金黄色的绒毛,仿佛从毛孔里流淌出来青草的气息,清香的,充满了蓬勃的生命力。他的眼皮很薄,薄得我能够感受到底下血管的跳动。

　　他在我的身体里横冲直撞,我的呼吸变得急促,身体起起伏伏,像一只飘荡在波澜壮阔的大海中的小船。我一下子抓住了他的后背,那么坚实的后背,将要背负我们的未来的后背。我的长指甲深深地钳了进去,叫出了声。

　　他流着汗,我流着泪。一想到明天我就走了,再也吃不到带有他味道的早餐了,我的泪水就越流越多。

　　他见我哭了,以为又把我弄疼了。我摇摇头,我说不是,我很好。只是想到明天,我就止不住地难过。

　　"等你一毕业,我们立马结婚。"他说完这句话,轻轻地咬住了我的嘴唇。

　　我在卫生间里看到那枚避孕套在纸篓里,显得那么扎眼。我想如果这时候我老妈突然推门而进的话,会是一副怎样的表情。

　　这些妈妈们从来不知道该如何告诉女儿,于是希望那种事情永远也不要发生在她们女儿的身上,像是可以一键屏蔽掉。在她们的世界中,被屏蔽掉了的部分仿佛是肮脏的十恶不赦的,是那种只允许偷偷摸摸进行的,永远登不上大雅之堂的乌七八糟的东西。

可是她们屏蔽的速度却还是超越不了青春期荷尔蒙分泌的速度,当她们有一天突然发觉,自己的女儿从一个幼稚的女孩儿变成了成熟的女人后,才恍然醒悟,自己是真的老了。

我曾经像是个衣衫褴褛的灰姑娘,仰头望着巨大的豪华无比的宫殿大门,神秘的召唤从里面传来,我却紧紧捏着裙摆踌躇不前。

直到有一天我终于推开了那扇神秘的大门,发现其实那些隐藏在深处的秘密,并没有传说中的可怕。温暖慈祥的光照耀在我的周身,向我传递着爱与能量。

3. 杨小夕的订婚仪式

我没有想到,时间的齿轮可以放得很缓慢,也可以突然一下子加快步伐。陆彤在电话里问我:"后天就是杨小夕和罗莎莎的订婚仪式了,你真的要去?"

我坚定地告诉她:"我一定会去的,而且——我还要带一个人。"

这个人就是苏志浩,我要当着所有人的面,挽着他的胳膊,微笑着来到杨小夕的跟前,亲口告诉他:我一毕业,就和苏志浩去民政局领证,到时候我们的结婚典礼,你一定要来啊。

我是真的全部都释然了。杨小夕在我心中早已成为了一个模糊的影子,甚至长什么样儿也变得不像从前那么清晰了。我只是记得眉毛很浓、眼睫毛很长、鼻梁很挺、嘴唇不厚不薄,蓬乱的头发不伦不类地竖在他的脑袋上,一副吊儿郎当的小痞子模样。

如今的我，早已忘了你。

那天老天爷真给力，哗哗的大雨下个不停，还电闪雷鸣的，一定是杨小夕和罗莎莎的行为让老天爷看了都觉得过分，发起脾气来了。

订婚仪式是在罗莎莎家举行的，这也不奇怪，人家罗莎莎家里可有的是钱，房子自然也很大。而杨小夕家我去过，所有亲朋好友的体积换算成整数填充进他那个狭小的空间后，估计还会有膨胀爆炸的可能性。

那天我穿了一件我最喜欢的漂亮的白色晚礼服，苏志浩穿了一身银灰色的西装，打着一条淡粉色的条纹领带。我俩穿得特别正式，而且特别搭，像是商量好了买的情侣装一样。走进罗莎莎家的时候，所有人都看向我们，仿佛我们才是今天的主角。

我听见陆彤小声对张顺天说："你瞧瞧人家，穿得多正规，再看看咱俩，整个一逛菜市场的。"

陆彤穿了一件紧身黑色小衫，下面一条牛仔热裤，棕色的高跟鞋上缀满了亮钻。张顺天穿着格子衬衣和深色牛仔长裤，一双黑色帆布鞋。

"又不是咱俩的订婚仪式，穿这么显眼干什么，会喧宾夺主的。"我听到张顺天回了陆彤一句。

我突然扑哧一声笑了，看来今天的效果不错，至少我的计划完成了一半。

我看到杨小夕和罗莎莎也挽着胳膊向我们走来，我从容地伸出手，握住了罗莎莎的手。

"真是荣幸啊，袁艺能够赏脸来我家，顿时蓬荜生辉啊！"罗莎莎用火烈鸟

第十一章 可怜天下父母心

般的独特嗓音对我说。

"哪有哪有,"你跟我这么客气,我也不能没有礼貌啊,"这么重要的日子,我怎么能不来呢?你说是不是啊杨小夕?"

我将手伸向杨小夕,看到他面露窘迫之情,但是也缓缓地握住了我的手。他的手冰凉,像是刚从冰柜里出来一样。

杨小夕看着我的眼睛,我本来以为我会紧张会怯场会不自然,没想到杨小夕竟然表现得很不像是要结婚的人,看我的眼神不仅躲躲闪闪的,而且仅有的对上来的几个眼神,都完全暴露了他的内心——诧异、不理解。

那我就来解答他内心的疑问吧。我热情地向他俩介绍了站在我旁边的这位高大帅气的男人——苏志浩,并强调了一个重要的细节——我和他将会在一年之后登记结婚,不是举行订婚仪式,而是正式结婚。

说完后,我感到一股深深的优越感油然而生。这一下子就比他俩高出一个档次来,没有前奏,不订婚,我俩直接到民政局领证。

罗莎莎的表情就像是生吞鸡蛋快噎死一样,脸憋得发绿,气得一扭头就走了。估计她突然觉得苏志浩比杨小夕强个百千倍儿的,杨小夕瞬间就被秒杀了。

杨小夕目瞪口呆,惊讶的同时,眉眼间流露出一种叫作忧伤的东西,被我犀利的眼神瞬间捕捉到了。

我不懂他为什么会有这样的反应。

无论如何,总之我达到了预期的目标,再留下来和苏志浩一起吃一顿免费的午餐,和陆彤他们再叙叙旧,我们就可以一抹嘴儿拍屁股走人了。

席间,苏志浩的手机在桌子上一直震动,每次都被他绝情地挂掉了,我问他:"是谁打给你的?怎么不接啊?"

他说:"没你的事儿。"说完用一块奶油蛋糕堵住了我的嘴。

没过几分钟又开始震,我的好奇心一向很强烈,趁他还没有把电池拔出来,我一把抓过来他的手机。

屏幕上显示俩字:妈妈。

"你妈的电话怎么都不接啊?万一有什么事儿怎么办呢?"我埋怨他。

"你别管!"他发火了,正准备抢过来。

可是我眼疾手快,一个手指划过去,就接通了电话。

他妈妈刚说完一句话,我的手就一抖,手机啪的一声掉到了地上。

苏志浩见我面如死灰,着急地问:"怎么了?她说什么了?"

我却只颤抖着嘴唇说了两个字:"完了。"

4. 住院

苏志浩从地下把手机捡起来,通话还在继续,他妈妈的哭泣声从里面传出来:"你快点过来吧,浩浩啊,不要再生你爸的气了,他这个样子都是被你气的啊,快点过来吧,啊,你倒是说句话啊,说话啊——"

苏志浩看了我一眼,问:"我爸他怎么了?"

我哆哆嗦嗦地说:"癌……癌症,住……住院了。"

手机再一次被无辜地摔落在地,女人的哭泣声停止了,我抓着苏志浩冰凉的手,对他说:"快去吧!快点儿去啊!"

第十一章　可怜天下父母心

苏志浩的眼圈红红的,浑身止不住地颤抖,像个惊慌失措的小兽。他突然从椅子上站起来,不顾周围所有人诧异的目光,径直冲向了外面。

我没有忘记捡起手机,重新拨通了刚才的电话。陆彤见我紧张的神情,连忙问我出什么事儿了,我顾不上解释说改天再联系我们先撤了,便急忙先走了。

我一边用本来就不聪明的脑袋努力记着医院的地址和病房号,一边向苏志浩跑去。跑着跑着我面前突然冒出来一人影,我差点撞他身上。

"杨小夕,你干吗啊?"我气急败坏地对他吼道。

"袁艺,咱俩单独谈谈好吗?"他的声音近乎乞求。

"姐现在没空,哪儿凉快哪儿待着去!"我吼完撒丫子就往前跑,高跟鞋在大理石地板上发出清脆的有节奏的击打声。

杨小夕不知道哪根弦又不对了,竟然冲到我前头把我拦住了,我也不知道从哪里使出来那么大的劲儿,一把就将他推倒在地了。他顺着门外的几层台阶滚了下去,之后跌在地上身体弯成了一副虾米状,捂着脑袋疼得龇牙咧嘴的。我竟然没有一点儿心疼,反而骂了一句:"活该。"

还好此时已经出了罗莎莎家,否则的话一定会被那些八婆们说三道四的。

我头也没回地走了。

到了医院,我站在病房外面,看着苏志浩跪在地上,握着他爸的手。那个躺在病床上,浑身插满管子、穿着蓝白色条纹病号服的男人,脸干瘦,苍白无力,面色蜡黄,颧骨高高地凸起,张开嘴费力地呼吸着。

我隐隐约约听到女人的抽泣声,断断续续地听出来苏志浩的爸爸是胰腺癌,发现的时候早已经是晚期了……

男人不断地呻吟着,他在喊疼。

我怎么也不能将病床上这个奄奄一息的男人和苏志浩皮夹里那个英姿飒爽、气宇轩昂、八面威风的男人联系到一起,可残酷的事实提醒我,他俩——的确是同一个人。

我突然想起小学的时候,姥姥的肚子里面也长了肿瘤,因为积满了水而高高鼓起。我最后一次去医院探望她的时候,她小小的身体蜷缩成一团,整张脸几乎没有了肉,骨头外面似乎就一层皱皱巴巴的黄色的皮包裹着。那时,我脑海中出现了动画片中巫婆的样子。我很害怕,躲在妈妈的身后,不敢过去。妈妈拍着我的后背让我走近点儿,她说那是我姥姥,我哇的一声就哭了,我摇着头说不是不是,我姥姥可比她长得漂亮多了,姥姥有一头盘起的长发,姥姥喜欢穿各式各样鲜艳的裙子,姥姥不是巫婆,姥姥脸上有很多很多肉……我说完之后才发现,旁边站着的大人们全都哭了。

那时候还不知道死亡是什么概念,突然有一天怎么也等不到姥姥的身影,等不到她为我扎麻花辫,等不到她为我剥鹌鹑蛋壳,我终于明白,我们再也不会见面了。

而活着的人,只能用简单的方式纪念。

想起蔡康永说过:亲爱的宝宝,将来如果有你喜欢的歌手,你要想办法去听他们的现场演唱会,去跟其他和你一样喜欢他的人在一起。你不知道那个歌手会有名多久,你也不知道他会愿意活多久。你只能趁他还在的时候,让他变成你回忆里的一部分。

所以,我们只能趁自己爱的人还在的时候,让他变成我们回忆里的一部分。

我看到苏志浩哭得扭曲的脸庞,撕心裂肺的号啕声,让我的心如刀割一般疼。大颗大颗浑圆的泪水从他的眼眶里淌出来,胸前的西装上,氤氲了一片。

我别过头,不忍再看了。眼泪花了我精致的妆容,那些带着颜色的泪水,顺着脸颊、下巴、脖颈,一直流进我雪白的连衣裙里。

5. 亲爱的,还有我呢

暑假一眨眼过去了,我一直都没有和苏志浩联系过。我知道他一定每天都陪在他爸爸的病床前,我只是不想去打扰他。

直到有一天晚上,我正在宿舍床上躺着发呆,手机突然响了。我抓过来一看,是苏志浩打来的,他说他就在我宿舍楼下,我从床上连滚带爬地下到地上,蹬上一双高跟鞋就冲了出去。

我听到林静淑在我背后喊了一声:"袁艺丫怎么跑得这么快啊?是不是地震了啊?"

我出了宿舍楼,看到苏志浩坐在长椅上,低着头。

和很久很久以前杨小夕来找我时,一模一样的坐姿,连身影的落寞与单薄,都那么的相似。

我一步一步地走到他的面前,他抬起头,满脸泪水。

"我爸他……下午走了……"

我们到学校旁边经常光顾的那个烧烤摊,要了几瓶啤酒、几份烤肉,我俩对坐着,一杯一杯地喝。

他双眼红肿,布满了红色的血丝,头发凌乱,下巴也长出了一圈黑黑的胡茬。我突然一阵心疼,我和他碰了一杯。我们谁也没有说话,只是一个劲儿地闷头喝酒。

他突然开口了:"都怪我……要不是因为我和他吵架,他也不会……我真该死,我真该死!"他狠狠地捶着自己的脑袋。

"别这么说,这也不能全怪你,谁也不希望出现这样的情况,不要再自责了。"

"不,不是的,都是因为我!"他一声大吼,吓得我一哆嗦,"我爸临去的时候还抓着我的手说,让我把公司好好接过来,你说我怎么……怎么就这么糊涂呢……我还画什么破漫画!"他一激动,手把桌子上的空啤酒瓶碰倒在地上,立马碎成了一大片碧绿色的玻璃渣子。

"别……别这样……"我带着哭腔说。

"我直到最后一刻,才说出'爸,我对不起你,我一定好好工作',说完这句话,他就……永远地闭上了眼睛,你知道吗?他走的时候,嘴角是带着笑的……"

说着说着,他突然哭了。他的眼泪一下子就涌了出来,像是决堤的洪水,止也止不住。

我不顾周围人诧异的目光,走到他的旁边,将他的头抱在我的怀里,像安慰小孩儿一样安慰他:"亲爱的,还有我呢,我会一直陪着你的……"我抚摸着他的头,心疼得恨不得能够替他难过。

张小娴曾经说过这样一句话:如果一个女人无法在一个男人失意的时候留在他身边,她的爱情还值多少分?

这么说来,我的爱情应该值很高分吧。

苏志浩在我的怀里肆无忌惮地哭着,身体一颤一颤的,我没忍住眼泪打在了他的头发上,瞬间便消失不见了,像是雨水渗进了青草地中。

"快回去吧,你妈妈还在等你呢,等你把事情办完了,我们再好好喝。"我劝他说。

他像听话的小孩儿,乖乖地点点头,把眼泪擦干了。

苏志浩,你知道我看到你难过,心有多疼吗?

6. 回归正轨

开学了我才意识到我已经大四了,除了上课以外,业余时间都在苏志浩的公司上班,有时候和梁洁一起去。我俩算是比较幸运的了,其他人都焦头烂额地找工作呢。

我的生活又回归正轨了,刚开学还是表现得乖一点比较好,所以没有怎么逃课。曾经有一学长对我说:话说我在大学是四年全勤,没缺过一次课,而且专业课每次都坐在第一排认真做笔记,但是现在回想起来,是我这辈子都无法抹去的一个污点。

这样说来,我觉得我一个污点也没有,如果我不逃课也绝对不会听课,我

■ 蓦然回首许多年

发现一堂课下来,我看老师的时候都是在仰头喝水的时候,其余时间都是低着头看小说的,于是我通常到了最后一节课还不知道老师长啥模样。

我一直觉得,能够把自己不喜欢的课上完,是一件特别值得骄傲的事情,所以每次放学我都会奖励自己在食堂点一份红烧肉。

回想大学这几年,真觉得没有高中时期待得那么美好。许多毕业了的人都说,我们的大学被一些莫名其妙的与现在毫无关联的人和事情浪费掉了太多的时间和精力。拼了这么多年,我们为的就是在大学里逃课、睡觉、打游戏、谈恋爱,还有参加一些无关紧要的社团活动以及为那些学长学姐端茶倒水送报纸。

王朔在《动物凶猛》里说:我们心安理得地在学校里学习那些将来注定要忘记的东西。

坐在教室,突然有一种久违了的感觉。好像自己很久都没有来过这里了。

梁洁是学委,走到老师旁边给那些逃课的人请假,请假的理由五花八门的,好不容易糊弄完了老师,我对她说:"你们当学委的、当班长的,每天都要厚着脸皮向老师给那些逃课的孩子们请假,一张假条请三个人的,好家伙的这发烧还带传染的啊!这样下去你们的脸皮会变得越来越厚,就跟一发面饼似的,说谎话就和那编小说一样,顺溜着呢!等你们到了社会上,这厚脸皮就派上用场了,什么三寸毒舌……都不当回事儿!刀枪不入的!"

"丫又在这贫呢!"陆彤笑着说我。

上课铃响了,我对林静淑说:"我上课没事儿干啊剪指甲玩。"

"你也够大胆啊坐第一排还敢剪指甲?"林静淑调侃道,"那啪啪啪啪的声音多清脆悦耳啊,老师一定在想这是谁啊这么好还给我配背景音乐。"

"哈哈,不过我的指甲刀是有消音功能的,不信你捂上耳朵听听。"

"……"

上课上到一半,林静淑突然说:"我把这双高跟鞋卖给你吧,我才穿了这一次。"

当时她买回来的时候我就很喜欢,我说你丫的品位终于提高了,那是一双普拉达最新款高跟鞋,暗红色的。

"你不喜欢了?"我诧异地问她,"你不是前天才买的吗?"

"跟儿太高了……"她小声说,"我差点儿崴死。"

"我就说嘛你当时抽什么风装什么淑女啊!第一次穿高跟鞋就买个这么高的!这要有十厘米了吧?不累死你才怪呢!"

"袁艺啊你就是我姐姐,你把这双鞋买了吧,我给你打个折。"

我说:"你多少钱买的?"

她想了想说:"市场价是6200,我半价卖给你吧!"

我心想天啊我可是捡了一大便宜啊,林静淑这丫的脑袋没有被驴踢吧?不过我喜怒不形于色,强装作平静的样子,实际心里早已乐开了花。

林静淑见我没有反应又补充道:"我把鞋垫也送给你,那鞋垫可是我姥姥一针一线绣的。"

"您还是自己留着吧!我穿高跟鞋从来不垫鞋垫……"

于是我在现代汉语老师的眼皮子底下开始试鞋,我刚把我的一只鞋脱下来,老师就点名让我回答问题,我猜那老娘们儿一定是故意的。

我的左脚穿着鞋,右脚光着踩在左脚上,金鸡独立式地稳住身体,面不改色心不跳地看着黑板上的几句话,问题就是哪一个短语和其他三句类型不同。

我想了想回答:"她长得跟她奶奶一样。"

说完全班爆笑,我自己也觉得这话好别扭啊,林静淑在下面一直拽我的衣摆,小声提醒说:"是妈妈,不是奶奶。"

我这才反应过来原来老师的连笔字太连了导致我将"妈妈"看成了"奶奶",我还纳闷呢她怎么会长得像她奶奶,难不成这长相还隔辈儿遗传?

虽然我闹了一个笑话,但是这堂课我没有白上,至少我做成了一笔生意。林静淑以半价将那双鞋卖给了我,我交钱的时候都觉得自己特别不厚道,林静淑俨然成了一位慈善家,简直就是白送我啊!

这事儿我乐呵了一天都没住嘴。

夏去秋来,连着下了几场淅淅沥沥的小雨。真是一场秋雨一场寒啊,气温骤降了十几度。校园里那些女生竟然还一个个穿着超短裙到处乱逛呢,这一开学她们都成学妹了,还有一批刚经过了高考无情的洗礼的新鲜孩子们,准备接受大学四年残酷的社会教育了。看着这帮裙子一个赛过一个短的学妹们,我顿时觉得我们老了,看看我们这四个——清一色的牛仔长裤,林静淑最怕冷了,还在里面穿上了秋裤。虽说是春捂秋冻不生杂病吧,但也不能太糟践自己了啊!冻坏了谁谁心里清楚,可别牺牲了自己的身体成全了别人的眼球!

在宿舍的日子还是那么快活,林静淑抽风的时候会一边伸出胳膊向天空中做托举状一边充满深情地像小学生念课文似的说:"啊——我是神!"陆彤立

第十一章 可怜天下父母心

马接下一句:"经病!"林静淑换了一句:"啊——我是仙!"陆彤又接道:"人掌!"

只是很久不在宿舍看到梁洁的身影了,我每次问她俩梁洁这厮又到哪里鬼混了,她们都像拨浪鼓一样摇摇头,瞪大了那两双无辜的小眼睛看着我,还附一句:"你以为丫都跟你一样整天就知道鬼混啊!人家是去干正事儿!正事儿你懂不懂?"

这回换我像拨浪鼓一样摇摇头,瞪着一双无辜的小眼睛看着她俩。

"工作知道不?算了像你这种整天白吃白喝混日子的主,根本无法理解工作这俩字的含义!"

我急了:"谁白吃白喝混日子了啊!我每天早出晚归那不是去鬼混!我也是去工作,而且我和梁洁在同一个公司上班,不过不知道她今天是不是加班去了。"我没有告诉她俩这公司还是苏志浩他家开的呢,要是说了估计她俩得叫一帮子姐妹排着队去面试。

"好家伙的,丫怎么不早说!"

"嘿嘿,我觉得没有必要嘛!"

"真应该好好表彰你一下,评选个十佳劳动模范啥的,丫态度怎么转变这么快啊!才过了一个暑假你就觉悟了啊!"

"怎么说得我好像劳改犯一样……"

就在当我以为日子像一条平静的河水缓缓流淌时,它突然加快了速度,水流急促得看了令人窒息,哗哗的河水打在礁石上,溅起一簇簇水花,那些水花就像是一张张狰狞扭曲的人脸。

那天下课之后,陆彤偷偷摸摸地把我拉到了角落里,我说:"你干吗啊?搞得和非法交易一样,我这儿可没有白粉儿啊!"

陆彤没有笑,往常她听到我开玩笑总是会边用她那粉拳打我一下边说我贫嘴,可是这次她的表情特别难看,就像是一个病入膏肓的病人。她的黑眼圈特别明显,眼袋也出来了,没有化妆,连粉底都没有抹,眼圈红红的,像是一只可怜的兔子。

"袁艺啊……"她刚叫了我一声眼泪就涌了出来。

我一见她哭了我着急了,陆彤这丫特别坚强,没大事儿她从来不哭,和我妈一个德行,都属于女强人型的。可是这会儿她的眼泪哗哗地往外流,看得我都心慌了。

"你怎么了啊?"我问她,用手指将她的眼泪抹去,"快说啊到底发生什么事儿了?"

她咬着嘴唇,都咬出血了。我听到她缓缓地吐出几个字:"我们分手了。"

"什么?!"我的眼珠子差点没跳出来,我以为我听错了,"你和张顺天分手了?今天不是愚人节啊!你俩到底怎么了?昨儿不是还好好的吗?搂搂抱抱的恨不得黏成一个人似的……"

"我们刚分的,是我提出来的,他就是个浑蛋!"

"不是吧?他背叛你了?他不是这样的人啊!你以为人人都和杨小夕一样啊!你肯定是误会他了!"

"真的!我现在终于明白了,男人真没一个好东西!"

第十一章　可怜天下父母心

"哪个女的这么勇猛啊？敢欺负到我们陆彤头上了！丫真是胆大包天啊！看我不灭了丫我就不姓袁！"

"是梁洁……"

- 蓦然回首许多年

第十二章　最毒不过妇人心

1.不可思议的事实

当我听到陆彤说是梁洁的时候,我第一反应就是:"你别疑神疑鬼了啊!是不是大姨妈快来了?怎么看谁都不顺眼了啊!梁洁可不是这种人啊!人家每天忙工作哪儿有闲工夫勾搭你家张顺天啊!是不是你看花眼了?你戴着隐形眼镜没有?"

"你怎么能不信我呢?我看得真真切切啊!那天晚上我问张顺天我说你吃晚饭了吗咱俩一起吃吧,他说他正写论文呢让我一个人吃吧。后来我就自己出去买饭,回来的路上路过那家田师傅面馆,我就随意往里面瞥了一眼,你猜我看见什么了?我看见张顺天和梁洁在一起吃面!俩人还有说有笑的……"

"这不是很正常吗?只是吃一顿饭而已,又没什么大不了的!我还经常和张顺天出去吃饭呢!"

"你听我说完啊!我当时就愣在外面了,我心想这小子不是说写论文吗?

怎么跑这儿和梁洁吃饭了?我就站在外面一直看着他俩,他俩竟然没发觉,等我把手上买的里脊肉饼啃完了,这俩人才站起身出来,我就一直跟在他们的身后。我看到他俩走到了毓秀园,坐在长椅上,竟然肆无忌惮地开始亲吻!你知道我当时都想直接冲过去给他俩一人一嘴巴子!"

我被她说得无言以对了。我真没想到梁洁竟然是这种人,她明明知道陆彤和张顺天的关系,竟然还在他俩之间插一腿。我还是有些不太相信,毕竟梁洁可是和我们共处了三年时光的室友啊!她是什么样的人,我们心里再清楚不过了,她怎么会做出这样的事情呢?

"我还是不太相信……"我弱弱地说。

"刚开始我也不信,可是今天我问了张顺天,他亲口承认了……"陆彤的眼泪又流了出来。

我完全能够理解陆彤此时的心情,就和我看到杨小夕和罗莎莎背叛我时的感觉一样。张顺天和陆彤走过的路不比我和杨小夕的短。那时候在高中,张顺天对陆彤的好是尽人皆知的,每天早晨抱着一个煎饼,坐在座位上等着陆彤的到来,风雨无阻的,最后吃得陆彤见到煎饼就开始反胃。陆彤的小姐脾气有时候连我都受不了,可是张顺天却能够容忍。每次陆彤无理取闹说要分手的时候,张顺天都会说全天下也就只有我这么一个男人能够受得了你的臭脾气,咱俩要是分手了,就真的没人要你了。

还记得有一次开运动会,陆彤跳远的时候把脚给扭伤了,张顺天那时候正拿着一个望远镜坐在看台上,一看到陆彤摔倒在地,二话不说站起来就冲了过去。之后我和杨小夕轮流用望远镜看他俩,看张顺天立马背着陆彤跑医务室去了,跑得那叫一个快啊。旁边正好有一男生组正参加一百米赛跑呢,张顺天背着陆彤愣是超越了第一名,看得我目瞪口呆的。

后来我就一直拿张顺天作为模范丈夫的代表,让杨小夕好好学学他。没想到他现在竟然也变得和杨小夕一样了,真是的这男人怎么都不学好啊!

"陆彤,别哭了,哭也解决不了问题啊!"我拍着她的肩膀安慰她。

"怎么办啊?袁艺,我真的好伤心……"她扑到我的怀里,鼻涕眼泪全抹到我衣服上了。

"你和他提出分手,他怎么回你的?"我问她。

"他说分就分吧……呜呜呜……"她越哭越伤心了。

"这什么人啊!一点儿羞耻心都没有啊!"我气极了,"陆彤,这种人不值得你为他掉眼泪!你不是说过吗女人不能太软弱,不能任由他们欺负!不行了,快气死我了,我必须给他打个电话,张顺天你当自己是谁啊!"

我掏出手机就按下了张顺天的号码,响了几声后他给我挂了。

"他居然挂了!"我骂道,"我就不信他今天不接电话!"说完我接着打。

"算了吧,没什么可说的了。"

"袁艺,我真没有看错你。"陆彤默默地对我说,"谢谢你了,不过……我们俩的事儿你不用管了,我过一段时间就会好的,你也知道……想忘一个人其实挺不容易的,呵呵,不过都说时间是最好的治愈师,总有一天我陆彤会重新站起来的。我是谁啊!是吧?我怎么可能这么脆弱……"

"是是。"我把陆彤揽到怀里,紧紧地抱着她。

记得我刚和杨小夕分手那会儿,陆彤也这么抱我来着,我俩真是一对姐妹,连分手都轮着分。我把她劝我的那些大道理都搬来劝她,终于发现一个真理:永远都是劝别人的时候一副参透世事、大彻大悟、看破红尘的表情,可真当这事儿摊到自己头上时,就找不着北了。

陆彤好不容易才恢复了她往常的神采,我们手拉手往宿舍走,刚走一半,迎面走来两人——张顺天揽着梁洁的腰,两人有说有笑地向我们走了过来。

2. 公敌

真是冤家路窄啊!姐姐不找你们,你们还自投罗网了啊!

我感觉到陆彤拉我的手明显一颤,我扭过头对她微笑着说:"来得正好。"

他俩也看到了我俩,停了下来。我看到张顺天看陆彤的眼神躲躲闪闪的,一副做了亏心事儿不敢承认的模样,真让人恶心。

我上前走了一步,正好站在张顺天的面前,我挥起胳膊就抽了他一个耳光,那真是我平生使出来的最大力气了,我扇杨小夕都没这么狠过。

张顺天的脸上立马现出五个手指印,他还没说话呢,梁洁先开口了:"袁艺你干什么啊?你怎么随便打人啊?"

这狐狸精今天穿得格外骚,在我们都换上长衣长裤的时候,她又把那条超短裙穿上了,一看就是小三打扮。

"哎哟,还知道护着他啊?他是你谁啊?你俩什么关系啊?啊对,我知道了,是一个奸夫一个淫妇,一个狼一个狈……"

啪的一声打断了我的话,我立马感觉半边脸火辣辣的烧得疼,再看看梁洁,那小骚货扬着胳膊,一脸得意地看着我。我从来没有在她的眼神中看到过这样的情绪,掺杂着愤怒、骄傲、冷漠和鄙夷。

不知道她是什么时候变成了这个样子。只是记得,刚进大学的时候,那个梳着两个麻花辫穿着一身粉红色连衣裙的女生,对谁都是一副笑眯眯的模样,特别热情,还帮着我抬箱子。她是全宿舍学习最努力的,每次我们逃课都是她在教室顶着,每次考试我们也都抄她的卷子。她的字特别工整秀气,和她的人一样,浑身上下透着一种清纯可爱的气息。

可是不知道从什么时候开始,她对人越来越冷淡,经常不在宿舍,早出晚归的。她像变了一个人似的,穿上了性感成熟的衣服,化很浓的烟熏妆,就和夜店的小姐一样。

最重要的是,此时她打了我一巴掌。

原以为这一切都是张顺天的错,没想到是梁洁这个小骚货勾引的他啊,真不要脸!

我刚想还她一巴掌,陆彤却先我一步,抬手就是一个耳光。

"这是你自找的。"陆彤淡淡地说道,"本来我不想再管你俩的烂事儿了,但是你打了袁艺,我不得不还给你。"

我看着梁洁捂着半边脸,眼泪汪汪的,像是受了多大委屈一样。我又不得不再骂她一句了:"贱人就是矫情。"

本以为我们就这样走了,没想到接下来发生的事情却超乎我的预料了。

张顺天竟然扇了陆彤一巴掌。

真逗啊,这游戏发展得越来越好玩了啊!先是我扇了张顺天一巴掌,接着梁洁扇了我一巴掌,然后陆彤扇了梁洁一巴掌,最后张顺天扇了陆彤一巴掌。

第十二章 最毒不过妇人心

大颗大颗浑圆的眼泪从陆彤的眼眶里滚落,她咬着嘴唇,没有血色的嘴唇,咬得苍白的嘴唇,曾经和面前这个绝情的男人热吻的嘴唇,一点一点地滴出了血。

"我们走吧。"陆彤拽着我的胳膊就把我往前拖,沙哑的嗓音,带着哭腔。

"陆彤!不能就这样走啊!这也太便宜他俩了啊!"

可是陆彤的劲儿实在太大了,我愣是被她强拽到了宿舍里。刚一进门,陆彤就冲到梁洁的床边,把她的枕头扔到地上,被褥卷成一团堆在门后面,把桌子上的饮料、奶茶、白开水,凡是液体一股脑儿地全部倒在梁洁空空的床板上。然后把她桌子上的东西一挥手全部扫到地上,纸笔、课本散落一地,噼里啪啦的声音就和放鞭炮一样好听。

"陆彤啊!你疯了吗?"林静淑一边尖叫一边从床上滚下来,看样子吓得不轻。

"真爽!"陆彤干完这一切后往椅子上一坐,跷起了二郎腿,嘴角露出一抹不易察觉的笑容。

"袁艺!袁艺!"林静淑拽拽我的胳膊,哆哆嗦嗦地问我,"她这是怎么了?梁洁招她惹她了?下手这么狠!"

"既招她又惹她了!梁洁自找的!活该!"见我也一副气冲冲的样子,林静淑更加困惑了。

"到底发生什么事儿了?从昨天看她就不太正常!快点告诉我吧!不然我今儿晚上一定睡不好觉了!"

"梁洁和张顺天在一起了……"我在林静淑耳边小声说道。

■ 蓦然回首许多年

　　林静淑惊道:"梁洁这丫脑子进水了吧!连自己姐妹的男朋友都敢抢!"说完操起她桌子上一杯刚冲好的还冒着热气的咖啡就泼到了梁洁的床上,惨不忍睹。

　　"妈呀,我这杯咖啡还挺贵的呢,洒了怪可惜的。"林静淑把剩余的一口咖啡倒进了嘴里。

　　我们仨就是这样,谁要是背叛了自己的姐妹,谁就会瞬间成为我们的公敌。

　　那天晚上梁洁很晚才回到宿舍,我们三个躺在被窝里,我知道我们谁也没有睡着。至少我是竖起耳朵在黑暗中倾听她的一举一动的。

　　她进屋的第一件事就是把灯打开,一瞬间宿舍大亮。我偷偷将眼睛睁开一条缝,窥视着她。

　　她的脸上并没有想象中的愤怒,相反显得非常平静。

　　她平静地将床上的液体用抹布擦干,来来回回擦了很多次。我估计她也擦不干净,陆彤倒了那么多东西,各种颜色都有,她擦一晚上都擦不完。

　　接着她平静地把门后面的被褥抱到自己的床上,整整齐齐地铺好,动作很轻柔,一点儿也看不出来生气的迹象。

　　然后把扔到地上的枕头捡起来,拍了拍上面的灰尘,雪白的枕头上清晰地印着我们三个人的脚印,她索性摘下来枕套丢到床的一边。

　　最后她将地上的纸笔、书本全部放回它们原来该待的位置,收拾好这一切后,她进卫生间洗漱了。

我突然觉得她挺可怜的。

我们这样做,是不是太过分了?

我翻了一个身,将头面向墙壁,克制自己不再去想这些令我动摇的事情。

所有的一切,都是她自找的。

我们没有错。

3. 算你狠

第二天我就为昨晚我觉得梁洁可怜的想法后悔了,这贱人竟然像小学生一样跑到辅导员那里告状,幼稚不幼稚啊!

我们仨被叫到了办公室里训话,陆彤却把所有的过错一人承担了,死活说当时宿舍里就她一个人,她因为一点儿小矛盾和梁洁闹了别扭,一气之下干出的这种荒唐事,与我和林静淑毫无关系。我俩面面相觑,却看在那样的情形下,没有人敢多说一句话。

事后我觉得我特别懦弱。

陆彤被记了一次过,勒令退宿,三天之内搬走。她收拾行李那天,我和林静淑眼圈都红红的。梁洁跷着二郎腿靠在床上涂指甲油,不时用轻蔑的眼神瞥我们。

好几次陆彤都想冲过去教训她一顿,却被我俩拦住了。我怕梁洁这贱人会把事情搞大,到时候会影响到毕业的,还是应该以大局为重。

陆彤临走的时候,对床上的梁洁咬牙切齿地说了一句:"算你狠。"

■ 蓦然回首许多年

这就是女生与女生之间永远习以为常的互相伤害。小时候这种感觉还不是很强烈,那时候被班里其他女生围攻,她们向我丢来石子,使劲地揪我的辫子,不让我加入她们跳房子的队伍,我也只是笑闹着就过去了,睡一觉醒来又嘻嘻哈哈跟没事儿人似的。可是随着年龄的增长,这种感觉被一点一点放大,小小的矛盾与摩擦都可能演变成一场见血的战斗,直到彼此由亲密无间的朋友发展成老死也不相往来的陌生人。

有时候我真的很羡慕男生之间的友谊,天大的事儿打一架也就过去了,第二天依然勾肩搭背的,就跟什么事儿也没有发生过一样。可是女生之间要是走错了一步,就再也回不到从前了。

陆彤在苏志浩那栋楼里租了一间一室一厅,本来是打算直接租苏志浩那间的,因为他也快搬走回家住了。但是学校催得紧,三天之内就要收拾清,所以陆彤只得再去找别的房东了。

四个人的宿舍里一下子多出了一张空床,少了那个曾经欢声笑语大大咧咧的陆彤,我顿时觉得生活失去了很多乐趣。最要命的是,每天看着梁洁那一张臭脸,我都恨不得抽死她,但是又怕这厮搞出别的什么花样来。林静淑倒是平静了许多,毕竟她和陆彤的交情没有我俩深啊,每天还和平常一样,没有太大的差别。

往常热闹的宿舍,一下子变得冷冷清清,和一停尸房一样。

在这个停尸房里,停放着一具尸体,尸体的名称叫作——友谊。

最终我也搬出去了,回到了和苏志浩同居的日子,这样离陆彤也近,挺好的。

梁洁啊梁洁,你这下是不是该满意了? 你成功地赶走了你最讨厌的两个人,你可以继续逍遥快活了。

我本以为这就是她最狠的一招了。直到后来我才明白,我真是太低估她的能力了。

这仅仅是一次小小的演习,而真正的灾难,静悄悄地潜伏在我们的前方,等待着我们自投罗网。

4.地主的手该剁了

鉴于我重新搬回我和苏志浩的"家"后,苏志浩暂时决定再多租几个月,我说你不要你妈了啊,真是个不孝子!他说他会每天回去看看她,就当这房子是为我租的。

那天吃过晚饭,我们又在为谁来洗碗这件事情争执起来,最终石头剪子布,我输了,我灰溜溜地端着碗筷走进厨房,一边走一边嘀咕:"这么长时间没见你,越来越懒了,哼!"

我洗完碗,一屁股坐到沙发上。苏志浩正拿着一本书津津有味儿地看着,我正纳闷呢丫怎么不看电脑改看书了,却发现了比书更令我感兴趣的事情——他的手。

我把苏志浩的手拽过来一看,天啊,这么久不见他,皮肤保养得越来越好了! 这哪里像是一双大老爷们儿的手嘛,分明就是一个小姑娘的! 皮肤白皙柔嫩,仿佛吹弹可破,修长细瘦的五个手指头,白色的弯月牙镶嵌在淡粉色泛着光泽的指甲上。

我把自己的手伸出来做了一下对比,刚洗完碗的手被凉水冻得通红尚未缓过来知觉,粗糙干裂的手背就像是干旱很久的龟裂的大地,无数道细痕交织成网状布满了每一寸皮肤,又短又粗的手指上是五个被剪得秃秃的指甲,因为缺钙无名指上有一块白色斑点。

我真是纳了闷了,男生的手为什么普遍都比女生的好看许多?难道他们平时热衷于保养,洗完手之后也会涂好几层护手霜?这个问题从很多年前见到杨小夕的手之后就在我的心中萌发了,不过一直到现在还是处于萌芽状态。杨小夕的手竟然和他的那么像,像得如果不看脸只看手的话,真的以为是他的一样。那双我牵了将近七年的手啊,每一个骨节我都记得清清楚楚的手啊,现在不知道在谁的衣服里游走呢。

我这么一想,心里来气了,于是在苏志浩刚想说话的时候我一个白眼挡了过去。我冲他扬扬手,又故作不屑地撇撇嘴,用一副教育人的口吻冲他大喊道:"喂,你这简直就是一双地主的手啊!是压迫剥削了千千万万农民的手!真应该剁了!你再瞧瞧我的,那才是一双劳动人民的手!"我又高举了一下右手,像是举着一面飘扬的红旗,"劳动人民最光荣了你懂不懂啊!"我的语气中颇有一种翻身农奴把歌唱的喜悦感,甚至还有一种自豪与优越感,不知道这优越感来自哪里,总之我不能被他嘲笑。

我把二郎腿一跷,用眼斜他,表现出扬扬得意高高在上的样子,实际内心很虚,像是外表坚固刚强的摩天大厦,实则里面早已经钢筋水泥全部断裂,只要轻轻一触碰就会轰然倒塌。我看到他强忍住笑,嘴角有些抽搐,非常纠结,像是在厕所外面排队等着解决时的表情。

我又破口大喊:"想笑就笑!别憋着一副要死了的样子!"说完苏志浩扑哧一声哈哈大笑起来,捂着肚子笑弯了腰,笑得眼泪都流出来了。他一边笑一边挖苦我:"我还是第一次注意到你的手呢!夏天的时候倒还是一副细皮嫩肉的模样!怎么天儿一冷,就和门口刷碗洗衣服的大妈一样了,哈哈哈……"

我一把抓起床上的靠垫扔过去,正好砸到他的脸上。我气愤地说:"下次你要是再敢嚣张,丢过去的就不是靠垫了!是这个!"我指指桌子上放着的空啤酒瓶儿。

苏志浩停住了笑,整了整衣领,身体坐直,从地上捡起靠垫抱在怀里,然后从床的一端坐到了我的旁边,冲着我淫笑。我一怔,警觉地往后挪了挪,结结巴巴地喊:"唉唉唉,别过来啊,今天我可没心情跟你……那个啊……再过来我就喊了啊!"他像是没听到一样,坐到我的旁边,缓缓地抓住我的双手,抬了起来,放在他眼皮底下像看文物一样仔细看了半天,我心想他不会是把我这双手当成古董了准备砍下来拍卖吧。

"多好的一双手啊,怎么长在你身上都被糟蹋了呢?"他可怜兮兮地说道。

"呀,我说你什么意思啊,什么叫作糟蹋了呢?"我气得把手从他手里拽回来。这词用得真不恰当,听起来太别扭了。

"难道不是吗?都不知道爱护它们,天气越来越冷了,怎么能连护手霜都不抹呢!"

"我……我护手霜用完了。"我解释说。

■ 蓦然回首许多年

"那你怎么不去买啊?"他一脸惊讶的表情,那种写满了"这也算是理由"的奇怪表情。

"懒得动。"我丢给他三个字。

苏志浩一副欲言又止的样子,张了一下嘴,又闭上了,他深吸一口气,估计是被我说无语了吧。我正要起身回屋上网,却被他一把拽住胳膊,愣是从沙发上把我拽了起来,就像拎一个木偶一样轻松。

"你干吗啊?放开我!你这是要带我去哪儿啊?喂!说你呢!快放开我!"我被他从沙发像拎一只小鸡一样一直拎到门口,他把衣架上我的外套拿下来扔给我,打开门把我拽了出去,然后砰的一声关上了门。

"我没带钥匙啊!"我挣脱他去抓门把手,门被锁得紧紧的,除非我有当小偷的潜质否则我是肯定搞不开的。

我转过身,用可以杀死人的目光恶狠狠地看着他,一字一顿地说:"你、到、底、想、干、什、么?"

"不想干什么啊,"他两手一摊,耸耸肩,"既然你懒得去买护手霜,那我只好强制你去咯。"

"你真的是压迫人民的地主啊!"我无奈地说,第一次说出的话变成了现实,可为什么偏偏是这种话啊?怎么不是类似于天上掉馅饼了、彩票中大奖了、高富帅失恋了……

"你见过我这么好的地主吗?农民下地干活地主也在旁边跟着一起卖命的?"苏志浩一边说一边下楼梯,"谁说地主都是剥削压迫农民的?你以为每一个地主都是黄世仁啊?不能这么说,黄世仁也没有错,欠债还钱是天经地义的。算了不讨论这个问题了,反正就是你不能认为所有的地主都是压迫人民的,你这是狭隘偏激的思想,亏你还是学文的呢,政治是不是体育老师教的啊?要用马克思辩证唯物主义原理来看问题,地主也有好有坏,我呢,就是那个好地主。"

我听着苏志浩自认为非常成功的分析,最终得出的结论就是——他是一个好地主,所以我一定要乖乖地和他一起去超市买护手霜。没什么大不了的,出一趟门又不会缺胳膊少腿,更何况还是一个顶级帅的帅哥当跟班,不知道的以为我雇了一个保镖呢。

5. 那些排列整齐的小盒子们

到了超市,我们在日用百货区停住。我把车子推给苏志浩,说:"交给你了。"

"凭什么让我推啊?"他还颇不满意地说。

"是你非要推车的。我觉得拎个筐就够了,就一瓶护手霜,拎筐都有些浪费。"

"你确定你只买一瓶护手霜?"他看着我在货架上挑来挑去,问道。

我扭过头,看了他三秒钟,然后微微一笑,缓缓吐出几个字:"还是你懂我。"

我拿起一瓶护手霜放进车里,走了两步又说:"啊,我的洗面奶也快用完了。"我找了半天才找到我用的那款洗面奶,放进车里,又走了两步说,"啊,我的洗发露好像也不多了。"我绕过几个货架,一边走一边看,同时脑袋里还在思考还有什么东西用完了正好一起买回去,出一趟门不容易呢。

"我来也。"苏志浩推着小车,一脚踩在上面的横杆一脚在地上一滑,嗖的一声蹿到了我的旁边。

"真幼稚,"我白了他一眼,"小学的时候我就不这么玩了。"

"那你的童年好无趣啊!"他用胳膊肘撑在车把手上,托着头同情地看着我。

我决定不再理他,继续在琳琅满目的商品中挑选适合我发质的洗发露。我的目光扫来扫去,一不小心就扫到了大货架旁边的小货架上,一盒盒包装精美的小盒子排列得整整齐齐。

我的大脑瞬间跳转到了很多年前,我和杨小夕一起去超市买东西。我的眼神明明是在看促销打折的护肤品,正暗自窃喜赶上打折了便蠢蠢欲动想去买上一套装,杨小夕宽大的手掌就将我的脸扭了过来,还幽幽地说了一句看什么啊,这不是你该看的。我纳闷呢,我犯什么错了?就又把头扭回去,一眼就看到了那个小货架上排列整齐的小盒子们,我的脸唰地一下子红得比猴屁股还猴屁股,估计猴子看到我的脸后一定会自惭形秽往自己屁股上多涂些腮红呢。

杨小夕继续胡扯,你是不是也想买一盒啊哈哈哈?我冲过去狠狠地掐了他胳膊一下,疼得他嗷嗷直叫。看你再敢乱说,我吼完红着脸躲开了。

那盒促销的护肤品就这么被搁浅了,我至今还在后悔当时怎么就没有买了,后来逛超市再也没有遇到过比那次打折力度更大的了。都怪杨小夕这个大坏蛋,我真应该再掐狠一点。

第十二章 最毒不过妇人心

我想着杨小夕被我掐得龇牙咧嘴的样子就不自觉地笑了,却被苏志浩一句话拽回了现实:"没想到你一个外表这么纯洁的孩子内心如此邪恶啊!人家女孩子看一眼这个脸立马红了赶紧跑开,你倒好,盯着瞅了这么长时间都不脸红还咯咯直乐。"他感叹道。

"喂!丫说什么呢你!"我转过头看到他一边摇头一边叹气还一脸这孩子真没救了的无奈表情。

"我实话实说!我都怀疑你是不是女生啊,又是拳打脚踢又是粗话连篇!什么时候能细声细气柔声细语温柔体贴可爱动人……"

"停停停!"我一听他说这文绉绉的话我就难受,比听英语听力还令人头疼,"我温柔不温柔要你管啊!没事哪儿凉快哪儿待着去!"

"切,母老虎!"

"哼,怎么着?"

"……"

我蹲下身,继续进行我的洗发露挑选任务。这项任务的烦琐程度一点不亚于检测食品是否合格,不仅每一款洗发水的价格要看清楚,还要看是多少毫升的,还有适用于什么样的发质、香味是否好闻,等等。

"这个是四百毫升的,才十六块七。"我左手拿着一瓶红色的,右手掂量着一瓶紫色的,尖叫道,"这个是三百五十毫升的,就二十三块!"

"你们女生家家的就是麻烦,一瓶洗发露随便挑一个不就得了,用得着费这么长时间吗?"苏志浩等得不耐烦了。

"为什么呢?"我自言自语,完全不去理会他的话,"这个里面是不是放了什么因子之类的?"

"你挑完了去卖牙膏牙刷的地方找我啊。"他实在看不下去了。

我头也没抬,仔细地研究着瓶身上的标签,含混地嗯了一声,听见苏志浩推着小车离开,车轮在瓷砖地板上摩擦出的响声和车身铁架子咣当咣当的摇晃声。

在我的左右权衡左思右量不断比较和推敲之后,我抱着一大盒洗发露(里面是一大瓶赠一小瓶)一边走一边吹着轻快的口哨。我自认为非常合算,像捡了一个大便宜一样。每次我买到特价商品的时候,都会异常开心,好像这东西根本不要钱一样。其实我并不缺钱,没事的时候我经常会到学校旁边的星巴克喝一下午的咖啡,但我就是喜欢讨价还价也喜欢买促销打折商品。所以从小我就喜欢在天还没亮的时候,和一群老头老太太在超市门口排队等着,门一开就像是百米冲刺一样冲到里面,排队买特价米面特价鸡蛋各种特价。不过我常常会在心里不由自主地感叹现如今的老头老太太们腿脚是越来越灵便了,跑起来比我这个年轻小姑娘都快,我多少次都被挤到最后面,轮到我的时候售货员两手一摊无奈地笑一下说对不起已经抢完了欢迎下次光临。

我绕过一个又一个货架,终于找到了卖牙膏牙刷的地方,却没有看到苏志浩的身影。

"这小子又跑哪去了?"我一边走一边左顾右看,难不成他是一个神仙的坐骑下凡变成的人? 他师父费了千辛万苦终于找到了他,于是拿起一管牙膏对着他说徒儿哪里跑,今天我要把你收回家,于是一声"收"之后,他就被吸进了牙膏里面。

《西游记》看多了吧。我脑海中的小袁艺对我说。我回答道,不是我想看《西游记》而是一到过节电视台绝对要播,放得多了我一打开电视好家伙的全是一群妖魔鬼怪和一只毛猴子打来打去的场面,让我不看都对不起电视的存在了。

我暂且不去理她,反正她是我的思想衍生出来的,虽说大部分时间由不得我来控制。我抱着难得的一大盒"战利品"继续在货架中间穿行,突然看到前面黑压压的一片人。

我的小心脏立刻活跃了,凑热闹真是中国人的本性啊。我扒开里三层外三层的人,好不容易挤到了最中间,却一下子傻眼了。

6. 避雨

我看到苏志浩坐在杨小夕的身上,左手抓起他的衣领,右手攥成拳头,正欲砸到他的脸上。正在紧急关头我大喊一声:"住手啊!"

我的"战利品"被丢到了地上,我跑过去将苏志浩从他身上拽开。他不解气仍想给杨小夕一拳头,被我死死地拖到了一旁。

"你干吗冲出来啊!我还没打够呢!"苏志浩把我甩开。

"你有毛病啊!这里是超市!不是拳击场!"我打了他胸脯一下,示意他赶紧离开。

"下次你等着!"苏志浩对杨小夕吼道,眼睛充斥着红色的光。

杨小夕从地上站起来,罗莎莎竟然也在,这俩狗男女啥时候跑东城来了?不上学了啊?!

她穿着高跟鞋啪嗒啪嗒地跑过来,帮着他拍身上的灰尘,用尖细的嗓音说道:"我还纳闷呢哪里冒出来的一个神经病,敢情是你这个泼辣的丫头调教出来的啊!怪不得和你一样没教养!"

"你!"我咬牙切齿地看着她,要不是旁边看热闹的人越围越多,我早上去给她一大嘴巴子了。

"我们走!"我拉着苏志浩的胳膊,这次没有忘记把地上的"战利品"放进我们的小车里。

"你怎么碰上他了?"我好奇地问。

"鬼才知道!"他没好气地说。我估计如果鬼听到他这样说一定幽幽地飘出来一脸哀怨无辜的表情说你们之间的事情我怎么会知道……

"那你干吗打他?"我又问。

"乐意。"他丢给我两个字。

"乐意?"

"算了你别管那么多了。"他伸出手擦擦嘴角渗出来的血。

"啊,你流血了!"我尖叫道,赶紧从兜里掏纸巾,翻了半天连一丁点纸屑都没有翻出来,"怎么办……我没带纸……"我把兜整个拽了出来,空空的什么都没有。

"没关系。"他用袖子蹭了一下。

"这可不行。"我慌忙地看着四周,找到了放湿巾的架子,"买包湿巾吧!"我拿起来一包放进小车里。

他没有说话也没有看我,径直往前走。

第十二章 最毒不过妇人心

我推着小车赶上去,也沉默地走着。

突然他一扭头很认真地看着我的眼睛,开口问我:"你为什么要阻止我打他?是在护着他吗?还是放不下他?"

一连三个问题问得我哑口无言。说实话我自己都不知道为什么要大喊出来,毕竟看到曾经深爱的杨小夕被人打上一拳,心还是会和他的脸一样感到很疼很疼。事到如今,难道我真的还放不下他?不不,我早就不在乎这个负心的男人了,他是个浑蛋,他自己亲口冲我吼的。

"怎么不说话?默认了吗?"

"没有,只是……"

"只是什么?"

"没什么,算了你别管那么多了。"我学着他刚才的口吻说。

他也不再问,再问下去也不会得到结果的。他只是快步地走向收银台,没有问我还有没有需要买的东西。我也想尽快逃离这里,我不想再看到杨小夕了。

我早已把他忘了。

出了超市的大门,才发现外面下起了雨,雨点不是很大但很紧,细密地斜下来,像一条条白色的丝线。

"下雨了呢。"我伸出手,雨点打到手心凉凉的湿湿的。

"再买把伞吧。"苏志浩转身想回去。

"不用了,这点雨不算什么。"我不屑地说,走出去站了一会儿头发就淋湿了大半。

"你傻啊你!"他赶紧把我拉回到屋檐下。

"对了,咱们可以这样,把外套脱下来顶在头上。电影里不都是那么演的吗?"我把外套脱下来做了一下示范,"跟着我学啊,一二三,跑!"

我刚想撒丫子冲出去,就被他强壮有力的胳膊拽了回来。

"干吗?"我扭头看他,"害怕了?超市离家那么近,跑一下就到啦!不要害怕啊胆小鬼!"我拍拍他的肩膀,当然前提是我踮起了脚尖,用妈妈哄孩子入睡时常说的"大灰狼不会来的因为它从来不吃听话的小孩"这种语气说。

"你先把外套穿上。"他说。

"啊?"我一愣。

"快穿上。"他走过来把衣服披在我的身上,我只得乖乖地将胳膊伸进去。

"拉链怎么不拉上?难道要我帮忙吗?"

"不用了。"我赶紧拉上了。

他伸出手将我背后的帽子一把套在了我的头上,将袋子递给我说:"拿着。"我乖乖地接过来,不知道他葫芦里卖的什么药。

他将自己的外套脱下来,把里面的钱包和手机放进我的衣兜里,然后把衣服顶在头上,用几乎是命令的口气说:"进来。"

我像一个缩头乌龟似的钻了进去。其实我大可不必低头,因为我无论如何都不会赶上他的身高,即使他是弯了腰的。

"一、二、三,跑!"他喊完口令冲了出去,我也跟着疯跑起来。

脚下的水花被我们踩得溅了一裤脚,发出啪啪啪啪的好听的声音。我们

第十二章　最毒不过妇人心

就这么横冲直撞一直到楼道里才停下来,大口大口喘着气。

"你衣服都湿了呢。"我有些心疼地看着苏志浩。

"没关系的。"他无所谓地说,说完后又喘了几口气。

"怎么能没关系呢?"我又开始了我死缠烂打的毛病。

"真的没关系的。"

"怎么能真的没关系呢?"

"那你给我洗!"

"……"

我坐在小板凳上猫着腰,手在冰凉的水中泡着,使劲揉搓他的外套,水花溅到了地板上,溅了一地的哀怨。

"你轻点洗。"他把脚跷到茶几上,一边吧唧吧唧嚼着薯片一边看着腿上的笔记本电脑,还不忘数落我一句,"这件外套可贵呢。"

"切!"我故意更加用力地搓着,撩起水的声音更大了,"要不然你洗啊!你就是一剥削农民的地主!坏地主!你看看我的手就是因为经常被你压迫才总是冻得通红干裂的!"

"你自己默认要帮我洗衣服的,和我无关啊!"他的眼睛一直盯着电脑屏幕,不知道又看什么片儿呢竟然扑哧一声笑得将薯片喷到了屏幕上。

"真是恶心死了你。"我扭过头,不忍再看了。

我用最快的速度胡乱地把他的外套洗干净了,晾到阳台,然后挂着腰,浑身酸痛地躺到沙发上,埋怨道:"骨头都要累断了。"

"要不要我帮你捶捶啊?"他扭过头看着我,笑得格外瘆人。

"不要!"我抬起脚踹了他一下。

"好心当成驴肝肺!"他往沙发那边挪了挪位置,像躲避瘟疫一样。

我伸出手,看看冻得通红的手指头,然后不停地揉搓着。

苏志浩把耳麦摘下来,把笔记本放在茶几上,坐到我旁边,一把抓住我的手。我吼他:"你不是都看过了吗?劳动人民的手!多光荣啊!"他不理我,从袋子里掏出那瓶护手霜,拧开盖子,对着我的手背挤。刚开始没挤出来,他皱了一下眉头,一用力,一大摊白色的乳液喷到我的手背上。

"呀,不好意思,挤多了。"他有些幸灾乐祸地笑。

我看着手背上三分之一被这坨白色物体占据,咽了一口唾沫:"你故意的吧?"

"不是不是。"他连忙摆手,"怎么是故意的呢?"

"那是有意的!"

"不是不是。"他又继续摆手,"是无意的!"

"那怎么办?你真浪费!"我用另一只手的食指轻轻涂抹着。

"那就……只好这样了。"他伸出手将他的手背与我的手背贴合在一起,白色的乳液沾到了他的手背上一大部分。

我愣住了,看着他久久没有说话。

"你怎么了?"他似笑非笑地说,那双白皙的地主手来回摩擦着,直到所有的乳液全部吸收进皮肤中。

我突然哇的一声哭了出来。

第十三章　生活有时很无奈

1. 生活喜欢抽人耳光

苏志浩看到我的泪水一下子涌了出来,顿时惊慌失措,就像一个犯了错被老师逮到的小学生。

"怎、怎么了这是?"他一着急抬手就抹我眼泪,乳液混合着眼泪搞得我的脸滑溜溜黏糊糊的。

"没事儿。"我摇摇头,想起身回卧室。

"你们女生就是麻烦,说有事儿的时候其实一点儿事儿也没有,真正有事儿的时候却死不承认了。我不会再被你骗了,说吧,到底怎么了?"

"我就是替陆彤难过……"我擦擦眼泪。

"对了,我还没问你呢,陆彤怎么搬到这儿了?你又怎么也不住宿舍了?是不是发生什么事情了?你还没和我说呢!"

"陆彤和张顺天分手了,因为梁洁,丫就是一小三!"我一激动就站了起来,差点把桌子碰翻了。

"啊？梁洁看起来不是那种人啊！真是人不可貌相，海水不可斗量啊！"

"你怎么用词儿呢啊？应该是知人知面不知心！"

"对对，知人知面不知心！嘿嘿，你知道我语文不好……"

"也是，看你平常说话用的那些词儿，也不像是语文成绩好的人说出来的。"

"就是啊，哪儿能和您比啊！您就是一大作家要多贫嘴有多贫嘴！说的那话儿就和编小说一样一样的！"

自从我某一天在笔记本电脑上敲字的时候被他偶然发现了之后，丫时不时就调侃我喊我大作家。我告他我说我就是一大"坐"家，整天在家里坐着！

"得，姐不和你在这儿贫了。和我说说正事儿，那会儿在超市，你怎么突然和杨小夕打起来了？"

"都说了你不用知道，知道了也没好处！"苏志浩有些生气地走了。

"你就告诉我吧！你不知道我这人儿好奇心特强啊！你无缘无故的怎么可能见人就打呢？你该不会是有暴力强迫症吧？"

"你才暴力强迫症呢！成天对我拳打脚踢的！我没说你你倒还说起我来了啊！"

"好好，下次我一定对你格外地温柔……"我提着嗓子对他说，说完把我自己恶心了。

"我在超市偶然间听到杨小夕说你了，话挺难听的。丫还没说完呢我上去就给了丫一拳，还没打爽呢你就把我拉开了！"苏志浩说着握住了拳头，胳膊青筋暴起。

"怪不得呢,打得好,谢谢你啊!"我对他笑笑,起身回了卧室。

嘴上笑着其实心里挺难受的,原来这么长时间过去了,我还是没有完全忘记杨小夕。我可以容忍他与别的女人在一起,但是我不能容忍他在别人面前骂我,要知道他从来没有骂过我,没有对别人说过我的半句坏话。他变了,完完全全变了。

我的心像积满了水,轻轻一触碰,就有洒出来的可能。

我打开笔记本电脑,准备把我尚未结尾的长篇小说画上句号,断断续续写了好几个月,今天看来是可以大结局了。

要不怎么有的作家说:文字需要灵感,灵感来袭时创意层出不穷,灵感不复时思维四大皆空。这点我深有体会,一旦来了灵感,那些句子就会在你的脑海中上蹿下跳,特别不老实,如果你不把它们从你的大脑里灌输进电脑,它们铁定把你折磨死不行。

看到我小说里的那些坏蛋一个接一个死去,我有一种别样的快感。

小说是唯一可以操控人物命运的了,我可以让他们爱得死去活来、撕心裂肺,也可以让他们爱得平平淡淡、波澜不惊,这真是上天赋予我的一种神奇的功能。我必须好好利用。

记得一个英国作家说过:写小说的人都应该是很沉闷的,没有夜生活也没有娱乐活动,所有的生活就是写作以及交谈而已了。这话放我身上真是一点儿也不适用,我隔三岔五和陆彤出去鬼混,唱歌、去舞厅、逛夜店、聚餐、购物……小日子过得格外滋润,而且还有着惊心动魄的爱情和生活,真是无时无刻不在小心,生活不知道什么时候就在转角处给你来个大嘴巴子,打得你头晕目眩找不着北,失去了前进的方向。

打开文档之前我都会先挂上 QQ 然后隐身,这已经成了我的习惯。小企鹅刚出来,一个头像就开始闪烁了。

我点开一看,是一出版社的编辑,他说我的小说写得不错可以出版,具体事宜希望面谈。

这编辑我前几天刚见过,是通过一朋友介绍的。他给我第一印象就挺差的,秃顶、啤酒肚、个子不高,戴一无框眼镜,眼镜片儿特厚,和啤酒瓶底儿一样。满脸疙瘩,那真是排山倒海的!不忍直视啊!

一见到我就先和我握手,他的手汗涔涔的,握完之后我特意跑到洗手间里用洗手液洗了好几遍。

吃饭的时候那厮就一直盯着我看,还一个劲儿地说真漂亮啊比照片还漂亮。笑眯眯的,眼神都要把人看穿了,那目光就和当众扒人衣服一样让人难堪,我感觉我好像被他扒光了似的。

看到他现在主动和我联系,还是商量出版的事儿,我立马激动了,暂时忘掉了他那张令人作呕的脸。

"您好,详细事宜就在这儿谈吧,最近我有点儿忙,可能抽不出时间来。"我委婉地拒绝了他想要面谈这个请求,第一是因为我这次长了心眼儿,第二是因为那厮长得实在有碍观瞻还不如在虚拟世界里舒服点儿。

"哦,那好吧。"之后他说了一大堆关于稿酬和宣传的事项,说得我心一动一动的,我的眼前立马出现了一幅天上掉钱的画面,我抱着洗脸盆就搁那儿接啊,漫天飞舞的毛爷爷,全是红脸儿的,特喜庆!

第十三章　生活有时很无奈

我当即就决定和这家出版社签约。这出版社在国内还是挺有名的,要是书能够顺利上市,那钱不就和长了翅膀一样全飞我钱包里了吗?

我正在这儿臆想呢,嘀嘀嘀嘀的提醒音又响起来了。

"袁艺,其实你挺有实力的,你看你长得又好看,又那么有文采,真是让人羡慕啊!"这话说得我爱听。

"哪里哪里,真不敢当,谢谢夸奖啊!"我必须谦虚,谦虚使人进步啊!

"你结婚了吗?"他问这个干什么啊?

"还没呢……"我弱弱地说。

"哦……我也没结婚呢。"我管你丫结不结婚,这和我有什么关系!

"呵呵,您还年轻呢,不着急。"其实我根本不知道他的年龄,就是客气客气。

"哪儿还年轻啊,都快奔四的人了。"敢情和我差一轮多呢。

"您条件这么好,还不是想什么时候结婚就什么时候结啊!"我继续跟他在这儿客气。

"哎,说得也是。"这厮一点儿也不觉得愧疚吗?真是给点儿阳光你就灿烂啊!

我接不下去了,无奈间只得给他发一笑脸儿。

"不过我一直没有中意的人啊!"敢情你搁这儿浪费姐的时间就是为了诉说你那情史啊!要是这样你丫打情感热线找心理顾问啊!

"哦,缘分可遇不可求啊!"我继续在这儿装。

"直到我遇上了你——像天使一样美丽的你,被上帝派到了我的身边,从我见到你的那一刻开始,我就心动了,浑身像是触电般的感觉,你相信一见钟情吗?从前我不信,但是现在,我相信了。"我一直坐在电脑旁边跷着二郎腿,静静地等着他把这一大长串儿跟写诗一样矫情的句子打完整。

"您还有正事儿要说吗?合同什么时候签呢?看看是不是约个时间,我去您公司一趟吧!"看来在这儿是没法交流了,他总不会在公司也这么不正经吧!

"我说的这就是正事儿,真的,袁艺,我发现我爱上你了,深深地爱上你了,自从我见了你一眼后,便日日茶饭不思、夜不能寐……"这厮又开始念诗了。

"对不起,我已经有男朋友了。"要不是看在丫对我是一挺重要的人,我早骂死你了,至于这么客客气气地装吗?

"没关系的,我相信我一定能够比过他。"你丫也不照照镜子,就你那一张猪八戒的大脸,怎么能和苏志浩这张偶像剧男主角的脸相提并论呢!

"呵呵,不好意思,我们还是先谈谈签合同的事情吧!"好家伙的这丫的一句正事儿都没提!

"哦,合同不着急,这都是小事儿,你晚上有空吗?我想请你吃顿饭。"又一个想请我吃饭不安好心的家伙,当我是从前那个无知好骗的小屁孩儿啊!

"对不起,今天可能不行。"

"那你说个时间吧,我每天都有空。"

呼,真是气死姐了,气得姐肚子一阵闹腾,这会儿想去卫生间了。我起身出了卧室,看到苏志浩正在热牛奶,他问我:"写小说呢?"

我说:"是啊!写到坏蛋使坏的地方了,气得我肚子疼。"说完我进了卫生间,把门锁上了。

我坐了好久的马桶,坐得我屁股都疼了。我回到卧室里,看到电脑旁边放着一杯牛奶,还冒着热气呢。肯定是苏志浩给我送来暖胃的,他真好。我微笑着走了过去。

我刚坐下,端起牛奶喝了一小口,烫得我舌尖都麻了,然后看向电脑屏幕。

"咦?对话框怎么没了?"我看着只有蓝色海洋壁纸的屏幕,纳闷道。

我双击右下角的小企鹅,在最近联系人里找那个编辑,却怎么也找不到。

我这才意识到,原来苏志浩全都看见了,一定是他关的。

我手上的牛奶杯没握紧,"咣当"一声,就落到了地上。

2. 提线木偶的人生

滚烫的牛奶刹那间烘浸在我的大腿上,我却感觉不到一点疼痛,像是麻木了一样。

我踩着那些玻璃碎片就冲到了客厅,苏志浩正坐在沙发上看电视,嘴里还嗑着瓜子。

"你刚才是不是动过我电脑?"我怒气冲冲地对他吼道。

他没有理我,仍旧目不转睛地盯着电视,还不时发出点儿笑声。

"你说话啊!"我又吼道。

"我就是动了怎么着!"苏志浩猛地从沙发上站起来,瓜子撒了一地。

"你还有理了啊!我说过不让你掺和我的正事儿吧!你怎么不听啊!"我一听苏志浩还急了我一下子就火了。

"那傻×都快把我恶心死了!我能不管吗我!"他像是个突然膨胀起来的

纸片儿人,气打得太猛了,分分秒都有要砰的一声爆炸的可能性。

"你是不是和他说了些什么啊?"

"骂了他几句,然后把他拉黑了……"

"你哪根儿神经搭错了啊!你知道那是个多厉害的人物吗?你知道那是个多难得的机会吗?你知道你这一下子损失了多少钱吗?你怎么也不跟我商量一下就自作主张啊!"

"你想要钱我给你!你想要什么我都给你!至于在那傻×面前唯唯诺诺的受气吗?"他吼得一声比一声高,胸口剧烈地上下起伏着。额头上的青筋特别明显,就像是爬满了好几条小青蛇。从他双眼中冒出的火焰仿佛可以瞬间把我引爆。

"我不是这个意思!我就是觉得……"

"你别让我看不起你。"

他说完这句话我整个人就愣在那儿了,眼泪一瞬间倾闸而出。

安静,房间里顿时格外安静。

静得能够清楚地听到电视机里男女主人公的喁喁情话,静得能够仔细地听到墙上挂钟指针机械的运动声,静得能够听到每一寸骨节发出的嘎吱嘎吱声。

甚至安静得能够听到眼泪滴落在地板上的啪嗒声。

啪嗒,啪嗒……

直到砰的一声巨响后,我才回过神儿来,看到苏志浩摔门而去,震得整栋楼仿佛都在颤抖。

我缓缓地抬起腿,牛奶已经在裤子上凝结成了白色的块,一走路似乎都在往下掉白渣儿。

我一步一步走回电脑前面,坐下来,重新把那编辑的QQ号加了一遍。

我心想丫也真够倒霉的,本来是好心帮我出书没想到挨了一通骂,不仅表白被拒还直接被拉到黑名单里了。看来我需要和他好好解释一下,再道个歉。

我正想和他说"对不起啊,刚才是我男朋友,他可能有点激动了我替他向你道个歉",却看到对话框里一下子弹出了他的话:"你以为自己是谁啊!要不是看你脸蛋漂亮身材好谁搭理你啊!就你写的那点儿破东西还想出书呢!门儿都没有我告你!"

我颤颤巍巍地握着鼠标,挪了好几次才点中对话框右上角的红色叉,之后我把他彻底拉黑了,下了QQ,关了电脑。

我失神落魄地躺到床上,浑身上下的每一个骨节都嘎吱嘎吱作响。我突然感到很累,没来由的累,说不出来的累。

多么可笑,呵呵。我竟然笑出了声。

多么无奈,呵呵。我的眼泪安安静静地流了下来,在面无表情的脸上流淌。

曾经在书上看到过这样一句话:人存于世如同提线木偶,那根隐形的线由谁操纵,我们不得而知;这一刻、又或者下一刻,会发生什么,我们也不得而知。

小的时候,我就认定我的人生将要与众不同,我是那种野心很大的孩子,从小就好强,什么都争第一,为此不惜任何代价。还记得幼儿园的时候,因为

■ 蓦然回首许多年

　　一次期末考试,将两本书完完全全地背完了,一直背到凌晨十二点,困得闭上眼睛还在背,连我妈都说这孩子真有出息将来一定能成大事。上了小学的时候,红花榜上我永远是第一位,第二和我差一大截的花朵,那时候我就隐隐约约感觉到了我的未来,我觉得我一定能够永远这样高高在上。初中、高中的时候,我的成绩一直特别靠前,所有人都认定了,这丫头将来一定能成就一番大事业。可是到了大学,我才意识到了现实和梦想的差距,我的未来几乎是能够完完全全的看到:毕业了之后到我爸的公司上班,和家乡里差不多家庭背景的男人结婚,从此过上安稳的日子,洗衣做饭、相夫教子,单调而又乏味。我的一辈子,似乎就这样能够看得到头。

　　但是文字让我重新拾起信心和希望,写小说似乎成了我人生中的一部分,因为活得很平淡无味,所以让小说里的人物纠葛来增添一抹色彩,一度成为我坚持下去的勇气。

　　这就像有人问我,为什么爱看这么不现实的韩剧时,我回答说:这个世界终究需要童话来慰藉我们千疮百孔的人生。

　　我以为我可以一直这样到老,这样我的人生还会有很多乐趣。可是今天突然有人告诉我,说我写的是破东西,说我只是因为漂亮……

　　生活啊生活,有时候就是那么的无奈,你若想走得更远,就必须学会容忍。

　　你别让我看不起你。

　　苏志浩说的那句话又回响在耳边,就像是一把刀子,直直地插进了我的胸腔。

刚才是我错怪了他。他现在在哪儿呢?

我噌地从床上站起身,拉开门就冲了出去。

3. 爱情犹如一场奢华的盛宴

外面的雨还在下,我忘了带伞,我知道他也没有带。

风很大,雨点斜斜地打在我的脸上、身上,冰凉冰凉的,就像此时我的心一样。

我在雨中肆无忌惮地流着眼泪,因为没有人会知道,脸上的那些水究竟是雨还是泪。擦肩而过许许多多打着伞低头走路的人,花花绿绿的伞下面,是一幅怎样的面孔?各式各样的面孔下面,隐藏的又是怎样的一颗心呢?

没有人会停下脚步,将伞给一个陌生的疯女人遮挡风雨。在这个世界上,只需要让自己干干净净的,就够了。

我知道苏志浩去了哪里,他心情一不好就去那里,借酒消愁愁更愁。果然,街角的那个烧烤摊,他孑然一身地坐在一张大桌子旁边,端起杯子,将那些能够麻醉人的液体灌进嘴里。

因为下雨的缘故,吃烧烤的人很少,只有老板娘在忙碌,支起的大棚下面,就坐着苏志浩一个人。

我慢慢地走过去,坐在苏志浩的对面,他没有抬头,旁若无人地专心喝酒。

"老板娘,再拿一个杯子。"我喊道。

苏志浩和我一样,浑身上下都在往下滴水,一大摊水渍在我们的周围漫延。

■ 蓦然回首许多年

　　我拿过杯子,将桌子上的白酒倒了满满一杯。我仰头就喝了半杯下去,又苦又辣的白酒硬生生地刮过我的喉咙,像吞下去一个锋利的刀片。虽说我的酒量在女的当中算是很厉害的,喝啤酒就跟喝饮料一个味儿,一瓶接着一瓶都不带眨眼的,但是喝白酒却还是欠点儿火候,三杯下去人就彻底醉了。

　　苏志浩见我辣得龇牙咧嘴的模样,给我递了一串烤肉,用特别平静的语气说:"空肚喝酒对胃不好。"

　　我接过来咬了一口,眼泪就又落了下来。

　　"对不起——"我哽咽着说,"刚才是我错了,我不该对你大吼大叫的,你说得对,我不能让你看不起我,我也是有尊严有骨气的,别人如何说我,我都不会在意,因为我只在乎你啊……"

　　说着我嘤嘤地哭了起来。

　　我感到苏志浩坐到了我的旁边,用胳膊揽住了我的肩膀,将我的头埋进他的怀里。

　　"没事儿,都过去了,刚才我也有做得不对的地方,我是有些冲动,有些自作主张,没有考虑到你的感受。你知道我这人就是急脾气,这么多年了想改变也不容易啊!"

　　听他这么一自我剖析,我被他逗乐了。他见我扑哧一声笑了,也跟着咯咯傻乐。

　　"你放心,是金子就一定会发光的,总有一天你会实现梦想的,相信我。"苏志浩坚定地对我说。

　　我望着他的脸,心中充满了感动。

第十三章　生活有时很无奈

我们俩就是这样,三天一小吵五天一大闹,可是吵完了闹完了,俩人就又和好如初了。总有一方会先低下倔强的头,向另一方认错乞求原谅,尽管每次都是我来扮演这个角色,不过我心甘情愿。我不希望我们的爱情会因为一点点小挫折就被扼杀了,生活中难免会有摩擦与矛盾,虽然不可避免,但是能够尽量将损失降到最低。

忘了在哪里看到过这样一句话:爱情犹如一场奢华的盛宴,每每盛装出席,结果却总是杯盘狼藉。而下一次盛宴到来,却依然又要盛装出席……

经历了与杨小夕的爱情后,我盛装出席了与苏志浩的爱情盛宴,我尽量小心翼翼地不忽视每一个细节,穿优雅的晚礼服,穿水晶鞋,像淑女一样地缓缓挪步,却还是不小心打破了侍者手中的玻璃杯。

我在原地惊慌失措,等待着灰姑娘变回魔法之前的模样,却看到苏志浩绅士地向我走来,轻轻问道——美丽的小姐,您有没有受伤?

4. 祭奠我们已逝的青春

一晃都快十一月了,除了上课和在公司偶尔能够看到梁洁那张妖艳的脸,其余的时间她似乎与我们已没有了交集。

我和陆彤恢复了相对平静的生活,我时不时地去楼下找陆彤,陪她聊会儿天。这丫比在宿舍还懒,屋子一进去顿时扑面而来一股食物发霉的味道,上个月买的腊肠放在桌子上都快长毛了还没扔呢,大大小小的饮料瓶摆在桌子上就和一展览会似的。高跟鞋乱甩,甩得一地都是,东倒西歪的,吃过了的零食袋子也不扔到垃圾桶里,走哪儿哪儿都是垃圾,都没个下脚的地方。

"不是我说你啊,这猪窝都比你这儿强百倍!刚搬的时候还挺干净的啊,敢情你丫一进来就给祸害成这德行了!你也不嫌乱啊?"我把沙发上的靠垫丢给她,好家伙的上面一层黑,这都多少年不洗了!

"不乱那是宾馆!这样才显得有家的感觉!丫懂什么啊!"她又丢回来,被我一手挡到了地下,落进了一堆高跟鞋的队伍当中。

"你就是找借口!看你懒得都长了一圈肥膘!再这样下去谁敢娶你啊!"说完我才意识到我说错话了,陆彤刚从失恋的阴影里走出来,我这不是没事儿找抽吗!

陆彤的眼神明显黯淡了一下,她弯腰捡靠垫的手僵在半空中,迟迟没有动。

"对不起啊,我说错了,咱彤姐是谁啊!呵呵,怎么会没人娶呢!想娶你的人手拉手都能绕着操场围上个十圈八圈的还绰绰有余呢!"我赶紧换了一个口气,冲她拍马屁说。

"噗——"陆彤笑了,"我说你怎么就那么贫啊!"

"嘿嘿,还不是彤姐您教导有方!"我嬉皮笑脸地说。

"贫死你算了!"她推了我一把,说,"走,今儿姐姐高兴,咱出去撮一顿,我请客!"

我一听吃就来劲儿了,自从我们不在学校住宿后,顿顿都在外面吃,以前是嫌路远去食堂还方便些,便一直容忍食堂的饭菜糟蹋我们的胃这么长时间。

"吃什么,随便说,天上飞的地下跑的水里游的,只要有卖的,姐都能满足你!"陆彤这么一说还真有些大姐大的气势。

"门口不是新开了一家饺子王吗?咱们就去吃饺子吧,就咱俩也吃不了太多东西,而且我最近减肥呢,不想吃太油腻的。"

"苏志浩不去吗?"

"他今天没在家,不知道去公司办什么事儿了。"

"怪不得丫想起找我来了,还专挑饭点儿过来,敢情你想来我这儿蹭饭啊!"

"嘿嘿嘿……"被她识破了我的阴谋,我冲着她一阵儿傻乐。

到了饺子王,我们找了一个两人桌对着坐下了,服务员还挺热情地立马凑到我们跟前把菜单递了上来,陆彤大方地把菜单往我面前一放,说:"随便点,想吃什么馅儿的就点什么,别给我省钱啊!"

我看着眼花缭乱的菜单,好家伙的,一个饺子竟然有这么多种馅儿,看得我目瞪口呆的。除了过年和家人坐在一起吃过饺子之外,在学校里我们几乎没有吃过饺子,看来这食品产业发展日新月异啊,饺子馅儿都这么丰富了,什么韭菜虾仁馅儿、鸡肉冬笋馅儿、鱼肉韭黄馅儿,竟然还有西瓜皮饺子馅儿……

"妈呀,怎么这么多种啊!哪一种我都想吃啊!"我就是太惊奇了随口这么一说,没想到陆彤来了一句:"行,服务员,每种馅儿上一盘。"

"陆彤你没病吧?"我吓了一跳。

"袁艺你今儿个就闭嘴啊,我做主!就这么办!"陆彤一敲桌子。

那女服务员估计没见过这阵势,弱弱地问了一句:"就您两位吗?"

陆彤点点头:"对啊!"

"哦……每种馅儿上一盘是吧?"

陆彤接着点点头:"对啊!"

服务员先是露出非常诧异的神情,继而喜上眉梢,陆彤这一高兴,可把服务员乐坏了,屁颠屁颠地走了。估计她从当上服务员的那一天起就从来没见过像陆彤这样大方的客人吧!今儿个算是长见识了!

"陆彤你抽什么风呢今天?我倒不是说嫌花钱,我知道这点儿钱对你来说不算什么,但是就咱俩吃得完吗?"

"你就放开了可劲儿吃吧!不够咱再上!"

"大姐啊三十多种呢!你当我是饭桶啊!而且我最近在减肥啊!"

"你都瘦成这样了还减什么啊!再减就成一白骨精了!"

"白骨精怎么了!我就是喜欢骨感!"我对着陆彤做了一个极其妩媚风骚的姿势。

"你太瘦了不好啊!我告诉你啊,男人都喜欢肉一点的女人。苏志浩也不说说你,你摸起来多硌啊!"

"呀,我说你怎么还是这么猥琐啊!满脑子都是邪恶的思想!"

"这很正常啊!你当你还是穿着校服坐在教室里听课的纯情女学生啊!都多大了还在这儿和我装纯洁,哈哈哈……快和我说说,你和苏志浩……那个了吗?"陆彤毫不避讳地在我面前大笑,笑得我脸通红通红的。

我有些羞涩地点了点头。

"哈哈哈,我就知道!"陆彤说得很自信,好像当时她就在场一样,"男女单独在同一屋子里面,不发生点儿关系那才不正常呢!你打算和他结婚吗?不再找别人了?"

"废话,我俩可是很专一的!他说了等我一毕业就去领证!"

"别那么轻易就相信男人的话!现在我可看开了,他们说的承诺就和放屁一样,当时惊天动地,过后苍白无力!"

我有些悲哀地笑了。仿佛不久之前,我们还在讨论第一次月经、第一个暗恋的男生,现在竟然在讨论初夜、结婚、男人的问题,时光真是催人老啊。

这让我突然想起一首歌的歌词:手上青春还剩多少,思念还有多少煎熬,偶尔清洁用过的梳子,留下了时光的线条。你的世界但愿都好,当我想起你的微笑,无意重读那年的情书,时光悠悠青春渐老。回不去的那段相知相许美好,都在发黄的信纸上闪耀,那是青春诗句记号。

"让我们举杯祭奠已逝的青春!"我和陆彤干了一杯。

饺子陆续上来了,我们的桌子都盛不下了,后来换了一个大桌子。

"你说说你,多浪费啊!这么多,你吃得完吗?"

"吃不完可以打包带走啊!笨蛋!放在冰箱里面,够吃好几天的了!正好也省得我下楼去买盒饭了!真是个绝妙的好主意啊!"

我俩夹着饺子放进各自的小碟里,吃得津津有味的。

"陆彤啊,帮我把那个醋瓶递过来。"我指着桌子一角的醋瓶,换了个大桌子就是不好,够个东西都这么费事儿。

"你不是不喜欢吃酸的吗?"陆彤一边递给我一边纳闷道。

"是啊,谁知道最近这是怎么了呢。"我往小碟里倒了满满的一碟醋。

"袁艺啊。"陆彤突然把筷子放了下来,一脸严肃地看着我。

"干吗啊？怎么突然这个表情,呵呵。"我被她看得有些发毛。

"你这个月……来大姨妈了吗?"

5. 怀孕

一种前所未有的恐惧感,像潮水一样覆盖了我的全身。我手中的筷子没夹住,饺子啪地掉进了醋里面,四周溅起了一圈黑色的液体。

"没、没有。"我哆哆嗦嗦地说。

"上个月来了吗?"她紧张地问我。

我额头上冒出了汗,缓缓地摇了摇头。

她神色慌张地坐到了我的旁边,抓起我的手,认真地问了我一句:"你和他做的时候,戴避孕套了吗?"

"第一次好像没有……"

"你傻啊!"陆彤噌地一下子站起来,对我大吼道。

这一声吼在大厅里回荡着,周围所有的人都看向我俩,像是在看一场闹剧。

"那时候太心切,一下子就给忘了,加上我俩也都是第一次,没有经验,也没想那么多……陆彤,我怎么办啊?"我的眼泪哗啦一下子流了满脸,我拽着她的衣角,试图让她坐下来。

"你说你怎么就这么糊涂呢! 啥也不知道就……苏志浩就不知道克制一下啊!"陆彤一着急就大嗓门了。

"你先小点儿声! 不是他的错……是我主动的……"我惭愧地说。

"他没有给你下什么药吧?"陆彤还在怀疑他。

"没有,真没有,是我……我一冲动就……"

"你说你平时看起来也挺聪明的啊!怎么关键时刻就犯糊涂啊!"

"怎么办啊?彤姐,我真的好害怕……"我的眼泪越流越多。

"没事儿,别着急呢,先确定一下再说,"陆彤拍拍我的后背示意我放轻松,然后对着服务员大喊一声,"打包!"

陆彤结完账,和我拎着好几包沉沉的饺子往回走,走到小区门口,陆彤让我先把饺子放冰箱里,在家里等着她,她去去就来。

我忐忑不安地坐在沙发上,听到门铃响了后,赶紧冲过去给陆彤开了门。

她买了一盒试孕纸,我听她说完了怎么使用,然后进了卫生间。

五分钟后,我看到两条紫红色的条带出现,格外刺眼。我浑身一颤,露出了绝望的神情。

"怎么样?显色了吗?"陆彤焦急地问我。

"显了……两条。"我难过地回答。

"彤姐——"

"怎么了?"

"我想把孩子生下来。"

6. 堕胎是一件极其残忍的事情

"你怎么还这么糊涂啊!"陆彤被我气得上蹿下跳的,双手叉着腰,胸腔剧烈地起伏着。

"我是认真的,我想了好久。"我对她说。

"你别傻了!就你爸那脾气要是知道了不把你抽死才怪呢!"

"可是……我和苏志浩毕竟是要结婚的啊!"

"你这可是未婚先孕啊!你想当未婚妈妈啊!再说了你俩这事儿双方父母知道吗?你俩才多大啊就想当爸妈了,你们负得起这责任吗?"

一番话说得我哑口无言,我真的没有想过责任这个问题,也没有考虑过我们的未来,仅仅是凭着一腔热血,就这样一步一步地走到了现在。

"不过你也别太绝望了啊!别到时候想不开跳楼了,那可就不值了啊!你要相信党、相信人民、相信政府,现在的医疗技术很先进的,改明儿带你做个无痛人流,啥事儿也没有了就。听话,别哭了!"

我抱着陆彤,觉得她就是我的救星。

可是真的到了医院里,我就反悔了。想起初中时候有一次上生理卫生课,讲的就是堕胎,那时候我们对堕胎真的没有多少了解,老师说堕胎就是用一个像吸尘器一样的东西把孩子从肚子里面吸出来,我们感到很恐怖,有人诧异地问孩子那么大怎么吸出来啊,老师说吸之前先把孩子压扁、搅碎了……

我现在都记得那时候我们全班每个人都起了一层鸡皮疙瘩,一想到那个恐怖的画面我们就毛骨悚然的,好像是自己被搅碎了一样恐慌。

从没有想过这样的事情会发生在我的头上,而且是我和苏志浩的孩子啊,我怎么忍心将一个活生生的小生命,就如此残忍地扼杀在我的肚子里面呢!

我在走廊里拽了拽陆彤的胳膊,我说:"要不咱们回去吧,我不想去了……"

第十三章 生活有时很无奈

"你不会是害怕了吧?"陆彤停下来问我。

"我不是害怕,我是不忍心……"我的眼泪在眼眶里打转,"不是你的孩子,你不懂那种感受的……我实在狠不下心让他们将一个小生命剁碎了再从我的肚子里面吸出来……"

"这……"陆彤的眼神也开始犹豫,同是女人,我想她也应该明白这种感受的,"那你准备怎么和父母说?"

"这个……我想他们也不会是那么不通情达理的人啊!只要我和他们好好说,他们一定会同意的!"

"也有道理,那苏志浩呢?他会对你负责吗?他会同意你把孩子生下来吗?我和你讲啊,男人们,生孩子又不是他们生,堕胎也不是他们疼,在你俩还没有结婚之前,没有足够的能力来抚养另一个生命,他怎么会答应呢!"

"不!苏志浩不是那种人!他说过他一定会娶我的!他说过会对我负责的!我相信他!他是一个好男人!"我坚定地说道。

我必须承认,陆彤在经历了张顺天的背叛之后,心里的确有些变态了,动不动就拿广大男性说事儿,说他们没一个好东西,说他们全都靠不住,说他们全是眼球动物见着美女就改用下半身说话了……

"既然你这样说他,那我们就回去吧。其实当初知道你怀孕后,我也想过要让你把孩子生下来,但是你要考虑到很多很多因素,你要有当合格妈妈的态度和行动,这不是小时候玩的过家家了,这不是游戏,是一件很严肃很认真的事情,你明白吗?"

我点点头。

"那好吧,既然事情已经无法挽回了,就只能这样走下去了,你当初怎么就那么傻呢!你……哎,我真是对你无语了!"陆彤叹了一口气,掉头往回走。

我也转过身,刚准备离开,却和陆彤一样瞬间愣在了那里。

7. 不祥的预感

我们看到了梁洁。

她也看到了我俩,露出了和我们一样的表情,非常惊讶,之后立马恢复了一张扑克脸,像是看见陌生人一样完全无视我们,径直往前走。

不过却被陆彤叫住了。

"呦呵,这是谁呀?好久不见了啊!"陆彤一个跨步挡在梁洁的面前。

梁洁没有理她,绕到了另一旁。陆彤随即也迈了过去。

"好狗不挡路。"梁洁淡淡地说道。

"你还好意思说我是狗啊!我看你连狗都不如!人家狗最起码还对主人忠贞不二,不会轻易就投怀送抱的!哪像某些人啊,这才过了几天啊就有孩子了,我以前怎么就没发现张顺天在这儿方面倒还挺勤快的啊!原来是我的魅力不够大啊!这男人就是经不住狐狸精的勾引!"陆彤不依不饶地说着。

"没你的事儿!"梁洁突然怒吼道,声音在走廊里传得很远很远。

"陆彤,别在医院闹啊!再说了她来这儿也不一定就是……"我在旁边赶紧劝她。

"来这层的姑娘哪个不是做人流的?啊?你别在这儿给我装啊!"陆彤对着梁洁就是一通骂。

第十三章 生活有时很无奈

"你别没事儿找事儿啊!本以为把你赶出宿舍我的耳根子就能清净清净了,没想到这才过了几天啊你又开始了!"

陆彤刚要抬手甩梁洁一个耳光,却被她死死地抓住了胳膊。

"我告诉你陆彤,我不再是那个任你们宰割的小羊羔了,所以——最好别惹我。"梁洁狠狠地一甩,放开了陆彤的胳膊,我看到她白皙的胳膊上顿时出现一圈红色的抓痕。

"你——"陆彤恶狠狠地看着梁洁,双眼仿佛在喷火。

"我怎么了我?你给我让开!"说完梁洁把陆彤用力一推,陆彤摔倒在地。

我赶紧跑过去把她扶起来,看她这架势非要和梁洁干一架不可。还好一个小护士及时路过训了我们几句,说医院里不能大喊大叫,你们没看见墙上写着要肃静吗,要吵架出去吵去,她俩才停了下来。

梁洁昂着头,以一副胜利者的姿态,踩着高跟鞋大踏步地从我俩面前走了过去。我们能清晰地听到从她鼻腔里发出了一声轻蔑的"哼"。

陆彤想追过去,却被我一把拦住了。

"这里是医院啊!可不能再闹了!陆彤,咱们先回去吧!"我愣是把陆彤拖出了医院。

离开医院后,本以为陆彤就此打住了,没想到我俩走了还没到三十米,陆彤就停了下来。

"你怎么不走了?"我问她。

"你先回家吧!我晚点儿再回去!"陆彤说。

"你不会是去找梁洁吧?别跟她一般见识了啊!你又不是不知道,她这人挺狠的!"

"不是不是!反正你就先回去吧!我刚才看见一女的,长得特像我老同学,刚才忘了打招呼了,我现在想过去看看她!"陆彤笑着说。

"真的假的?"我半信半疑地问她。

"真的!姐姐我什么时候骗过你啊!你就放心好了,我绝对不会去找那个贱人的!"陆彤信誓旦旦地向我保证。

"那你快点儿啊!别太晚了啊!"

"没问题!"她向我挥挥手,一眨眼就走进了医院,不见了身影。

走到路边,我招手叫了一辆出租车。

一路上我都忐忑不安的,右眼皮一直突突突地跳个不停。我仔细琢磨着陆彤刚才对我说的话,越想越不对劲儿,她该不会是骗我的吧?

一种不祥的预感顿时笼罩了我的全身,我从来没有像现在这样恐慌过。

第十四章　若你幸福便知足

1. 噩耗

我冲着司机大喊一声："停车！"那司机猛地一踩刹车，我又差点撞到挡风玻璃上面。

估计这司机也是第一次见到我这种奇怪的乘客吧，才走了一半路就突然被要求返回去。我又不是不给他车钱，他一直用一种异样的眼神看着我，好像我要着他玩一样。

我匆忙地把车门关上，冲着医院的方向就跑了过去。一边跑我一边打陆彤的手机，可就是没有人接。

"陆彤怎么不接电话啊？"

我挂了电话乘电梯到刚才的楼层，在走廊里转了好几圈都没见着她半个人影！

我的肚子有些疼，看来我不能再跑了，我坐在长椅上喘了会儿气，接着缓缓地下了楼。出了医院，我又给陆彤打了一个电话，隐隐约约的我好像听到了她的手机铃声在附近的某一个地方响着。

陆彤的手机铃声比较特殊,是《葫芦娃》的主题曲,我实在想不明白她为什么一定要用这个当铃声,每次在宿舍里我睡得正香呢,大半夜的就唱起来了:"葫芦娃,葫芦娃,一棵藤上七朵花……"我估计世界上不会再有第二个和她一样品位的人了。

我顺着铃声的方向小跑着,来到了医院旁边的一个大铁门前面,那门半开着,红色的铁锈布满了整个门,那声音就是从里面传来的。

这是一个已经荒废的院子,有一半正在拆,断壁残垣的,似乎是要盖高楼了。

铃声越来越清晰,突然一下子停了。

我看到不远处的陆彤将手机放回裤兜,接着拽住梁洁的衣领,用膝盖一下一下撞击着她的小腹。

"陆彤!"我大喊一声,拼命地跑向她。

陆彤扭过头看向我,缓缓地放开了梁洁。

梁洁像是一摊烂泥,一瞬间瘫倒在地。她面色苍白,嘴唇发紫,汗水浸湿了她的刘海儿,一缕一缕地贴在额头。她捂着肚子,在地上疼得蜷缩成一团,水泥地面上是一大摊红色,像是一大朵艳丽的玫瑰。

"你怎么来了?"陆彤问我。

"我能不来吗!我再不来就出人命了啊!"我看着梁洁痛苦的模样,心里一阵难受。

"活该她死了!"陆彤对着梁洁又踹了一脚。

第十四章　若你幸福便知足

"你够了！快点走吧！"我使劲拽着陆彤，试图把她拽出去。

我听到背后传来梁洁虚弱的呼喊声："袁——艺——"

我扭过头，看到她向我伸出一只带血的手，然后又虚弱地垂到了地上。

我对陆彤说："你给我好好回去！听到没有！"我第一次用命令的口气对她这样吼道，我实在有些愤怒了。

我把陆彤推了出去，看到她走远了，我慌忙跑到梁洁身边，把她搀起来，一步一步艰难地走进了医院。

我在急救室外面焦急地等待着，也不知过了几个小时，看到医生打开门，我赶紧跑了过去。

"她怎么样了？有没有危险？"我连忙问。

"你知不知道她怀着孩子呢？"那个医生摘下口罩气冲冲地问我。

"知道……"我弱弱地说。

"孩子没了。"医生淡淡地说。

"啊？"我惊讶地张大了嘴。

"流产了，大出血，能把大的保住就不错了！究竟是怎么搞的？她的腹部是不是受到过重创？"医生对我吼道。

我怎么能够把陆彤干的那些事儿说出来呢，支支吾吾地撒了一个谎："从楼梯上……滚下去了……"

"你们这些年轻人！怎么就那么不让人省心！哎……她以后……"

"她以后怎么？"

"再也怀不了孩子了……"

医生说完这些话,转身就走了。留下我一个人呆呆地愣在原地,张大了嘴却说不出来一句话。

我缓缓地推开病房的门,走到梁洁的床前。她长长的头发垂在耳朵两侧,头扭向一边,眼睛一直望着窗户。她面如死灰,整张脸惨白惨白的,没有一丝血色。

我坐在她的旁边,此时对她已完全没有了之前的怨恨,取而代之的是同情与怜悯。我小心翼翼地将刚才医生和我说的那些话转告给了她,我知道这对她来说是天大的噩耗了。

她很平静,平静得让人发慌。之后我看到一颗浑圆的泪水,沿着她的眼角缓缓地流了下来。

她自始至终都没有看我一眼。

我出病房的时候,梁洁轻轻地叫住了我。

我转身回去,问她:"怎么了?"

"我不知道该不该告诉你……"她的声音很沙哑,是那种经历了一场灾难后的声音,带着些微的颤抖。

"告诉我什么?你就放心大胆地说吧,这儿又没有外人……"我笑笑说。

梁洁咬了咬嘴唇,轻轻地说:"那个孩子不是张顺天的……"

"啊?"我在心里骂了一句:这小骚货怎么还同时搞好几个啊!可是接下来的一句话让我再也骂不起来了。

"是苏志浩的……"

2.原来我一直那么傻

忘了那天我是怎么回到家的了,出了医院我就感觉整个身体像被掏空了,只剩下一副干瘪的躯壳,风轻轻一吹,都有吹跑的可能。

梁洁说的那些话又回响在耳边,我才发现原来我一直那么傻。

我不在苏志浩那儿住的日子里,公司有一份很重要的文件,需要苏志浩尽快签字,可是他手机关机,也没在家,因此没有人能够联系得到他,那天正好我没在,就只有梁洁知道他租房子的地方,公司便让她跑一趟,她去了之后发现房间里只有苏志浩一个人,而且他还喝得酩酊大醉,像是有什么不开心的事情,梁洁本想让他签完字就走的,却没想到苏志浩一把抓住了她的手,然后……

我极力克制自己不去想那些令人作呕的画面。可我却无法将光着身子在床上纠缠的他们从我的脑海中驱逐出去。我觉得我自己好恶心。

我用钥匙打开门,径直走到卧室里,开始收拾我的东西。我将所有的衣服都摊到床上,突然想起这张床上有他和另一个女人纠缠过的痕迹。我又立马将所有的衣服全部扔到了地上。

苏志浩见我如此反常的举动赶紧跑了过来,他从背后抱住我,问:"宝贝,你怎么了?"

我猛地弯下腰,狠狠地在他的手背上咬了一口。这让我想起了和杨小夕分手的时候,我也是这样咬了他一口。两个同样负心的男人。我要让他们带着我的牙印过一辈子。

苏志浩疼得嗷地叫了一声,松开了手,不停地在空中甩着。

"袁艺你疯了啊!你狗啊你咬我!"他叫道。

"活该。"我冷冷地说,继续收拾我的东西。

"你怎么说话呢啊!嗳?你收拾衣服干什么啊?你要搬走啊?是不是出什么事儿了啊?袁艺你快点说啊!真是急死我了!"

我没有理他,简单地将行李收拾了一包,背上就往外走,苏志浩一直在旁边问我,我就是铁着一张脸不说话。

"袁艺你干什么啊!到底怎么了?你说啊!"他使劲抓住我的胳膊,把我拽了回来。

"你给我放开。"我瞪着他,冷冷地说。

他被我吓到了,将手松开:"咱别闹了行吗?到底怎么了你说啊!"

"剩下的行李我会再来拿的,从现在开始咱俩一刀两断。"我决绝地说完,迈出了房门。

我走到楼下,敲响了陆彤的门。

很快她就把门打开了,看我背着一个大包,诧异地问我:"你去哪儿了?不是刚从医院回来吗?梁洁怎么样了?没死吧?"

我扑到她的怀里,哇的一声就哭了。

"我的小祖宗啊!你怎么了啊?怎么突然哭了啊!"陆彤把我拉到沙发上,收拾出一片空地儿,让我坐了上去。

我把事情的原委详细地讲了一遍。

"苏志浩果然不是好东西!还真被我说对了!"陆彤一激动站了起来。

这话刚说完,门就被苏志浩敲得震天响,咚咚咚的声音和打鼓一样。

"袁艺!我知道你在里面!你开开门!有话好好说!"

陆彤操起桌子上一瓶矿泉水,一边拧盖子一边走过去,她一把把门打开,二话不说冲着苏志浩就泼了过去。

3. 真爱就像极光

我做了一个重大的决定,那就是无论如何也要把孩子生下来。即使他出生后见不到他的亲生父亲,我也一定要生下来。看到梁洁失去孩子后如此悲伤的样子,我更加不忍心让一个小生命从我的肚子里消失。尽管他的父亲是个浑蛋。

现在我和陆彤住在一起。两个单身的女人同居,极有可能往百合的方向发展。因为我俩现在已经对男人完全失望了。

我辞了职,不想在公司里再见到苏志浩了,更不想见到梁洁,我是不是应该感谢陆彤替我踹了梁洁那么多脚?哎,可怜的孩子未出生就死了,上辈子是造了什么孽啊!

大四的清闲那真不是个传说,几乎没有课,我和陆彤天天去逛街,把对男人的愤怒全部发泄在购物上。我现在已经认命了,我的人生就是那种注定了的,一眼就能看到头的,等毕业了去爸爸的公司上班,找一个和我家庭背景条件相似的男人结婚。我不会再对他有任何期待了,不求他长得帅、个子高、有才华,只要他对我好就行,只要他不出轨就行。我是真的累了,我只是想找一个人死心塌地地只对我一个人好,在现在这个物欲横流的社会怎么就那么难以实现呢?

我和陆彤一直逛到商场打烊,我们走出门的时候,冰凉的风吹在我们的脸颊,感到很清爽。

十一月了。这一年都快过去了。我无奈地笑了笑。以前真没有感叹过时光飞逝啊,总觉得我的青春还有很多很多,我们还有大把大把的时间可以消耗。我们浪费得起,因为我们年轻。高中的时候杨小夕特爱说这句话,每次我催他别打游戏了好好学习的时候,他都会这样一本正经地对我说。后来每次他打游戏的时候我都骚扰他,没辙了这丫也不知道从哪里学来的一招,对待骚扰男生打游戏的女朋友屡试不爽,那就是对她说——等我打完这个游戏再陪你,你先用我网银逛会儿淘宝吧!

杨小夕那时候对我是完全透明,我知道他所有的密码,什么QQ密码啊、微博密码啊、银行卡密码啊,我还经常翻他的聊天记录。不过后来他突然把所有的密码都换了,我估计那时候他就和罗莎莎在一起了吧。

罗莎莎此刻,是不是在用杨小夕的网银买冬装呢?

这样一想,我的鼻子就酸了。我吸吸鼻子,对陆彤说:"晚上还挺冷的啊!都快冻得流鼻涕了……"

陆彤拍拍我的肩膀,大方地说:"走,妹子,姐姐请你吃火锅!"

不知道陆彤最近怎么变得这么大方,像是把所有东西都看开了一样,看开了爱情,看开了钱,看开了人生。

记得一本书上写过这样一句话:真爱就像极光,都听说过,也确实存在着,却只有很少的人看到过。我曾经以为我遇到的每一段爱情都是真爱,可是在

第十四章　若你幸福便知足

揭开了真实面目后,我才发现原来在打着真爱幌子的爱情下面,全流淌着赤裸裸的欲望。

我和陆彤走在人来人往的步行街上,大都市的富裕繁华,干净整洁的街道,衣着光鲜时尚的人群,物欲横飞的各种娱乐场所,到处都是无形的刀光剑影。而我知道,与此同时,在这个城市亮丽的外表之下,还存在着许多不为人知的贫穷与饥饿,那些积满了灰尘的破败的低矮房屋,那些破衣烂衫浑身沾满污垢捡垃圾的人们。有时候你可以去埋怨人与人的不公平,为什么有的人生来就是花团锦簇不愁吃不愁穿过着皇帝一般的生活,而有的人,就注定贫困潦倒为了生计奔波劳累一辈子呢?但是你无力改变,你能做的,只是改变你自己。

我和陆彤去的同福火锅,人还挺多的,到处是冒着热气的咕嘟咕嘟翻滚着的锅子,多像翻来覆去颠倒黑白沸腾不已的人生啊!

我俩找了个两人位置对坐下来,陆彤开始点餐,这次我可害怕陆彤一激动又说所有的都来一份,这次不能打包带走了,绝对不能允许她这种浪费粮食的可耻行为出现,要响应光盘行动嘛!

于是我对她说:"这次悠着点儿啊!吃多少要多少就行了,晚上我吃的也不多,你就看着点些就行了!"

"得,你真够麻烦的,还是你来点吧,给我多上点肉就行了,我就爱吃肉,嘿嘿。"

陆彤特别爱吃肉,每顿饭无肉不欢,但还吃不胖,真不知道她是怎么控制的。以前在食堂吃,她老是抱怨怎么肉就放这么点儿啊!我看着满满一碗上面全是大肉片子,看得我都恶心了,她竟然还嫌少!

我俩一边吃一边擦汗,正吃到一半,眼前的光线突然被挡住了一大半。我正想说这谁啊,没事儿站在这里挡着个光的,一抬头,看到了杨小夕的脸。

4. 这里,埋藏着专属于我们的回忆

我嘴里的那个蟹棒还没有完全嚼完,一半在嘴里一半露在外面,我想此刻我一定很滑稽地看着他。

他没有太大变化,只是头发似乎又长了,刘海儿长得连眼睛都看不太清了,他的头发有种凌乱的美,下巴一圈青青的颜色,像春天的青草地。

他穿得很单薄,也许是吃火锅热的吧,只有一件纯白色的衬衣,领口前三个开着,隐隐约约露出那健壮的胸肌。他穿衬衣永远不系最上面的三个扣子,他说这样有一种朦胧的美,非常性感。高中的时候,我们的夏季校服最上面有两个扣子,他也不系,好几次被教导主任逮到,叫到办公室里训话,让把学生守则抄五遍,他最后都抄烦了,抄着抄着不看都能背下来,比他背古诗词背得还顺溜。就这样他还是我行我素,直到升上高二教导主任才不管这事儿了,学习第一,其他的全部往后排。奋战高考才是最重要的,没有我们的骄傲战果,怎么会有他们鼓鼓的钱包呢?

"你怎么来了?"我一边嚼着蟹棒一边诧异地问他。

"我想和你单独谈谈。"杨小夕说,他的声音还是那么的平静。

"谈什么啊?有什么可谈的?快点回去吧啊!别让你们家那位什么莎莎等急了!"陆彤把啤酒杯重重地往桌子上一放,吼道。

第十四章 若你幸福便知足

我在周围的桌子上寻找着罗莎莎的身影,却没看到,只看到了伍三一坐在旁边,一个人,对面的椅子上放着杨小夕的外套。

"呦,奇怪了,你今儿个怎么没有和罗莎莎一起来烛光晚餐啊? 倒是和你室友一起吃饭,你该不会是性取向改变了吧? 现在想搞基了?"我不冷不热地嘲讽他,还瞥了瞥伍三一看过来的眼睛。

"我俩分手了。"杨小夕说。

"你分手了才来找袁艺啊! 你还是不是人啊! 你以为袁艺是这么好欺负的吗? 啊? 是你想玩就玩不想玩就丢到一边的玩偶吗? 你也太天真了吧?!"陆彤急了,一下子站起来,我看到她握紧了玻璃杯,里面还有半杯啤酒,我真怕她一激动冲着杨小夕的头就泼过去了,我不想再惹是生非了,更何况这是公共场合。

"陆彤,你先坐下,冷静点儿。"我把陆彤按到椅子上,对杨小夕说,"你还是走吧,我现在真的没有和你说话的心情,连看到你这张脸都会恶心,趁我没有叫保安之前你还是先走吧,好自为之。"我的语气很冷,前所未有的冷。

"袁艺,真的,这件事情很重要,我要是不告诉你我觉得我都快要憋疯了!"杨小夕突然喊起来,满脸的肌肉都在抽搐。

"我才快要疯了! 你给我滚!"我狠狠地吼了一嗓子。

杨小夕欲言又止,紧紧地握了握拳头,之后转身走了。

我坐下来继续和陆彤吃,这丝毫不会影响到我们吃东西的心情,我看到杨小夕和伍三一两个人一人一瓶啤酒,对着嘴直接就往肚里灌。

没想到伍三一的酒量也这么大,他是杨小夕室友中和我最熟的一个,也是

■ 蓦然回首许多年

杨小夕大学里最铁的哥们儿,我之所以对他印象深刻完全是因为名字,这名字起得太奇葩了——伍三一。我终于知道他为什么总也找不到女朋友了,这名字里全是单数啊!命中注定单身嘛!

还记得清明节那天,我闯进他们宿舍时,伍三一抱着胸慌乱的表情,整得我好像一女强奸犯似的。原来都已经过了这么长时间,像是发生在上个世纪一般久远的事情了。

我微微有些难过,便和陆彤一杯接着一杯地喝酒。我想把自己灌醉了,这样就可以忘了所有的事情,忘了那些纠缠不清的爱情,忘了那些刻骨铭心的记忆,忘了所有的付出,也忘了所有应得的回报。

我和陆彤吃饱喝足了,拿上买的大包小包,就往门外走。我看也没看杨小夕,从他身边过去的时候,只有高跟鞋的声音还有我高高扬起的头。

我只是想留给他一个高傲的背影,告诉他,我现在过得很好。没有你,我一样过得很好。

出了同福火锅,陆彤接了一个电话,说有点事儿先走了,我看着她招手进了一辆出租车里,迅速地消失在了夜色当中。

我一个人有些漫无目的地往前走,滚烫的脸颊在凉风的吹拂下变得不那么热了。我摇摇晃晃地走着,回想最近发生的事情,突然觉得上帝就是爱和我开玩笑,不知道什么时候就在拐角狠心地将我背叛了。

我走着走着,听到远处传来老年秧歌队扭秧歌的声音,大喇叭里放着富有激情的音乐,特带劲。我心想这帮大妈们真是活力十足啊,这么晚了还跳呢,也不嫌冷啊。

第十四章 若你幸福便知足

从前我和杨小夕经常在这个公园散步,因为我们从学校回家的路上就要经过这个公园。有时候很晚了,公园里都没多少人了,那些大片大片的树林在一片黑漆漆中显得如此恐怖。每次我从它们之间穿过的时候,都会紧紧握着杨小夕的手。他还特别坏,每到这个时候就给我讲鬼故事,讲到最吓人的地方还突然对我尖叫一声,吓得我魂飞魄散的。

后来我想了一招,我要报复他,我也给他讲了一个鬼故事,是我瞎编的。我说这片树林里住着一个吊死鬼,因为她的男人有外遇把她抛弃了,所以在这里上吊自杀了,每每看到有情侣从这里经过的时候,都会把男的一方弄死,下场特别惨。好像是先把眼珠子挖出来,因为男人都是眼球动物,只关注外表不关注内在,再把舌头割下来,因为男人只会说花言巧语博得女人的欢心,然后把皮一点一点剥下来,因为男人生得一副臭皮囊到处拈花惹草,最后把心掏出来,因为男人都没有真心见一个爱一个,全不是好东西!

我用一种格外瘆人的口吻将这个胡编乱造的故事讲完之后,还伸出舌头翻着白眼扮了一下女鬼的模样,不过杨小夕一点儿反应也没有。我说这么恐怖的故事你怎么就不害怕呢?他拍拍胸脯自信地说我问心无愧啊,我杨小夕什么时候做过对不起女朋友的事情啊,那女鬼不会有眼不识泰山的,像我这么好的男人,全世界估计都没有第二个了,她没有遇上我是她没有这福分,倒霉她上吊自杀。说完把我感动得稀里哗啦的,当即就抱住了他,我俩就在这片小树林里热吻了好长时间,有好几次我差点喘不上气来,因为我总觉得背后好像真的出现了一个吊死鬼在看着我们一样,我的胆子真是越来越小了,自己编的故事都能把自己吓到。

我不知不觉就走进了公园里,穿过那片小树林,看到许多情侣在搂搂抱抱卿卿我我的,我红着脸快步走了过去。

　　我来到一棵高大的梧桐树下,旁边有一个长椅,长椅和梧桐树之间的地方,埋藏着专属于我和杨小夕的回忆。

　　那还是在高一的时候,我和杨小夕找了一个没用了的铁皮盒子,约定把那些不愿意当面说的话写成纸条放进去,然后把盒子埋在树底下,这样谁要是想写或者想看了,就可以随时去。

　　要不是走到这里,我都快忘记这件事情了。

　　我等坐在长椅上的那个男人离开了之后,走了过去。我把东西放在长椅上,然后蹲下身,一点一点扒开土,看到了那个铁皮盒子。

　　我将覆盖在上面的泥土轻轻拭去,盒子因为时间太久已经生锈了。我很用力才打开盖子,看到里面泛黄的纸条,大大小小堆在一起,已经堆得很高了。

　　我拿起来一张一张地看。昏暗的灯光下,那些字迹便显得更加久远。似乎被人遗忘在角落里尘封了很久,突然被人打开,所有的字呼啦啦像萌生了翅膀,全部飞了出来。

　　——下次你吃饭的时候,能不能别打嗝打那么大声啊?我朋友都笑我了,真是丢死人了!(哭脸)

　　——亲爱的杨小夕,我会永远和你在一起的,我们要一直这样幸福地走下去。(微笑)

　　——今天老婆大人生气了,都是因为我,我错了,我再也不玩游戏了,求老

第十四章 若你幸福便知足

婆大人监督!

——杨小夕你就是个大坏蛋!专门盯着美女的屁股看,气死我了!(哭脸)

——老婆大人我错了,我发誓除了你别人我不看第二眼!

——宝贝,我俩永远也不要分开好不好?(心)

——今天你打球受伤了,看到你的膝盖流出了血,我的心也仿佛在滴血,答应我以后不要再那么不小心了。

——袁艺你怎么就那么傻呢?怎么能够因为减肥不吃饭呢?你看你都饿得发烧了,身体是革命的本钱啊,你要好好照顾自己,知道不?

——借俺抄抄作业吧!俺再也不说你写的字难看了!俺是个粗人,不懂艺术,你说你的字充满了艺术的气息,俺再也不嘲笑你了!真的!

——我们不要再冷战了好不好?我真的好难过好难过,你不理我的那些日子里,我就像是一只失去了翅膀的鸟,除了坠落,还是坠落……(哭脸)

——张爱玲说过:于千万人之中遇见你所要遇见的人,于千万年之中,时间的无涯的荒野里,没有早一步,也没有晚一步,刚巧赶上了,那也没有别的话可说,唯有轻轻地问一声:"噢,你也在这里吗?"

……

我一张一张翻看着,泪水渐渐盈盈满了眼眶,往事一幕幕,全部浮现在眼前,像幻灯片一样一张张播放着。

那些悲欢离合,那些喜怒哀乐,那些爱、那些恨、那些无奈,还有那些青春的痕迹,全部苏醒了。一瞬间苏醒了。

我们走过了那么远的路,经历过那么多的挫折,承受了老师和家长双方的压力,承受了成长和升学双重的压力,可是我们也一路相互扶持着走了过来。我以为我们可以走得更远,我以为我们可以手牵着手,一直走到婚姻殿堂里,共度爱情最神圣的时刻,却没有想到,原来这一切都是我的自作多情。

不知道从什么时候开始,我们的爱情就变了味儿,你变得不像你,我变得不像我。时间和距离,真的就是阻碍我们前进的最大障碍吗?还是人心?

杨小夕,你不会知道,这么多年来,我还是始终忘不了你。忘不了你最爱吃的雪糕是巧克力棒,忘不了你最爱穿白衬衣和牛仔裤,忘不了你一生气就噘起嘴足够拴住一头驴的了,忘不了你喜欢科比爱篮球如爱自己的生命一样,忘不了你的梦想是成为像华仔一样的大明星,忘不了你的所有习惯……

你早已经成为了我生命里的一部分。

再也抹不掉了。

5. 总有一天,你会看到的

我正蹲着的时候,一条棕色的小狗跑到了我的身边,用它的毛毛蹭着我的腿。我伸出手轻轻抚摸着它的背,毛茸茸的感觉让我一下子回到了高二那个暑假。

那天,我和杨小夕在去学校补课的路上,看到了一只流浪狗,趴在路边的一个垃圾桶旁边,耷拉着脑袋。那时我和杨小夕的手里正一人拿着一根烤肠,香喷喷的气味可能把它吸引了,它一直跟在我们的后头,屁颠屁颠地走了十几米的路。我看着它特别可怜,就将还没吃的烤肠放在地上,它立马吃了起来,像是饿了很久的样子。然后我又把杨小夕的也喂给它,他刚开始还不情愿,说我才吃了两口,后来在我的暴力逼迫下屈从了。

它很小,浑身毛茸茸、圆鼓鼓的,吃烤肠的时候还不时打几个喷嚏,抖抖脑袋,特别可爱,我便给它起了一个名字——小肉球。之后的每一天,我都会和杨小夕一起喂它,有时候带香肠,有时候带鸡肝,有时候带骨头,它都吃得津津有味的。

我不知道是谁以何种理由将这只可爱的小狗丢到了垃圾桶旁边,它便一直待在垃圾桶附近,也不往远处走,就那么静静地趴着,耷拉着脑袋,一副没精打采的模样。只是在见到我和杨小夕时候,小肉球才会缓缓地站起来。用杨小夕的话说,是屁滚尿流地扑向我,亲昵地蹭着我的腿。

我们一直喂了它两个月,直到高三开学的那一天,我和杨小夕带着刚买的狗粮像往常一样走到垃圾桶旁边,却看到小肉球静静地趴在那里,耷拉着脑袋,但是一动不动。

我蹲下身,将狗粮倒在手里,我说小肉球,快来呀,这里有你最爱吃的食物,但是它还是一动不动,像个雕塑一样趴在那里。

我有些慌了,看着它紧闭的眼睛,我浑身一颤,预感到了不好的事情。我把狗粮扔到地上,赶紧跑过去,我晃动着它的身体,一个翻身,露出了它的肚子。

许许多多白花花的蛆虫,在啃食着小肉球的五脏六腑,数十只苍蝇顿时飞了起来,在它的上空盘旋,像是在进行盛大的哀悼。

我胃里一恶心,止不住地呕吐了起来。我蹲在地上,把那天早晨吃的所有饭全部吐了出来,直到吐出了不知道是胃酸啊还是胆汁儿的东西我才停下来。

我想把小肉球埋起来,可是杨小夕不让,他说太恶心了,愣是把我拽走了。到了学校,我在洗手间里不停地洗手,抹了满手的洗手液,洗了一遍又一遍,却总是觉得洗不干净。想起小肉球可爱的样子和死时恐怖的样子,顿时觉得生命好脆弱,也好残忍。

后来有一天,班里放了一场电影《忠犬八公的故事》,我就想起了小肉球。小肉球直到临死还对主人不离不弃的,即使它的主人可能是因为某些原因将它丢弃在垃圾桶旁边,它还是一直守在那里,期望有一天,能够重新被主人带回去。它和电影里的那只狗八公一样,都那么的忠诚,那么的令人怜爱。

那个电影放到最后,班里几乎所有人都哭了。我是哭得最大声的一个,只有杨小夕知道为什么。他一直在给我递纸巾,用了整整三包。

"小肉球!快回来!"一个女声把我拉回了现实中。好巧,原来此时蹭我腿的这个毛茸茸的小家伙,也叫小肉球。

看到小肉球跑向它的主人,我微微笑了。它的到来,仿佛是在向我提醒——我和杨小夕曾经有过那么多的美好。

我继续翻着铁皮盒里的纸条,突然看到了一张信纸,还是崭新的纸,是我从来没有见过的一张。我轻轻地拿出来,展开它,看到了杨小夕不漂亮却写得极其认真的字——

第十四章 若你幸福便知足

袁艺：

我知道你过得不好，特别不好。我也知道我做的那些事情，让你格外的愤怒与伤心，但是你要知道，每当你感到痛的时候，我都会感到加倍的痛。

你知道我不像你家那么有钱，我学习又不好，还有着一个几乎不可能实现的远大梦想，高考一直是我心中的一座大山，我不知道我是否能够被我梦想的大学录取，我也没有想过，如果我落选了，那我该如何走。

直到有一天，罗莎莎对我说，她可以帮我圆了我的梦想，她爸爸就是 W 大在东城的招生老师，只要一句话，我就能够顺利地进入 W 大学习表演专业。我问她为什么要这样做，她说因为和我有着同样的梦想，她不希望看到我失望的样子，更重要的是，她爱上我了。

我知道她是你最好的朋友，于是就一直与她保持着距离，但是随着高考的临近，我动摇了。原谅我，我答应了她，只要我对她好，她就能让我考上。

那时我的想法特别简单，就是骗她，假装对她好，然后考上 W 大后就再也不理她。等我在演艺圈打拼出一片天地，赚了钱出了名后，就和你结婚，从此过上属于我们自己的好日子。

可是却没想到，她一再地纠缠我，我烦她，她就威胁我，说我要是不和她在一起，就把那些事儿全说出来，丢尽我的脸。我没办法，只得容忍了她。

在你突然来我宿舍的那一天，你给我打电话，她就在旁边瞪着我，让我故意说出那些绝情的话，她还在我的酒杯里下了药，幸亏那时你在寝室里，否则我不知道我会不会做出什么对不起你的事儿。

后来，她越来越过分，竟然要求我和她订婚，说如果不订婚的话，就说我强

■ 蓦然回首许多年

奸她未遂，我这次又忍了。

对不起，袁艺，我的那些行为让你受到了那么多的伤害。看到你和另一个比我高、比我帅的男生在一起，我真的感到很开心，我觉得我配不上你，我不是好人。

但是每次看到你和他像我们曾经那么亲密的样子，我的心都会特别的痛。在你们宿舍楼前面看到他亲吻你的额头，在订婚仪式上看到你挽着他的胳膊，在"想唱就唱"门前看到你向他跑过去紧紧抱住他，在超市里他为了你狠狠地揍我……好几次我都想把这一切告诉你，你却不给我机会。我的心在滴血，它真的好痛。

袁艺，我不知道你还会不会原谅我，我已经和罗莎莎分手了。去他的梦想！去他的面子！她爱怎么着怎么着！我都不会在乎！我只在乎你……

现在，我只想和你在一起，即使你不会原谅我也没关系，这一辈子，只要让我看着你幸福，我也就知足了。

既然你不给我机会说出这些话，我就只能把它写成信，放进这个盛满了我们秘密的盒子里，我知道，总有一天，你会看到，你会理解的。

杨小夕

我的眼泪啪嗒啪嗒地掉在这张淡蓝色的信纸上，泪水将黑色的字迹氤氲了一片。

杨小夕，你叫我如何恨你？

我将信纸叠好放回盒子里，重新埋回树下。我蹲在地上，抱着双腿，将头

第十四章 若你幸福便知足

埋进膝盖,止不住地哭出了声。

我怨自己,没有能力实现你的梦想,我任性、自私、坏脾气,只会一味地索求于你,冲你发火、撒娇、无理取闹,可是你一直都默默地容忍着我,你惯着我,像捧在手心里的水晶兔子一样呵护我,我却把这一切都当成理所当然。也许我从小就被惯成了这副德行,我以为以我的脾气根本找不上男朋友,像陆彤说的那样,最后我俩谁也嫁不出去,就这样相依为命一直到死吧。却没想到,我能够遇上你——杨小夕,这个一直在我心里没有走远的男人。

想起杨小夕曾经对我的好,我的泪就像没有关的水龙头,哗啦哗啦地往外流。我止不住地颤抖着双肩,旁若无人地放声大哭。我不在乎别人的目光,我不在意我在别人心里是被怎样评价的,就像你说的那样,我只在乎你。

正当我哭得鼻涕眼泪全抹在牛仔裤上的时候,我突然感到有人轻轻地把我揽了过去。

我一抬头,看到了杨小夕。

第十五章　我的蝴蝶不飞了

1. 如果能够一直这样下去该多好

我以为我出现了幻觉,最近睡眠不好,经常会有幻听,这次我以为我看到的杨小夕是我想象的。于是我低下头继续哭,没有理他。

"袁艺,别哭了,对不起,原谅我吧——"耳边传来杨小夕的声音,还有他紧紧抓住我肩膀的真实触感。

我抬起一张鼻涕眼泪纵横交错的脸,定定地看着他,然后抬起手狠狠地掐了我的脸一下,疼痛瞬间让我的眼泪越掉越多。

"你没做梦,是我——杨小夕。"杨小夕继续说着,泪眼蒙胧中他的嘴唇一张一合。

"你怎么来了?"我诧异地问他。

"从你出同福的那一刻开始,我就一直跟在你的后面。"他说。

"为什么?"

"因为担心你,这么晚了,我怕你会出危险。"

"伍三一呢?"

"他先回宾馆了。"

"你们来东城干什么?"

"找工作,有一个演艺公司说想和我们签约。"

"你的梦想快要实现了,祝贺你。"

"这已经不重要了。"

"罗莎莎没来?"

"我不想再和她有任何联系了,她让我恶心。"

"呵呵,她变了,不再是高中时候的那个她了。"

"人都会变的。你呢?你和他过得好不好?他要是欺负你就告诉我,我一定……"

"我们分手了。"

"为什么?"

"没有为什么,就是分了。"

"对不起,我不该问这些的。"

"没事儿,我已经不那么脆弱了。"

"物是人非事事休。"

"哎哟,你还会背宋词,不简单啊!几个月不见,有文化了啊!"

"又开始贫了,快点儿把脸擦干吧,也不知道是眼泪还是鼻涕,真恶心。"

杨小夕从兜里掏出纸巾,轻轻地在我的脸上擦拭着,动作还是那么温柔,和很多年前的他没有一点儿分别。

■ 蓦然回首许多年

　　我一直以来就是一个很爱哭的人,记得高中的时候,杨小夕说从来没有见过像我这么爱哭的女生。摔疼了哭,伤心了哭,感动了哭,连笑着笑着都能笑出眼泪,说我的泪腺特别发达,真应该当演员去,这样以后就能和他在一起演戏了。他还向我保证,说我要是当了演员,他一定不和别的女演员接吻,把吻戏、床戏全留给我。我那时候狠狠地捶了一下他的肩膀,我说你这小子真坏,净想些有的没的,赶紧做数学题吧。

　　此时,他和记忆里的杨小夕一模一样,看我的眼神充满了怜惜,像是在轻轻擦拭一件他心爱的易碎的瓷器。

　　我看着他清澈的眼睛,在昏黄的灯光下面,眼睫毛一眨一眨的,长长的弯弯的,向上翘起。这么多年过去了,他不再是刚见面时那个愣头小子了,也不再喜欢把头发全部往上梳,像个刺猬一样让所有头发都立起来,而是让它们都垂下来,梳得很顺,刘海儿快要遮住了眼睛。他变得成熟、内敛、沉默,不再咋咋呼呼的了。我想他一定也经历了一番磨炼,在残酷现实的一次次打击下,他的棱角和锋芒渐渐被磨灭了,开始学会低调做人,保护自己。我想这是每一个年轻人刚开始闯荡社会都有的经历吧,社会让我们慢慢变得成熟,慢慢长大。

　　他拿纸巾的手突然停住了,我看到他向我缓缓靠近,遮挡住了眼前昏黄的光线,一片黑暗的阴影向我投射过来,他凑过来,吻住了我的唇。

　　我们呼出的气,都带着浓烈的啤酒味道,我觉得很好闻,像是刚下过雨后青草散发出的迷醉气味。我们的舌头缠绕在一起,像是河里紧紧缠绕的水草。我突然记起了第一次和杨小夕接吻的时候,那是下了晚自习,我到操场上看杨小夕打篮球,等他打完球,他显得很激动,看来是打赢了。我给他递过去一瓶

第十五章 我的蝴蝶不飞了

矿泉水,他抬起头咕嘟咕嘟地灌了进去,晶莹的水从他的嘴角漏出来,一直顺着他的脖子流进了校服里面。我掏出纸巾,帮他擦干了,他就看着我一直笑,我说我都快被你看穿了,你丫怎么没皮没脸的啊?哪儿有大晚上盯着姑娘的脸看的啊?你丫真是不害臊!之后他突然不笑了,我觉得他的表情一下子变得严肃认真了,我看到他突然抓住我的肩膀,弯下腰,吻了我。那时候,我不知道接吻是要张开嘴的,就一直紧紧地闭着嘴,还特别紧张,眉头都拧到了一起。我看见他闭上的眼睛突然又睁开了,然后将头挪开了一点距离,问我,你怎么不张开嘴?我对他眨着一双迷茫的大眼睛,我说接吻还要张开嘴?他说是啊白痴,你没看那些电视剧里演的吗?就是这样……他重新将头凑过来,用他的舌尖伸进我两唇之间,温柔又霸道地将我的牙齿掰开,像蛇一样钻了进去。我至今还忘不了他那柔软光滑的舌头在我嘴里游走的感觉,有些慌乱,有些兴奋。

杨小夕此时是弯着腰的,而我是蹲在地上的,他抓着我肩膀的手一用力,我没保持好平衡,顺势倒在了地上,他压在我的上面,我俩依旧在接吻,吻得热烈而忘情。

我突然想起来一个严峻的事实——我怀了苏志浩的孩子,如果杨小夕知道了这件事情,还会和我在一起吗?我赶紧把他推开,从地上站起来,拍了拍身上的土。

"怎么了?"他也站起来,问我。

"没、没事儿,"我有些慌张地说,无论如何,至少现在我是不能告诉他,"咱们坐在长椅上吧。"

我和杨小夕并排坐在长椅上，我靠着他的肩膀，他揽着我，像许许多多情侣那样亲密。周围很安静，有一种和谐静谧的美好。我想，如果能够一直这样下去该多好啊。

可是我突然想起了苏志浩。不知道他现在在哪里，和谁在一起，过得怎么样。总之，我会尽量将他遗忘的。对于那样的男人，我该如何继续呢？

我和杨小夕就一直坐在那里，起风了，他就把外套拉链拉开，让我钻进去。我能感得到他心脏怦怦直跳的频率，也能感受到他温热的体温，和他衣服散发的茉莉花香的味道。

后来天也不早了，我俩就起身往外走，出了公园，走到大街上。杨小夕说要把我送回去，他刚想招手叫辆出租车，我突然看到了街对面有一家卖冰糖葫芦的小店。

我说："我想吃糖葫芦了，你帮我去买好不好？"

他一口答应，说："你在这儿等着，我马上就回来。"

杨小夕就是这样，我想吃什么他一定会立马给我买回来。我经常在冬天突然想吃冰激凌，他转遍了大街小巷才给我买到，可是当他真的递给我的时候，我突然又不想吃了，他不想浪费，于是就自己吃掉了，为此还闹了肚子，让我惭愧了很久。不过我还是改不了这个毛病，他也一直依着我，他知道我任性，便多了一份宽容。

可是这一次，不一样了。

我等啊等啊，他却没有回来。

2. 永远的蝴蝶

我一直站在马路的一边,看着杨小夕跑向马路的另一边,他买了两串糖葫芦,包在纸袋里,转身往回走。

他远远地看着我,向我挥挥手里的糖葫芦,我也抬高了胳膊,冲他挥了挥。我笑着,笑得那么开心,像吃到上面一层甜蜜的糖似的高兴。

我一直看着杨小夕向我跑过来,完全沉浸在喜悦之中,却突然看到一辆飞速行驶的小轿车向他驶来。

一瞬间,他飞到了天空中。又一瞬间,他落了下来。他重重地砸到地面上,再也站不起来了。

我突然想起了一篇小小说《永远的蝴蝶》,那里面写道:随着一阵拔尖的刹车声,樱子的一生轻轻地飞了起来,缓缓地,飘落在湿冷的街面上,好像一只夜晚的蝴蝶……世上所有的车子都停了下来,人潮涌向马路中央。没有人知道,那躺在街面的,就是我的蝴蝶。这时她离我只有五公尺,竟是那么的遥远。更大的雨点溅在我的眼镜上,溅到我的生命里来。

现在躺在马路中间的,是我的蝴蝶。

我的大脑顿时一片空白,我愣在原地,慌张而又茫然地站着,浑身颤抖。之后滚烫的眼泪溢满了眼眶,随着我拼命地奔跑,大颗大颗的泪水随风飘落。

我跑到杨小夕身旁的时候,糖葫芦散落一地,红色的山楂球滚到了我的脚边,染上了杨小夕浓稠的鲜血。

他的嘴角还带着刚才的笑容,明媚而灿烂的笑容,鲜红的血液从他的头部缓缓地流出,他柔顺服帖的头发被浸湿成一缕一缕的,还在往下滴着血。

我抱着他,拼命地摇晃他,我撕心裂肺地哭喊着,杨小夕你快点起来啊,你快点给我起来啊,给我起来啊,起来啊……可是他却紧紧闭着眼睛,像是在熟睡之中。

我的声音渐渐沙哑,泪水模糊了我的视线,眼前的一切都看不清晰,我只是感觉到一阵头晕目眩,胸口像被压了一块巨大的石头,喘不上气来。

我向前一倒,就失去了意识。

3. 求你了,起来吧……

我醒来的时候是在医院里,我看到陆彤坐在我的旁边,我第一反应就是问她:"杨小夕怎么样了?"

陆彤像是没有听见,反问我:"你还好吧?还头晕吗?"

"我没事儿了,杨小夕呢?他怎么样了?"我焦急地问她。

陆彤只是抿着嘴唇,一句话也不说。

"你快点儿告我啊!他到底怎么样了?!"我冲她吼道。

陆彤缓缓地摇了摇头,两行眼泪哗啦就流了下来。

我将手上输液的针头狠狠一拽,掀起被子就下了床,陆彤赶紧拉住我,对我说:"你现在不能太激动啊!医生说你必须好好在这儿躺着啊!"

"不!我不信!"我的泪水涌了出来,使劲地将陆彤推开,然后冲了出去。

我看到穿着白大褂的医生将一块白布遮在了杨小夕的身体上面,然后转身向门外走。我赶紧走过去,狠狠地抓住那医生的衣领,我对他大吼,我说:

第十五章 我的蝴蝶不飞了

"你一定没有好好救他是不是！我有钱，你要多少钱我都给你！只要你把他救活！他不是那么脆弱的人！怎么可能一个车祸就死了呢！不可能！我也出过车祸！流的血比他的还多！可我现在还是好好的！你们都在骗我！都是大骗子！他不可能死了！不可能……"吼到最后我都声嘶力竭了，我没有想到我会吼那么大声。

"对不起，我非常理解你现在的心情，但是——你先冷静一下，这次车祸并不是造成他死亡的唯一原因。他的头部曾经遭受过重创，但是没有及时检查，导致脑部一直存有淤血，这次车祸只是一个导火索。"

我的全身突然像被电击了，一动不动。

我猛地想起来杨小夕和罗莎莎举行订婚仪式的那一天，我将挡在我面前的杨小夕推倒在地，他顺着门外的几层台阶滚了下去，好像撞到了什么东西上，疼得一直捂着脑袋，特别痛苦的样子。

我慢慢地走到杨小夕的旁边，扑通一声跪在了他的病床前。

"对不起，真的对不起，我不是故意的，我真的不是故意的……你站起来打我吧，你把我打死吧！我不是人！该死的是我啊！要不是因为我你也……你快起来打我啊！我再也不随便推你了！我再也不让你给我买糖葫芦了，我再也不指使你干任何事情了！只要你能起来……你让我干什么我都去，真的，我没骗你，我绝对毫无怨言，只要你能睁开眼睛……你看看我啊，你看我已经原谅你了啊！咱俩不是还要结婚吗？你不是还想和我一起过上幸福的生活吗？快起来啊……起来吧，我求你了，起来吧……"

我趴在杨小夕冰凉的身体上面，哭得稀里哗啦的。陆彤走过来，抱住我，一边哭一边说:"我都知道了,杨小夕瞒着你的那些事儿,伍三一都告诉我了。我也不是人,我之前还那样对他,我不该骂他的啊……你说咱们都这么长时间的同学了,彼此之间应该比谁都了解,我怎么就能误会他呢? 我怎么就不相信他呢? 我怎么就没有想想他的苦衷呢? 我当时就应该劝你的,而不是……煽风点火,我是个傻×……我不是人……呜呜……"

我和陆彤坐在走廊的长椅上,一言不发。我看到伍三一向我走来,他红着眼睛,对我说:"其实杨小夕一直爱的都是你,罗莎莎纠缠他,我们也知道,但是没有办法,有时候你也知道,生活其实很无奈。但是我敢确定,他一直没有忘记你,你送给他的阿狸,他每天都摆在他的床头,睡觉的时候就看着它,说看着它就能想起你,这样才能睡得安稳。有很多次他在睡梦中叫你的名字,很大声,我们全宿舍都被他吵醒了,他的声音特别可怜,像是在梦里被你抛弃了一样,他乞求着你,说什么袁艺我们不要再分开了之类的话,听得我们都特别难过。我好几次都想告诉你这一切,可是杨小夕不让,还说谁要是说出去,谁就别想在宿舍里待着了,我们才一直没敢告诉你。杨小夕几乎天天买醉,每天都是最后一个回宿舍的,一回来就是浑身酒味儿,而且脾气也变得格外暴躁,稍微有一点冲突,他都会跟你打起来。为此他结下了好多仇,三天两头打架,浑身是伤。大哥人其实挺好的,你应该早点儿原谅他……"伍三一的声音带了哭腔,他别过头,不想让我看到他的眼泪。

而我早已泪流满面。

4. 葬礼

杨小夕葬礼那天,下起了雨,雨不大,细细的雨丝在空中交织着。我和陆彤共同撑了一把黑色的伞,缓缓地走进了礼堂。

罗莎莎一见我来了,像疯狗一样冲我扑过来,狠狠地揪住我的头发,对我大骂道:"你还有脸来!都是因为你杨小夕才会这样的!你还有什么资格活着!"

尽管很疼,我依然咬着牙默默地站着,没有还手。我是该去死,我没有资格活在这个世界上。

陆彤及时把罗莎莎拽住了,否则我今天一定会被她揪成秃子的。

我们又见到了张顺天,陆彤看见他像见了陌生人一样没理他,他也低着头,不敢看她的眼睛。

我们四个,什么时候变成了这个样子?

杨小夕还是那么帅气,只不过他的脸更加苍白了,他静静地躺在那里,一动不动,多么像曾经他睡熟了的样子。他睡觉会轻微打鼾,有时候还磨牙。记得那天晚上他喝得烂醉,像一摊烂泥一样,我和张顺天一起把他抬回家,他家里没人,他是单亲家庭的孩子,跟着妈妈生活,那天他妈妈恰好出门了,所以我在他家待了好长时间。他睡着后响起了鼾声,我看着他微微张开的嘴,性感迷人的嘴唇,俯下身轻轻地亲了他一下。可是现在,他永远地睡着了,再也醒不来了。

想到这儿,我的眼泪就止不住地流了出来。

高一开学的时候,杨小夕坐到了我的旁边,还蛮横地将我的耳机拽下来塞到了他的耳朵里,他说我很特别、很成熟,和别的女生不一样,因为我爱张信哲的歌。他学习不好,不认真听课,每天像做梦一样和我描述他勾勒的美好蓝图,说他的未来一定是无比灿烂,会是比华仔还要火的大明星,他要让全世界的人都看到他主演的电影。我总是说他异想天开,还是好好努力准备三年后的高考来得实在些。

后来举办了秋季趣味运动会,我们班抽到的项目是障碍跑,男女两人一组,按照身高排列,我和杨小夕一组。我带了一条漂亮的粉色绸带,将我和杨小夕的腿绑在一起,我不知道该不该靠近些,正犹豫呢,杨小夕一把揽住了我的肩膀,说你丫站那么远干什么,这样容易绊倒。我脸一红,便也抱住了他的腰。我们彼此能够感到对方的体温,在这个微凉的初秋显得格外温暖。我们那天晚上一直练到了操场上没有几个人了才准备回去,我高兴地说看咱们这么刻苦一定能够得第一,我刚说完,不知道怎么一下子失去了平衡,直接扑倒在地了,因为绑着腿的原因,杨小夕也倒了下去。后来我的腿擦破了皮,没有大碍,看着杨小夕一脸焦急担心,擦药的时候细心的样子,我就特别感动。于是,那之后我俩的关系就变得格外不同寻常了。

期末分班之前,我的物理成绩糟糕得一塌糊涂,最差的一次只考了十六分。当时我们班是十六班,杨小夕就说你这分数可真对得起咱们班,他刚说完,我就唰地一下子哭了。他最见不得我掉眼泪了,手足无措的,从书包里掏出一卷卫生纸,全递给我了。我看着他紧张的样子,扑哧一声笑了,我说我才不要用卫生纸擦脸,我要用纸巾,就从书包里掏出一包纸巾,自己把眼泪擦干了。后来他说,人无完人,有一长必有一短,只有找准适合自己的目标,再去努力,那样才不会是徒劳,比如说我,天生就是当演员的好料,我这么大一块发光的金子,怎么就被埋没了呢。

高二的时候,我和杨小夕都选的文科,被分到了一个班。我俩又是同桌,这一度让我相信了缘分。那时候我俩已经在一起了,上课趁老师不注意的时候,拉拉小手什么的,神不知鬼不觉的。杨小夕成天向我抱怨,说什么背政治枯燥,学历史记不住年代,看地理吧又搞不懂地球运动,反正是天天上课在课本里面夹着电影杂志在那儿研究。一次上数学课,老师还以为他认真听课呢,眼珠子都快贴到课本上了,说艺术生都听得这么认真,不叫他回答一下这个问题都有些对不起他。于是杨小夕茫然地站起来,摇摇头,像看天书一样看着黑板上那一串串数字和符号,向我投来了求助的目光。我唰唰唰地在草稿纸上把答案写好,悄悄地挪到他的桌子上,他一激动,大声就念,念完之后全班爆笑,我一看,原来他念错地儿了。

到了高三,他开始学习专业课,他说他是他们班表演最好的学生,说的时候一脸的骄傲与自豪,当我一提到文化课的时候,他就又变得一脸的沮丧与颓唐。前后反差特别大,一个天上一个地下的感觉,真让我佩服他的演技。

还记得当我知道杨小夕考上 W 大的时候,我高兴得手舞足蹈的,就跟我考上清华北大似的。他说,我会永远和你在一起,永远不分开。

可是,你现在却弃我而去,你难道忍心将我一个人留下来吗?

你告诉我,你在哪儿?

你能听到我的呼唤吗?

5. 噩梦,就要开始了

参加完杨小夕的葬礼后,我突然大病了一场,在陆彤租的房子里,过了一周没下床的日子。这期间,一日三餐都是陆彤帮我买回来的,她和我说她见到苏志浩好几次,他每次都问我到底发生了什么事情,他说我俩之间一定有误会,希望我可以和他好好谈谈。陆彤每次都把他骂得狗血淋头的,苏志浩最后不得不灰溜溜地走了。

有一天,我在上楼的时候看到了他,他正好下楼,我俩就在狭窄的楼道里面对面,谁也没说话,都一动不动地站着。后来还是他先问了我一句,你的脸色不太好,是不是生病了?我没好气地回了一句,我生不生病关你什么事儿!他没再说话,侧身让我先过。从他身边过去的时候,我瞥到了他红红的眼睛。

鼻子突然一酸,眼泪就流了出来。我该不该告诉他——这肚子里,怀着你的孩子?

我回去的时候,钥匙刚插锁孔里,还没来得及转呢,陆彤突然把门给我打开了,差点把我鼻子撞歪了。

"你丫想吓死我啊!"我扑进去就掐她脖子。

"咳咳,你丫想造反啊!"陆彤伸出手挠我腰上的痒痒肉,她知道这是我致命的弱点。

"哈哈哈……"我痒得不行了,赶紧制止了她。

"告你一个好消息啊!"陆彤激动地说。

"什么好消息?"我一听这个立马来兴趣了。

第十五章 我的蝴蝶不飞了

"你猜猜今天谁给我打电话了?"陆彤卖关子。

"商场抽取幸运顾客?彩票中了一百万?火锅店免费试吃活动?"我逗她。

"敢情就这些才算好消息啊!你也太瞧不起我了!"

我两手一摊:"哈哈,那我真不知道了。"

"林静淑!她今天给我打电话了!"陆彤显得异常的激动。

"她给你打个电话至于激动成这德行吗?你俩不是天天睡觉之前都在微信里说肉麻的情话啊什么'亲爱的晚安啦'之类的,听得我每晚都恶心得睡不着觉!"

"这次不一样啊!她打电话说她在网上买了一个大帐篷,说想和咱俩一起去野营呢!线路什么的全都找好了!"

"真的啊?太好了!好久没有亲近大自然了,在家里宅着我都快发霉了。"

于是我们仨兴致勃勃地开始了野营计划,去超市里采购了一大堆食物,陆彤是吃货这个事实再一次被证实了。还记得大一的时候有一次全班组织春游,陆彤背了一个大包,里面装满了各种零食,饮料还背了两大桶,最后爬山的时候把她累坏了,愣是拿出纸杯把饮料全分了,每人都有福利。

陆彤说想野营的时候举办个篝火晚会,我说就咱仨还叫晚会呢,你还真好意思说。后来陆彤从家里把她爸烤肉的那套装备给借来了,不仅带全了各种肉类,还想着时候生擒一只兔子啥的,烤烤就吃了。我大骂她真没人道。

她不仅借全了装备,还捎带着把她爸的宝马车也开出来了。我和林静淑坐在柔软舒适的车里,望着高速路上飞速驶过的风景。秋末的红叶格外的美丽,漫山遍野的枫叶,在风的吹拂下,不断地飘落。

我坐在副驾驶的位置上,扭头看向陆彤,她美丽的脸庞在风景的映衬下,显得格外的动人。她察觉到我在看她,于是也看向我,冲我微微一笑。

那笑容是那么的美丽,我那时竟然丝毫没有感觉到,这竟是她最后的笑容了。

我们随着车里欢快的音乐哼唱起来,到处洋溢着喜悦之情。

噩梦,就要开始了。

第十六章　蓦然回首许多年

1. 出乎意料的"惊喜"

我们到达那片山区的时候,已经是晚上八点了,林静淑还说自己是活地图,比全球定位系统导航还准,没想到走岔了路,折腾了好久才重新步入正轨。

那天晚上的月亮朦朦胧胧的,是典型的毛月亮,一般恐怖小说里灵异事件多半都是在有毛月亮的夜里出现的,我倒吸了一口冷气。

路坑坑洼洼的,真毁车,我都为陆彤的宝马感到心疼。又开了一段路后,前方好像过不去了,林静淑说她下车去看看,就拉开了车门。

陆彤说她中午就没吃饭,想一直等着晚上的烤肉大吃一顿呢,现在饿得她眼冒金星儿,让我从背包里拿出点儿吃的,先垫垫肚子。她熄了火,开始啃面包。我看向车窗外,一片漆黑,连个路灯也没有,真是个荒无人烟的地方啊,也不知道林静淑怎么想的,竟然带我们来这么一个鸟不拉屎的地儿。

林静淑好半天也没有回来,我刚说下车去看看她,怕她出什么危险,陆彤突然说她回来了,说话的时候面包渣儿喷了我一脸。

我看到一个黑色的人影向我们的车缓缓地走来,我还纳闷呢外面有这么冷吗?林静淑连衣服后面的帽子都戴上了。她走到了左侧车门旁,黑色的影子挡住了朦胧的月光。咚咚咚她轻轻地敲了三声车窗,陆彤打开了车门。

当车门全部打开的时候,我们才发现外面站着的根本不是林静淑。

而是梁洁。

我刚想问她怎么在这儿,却听到一阵撕心裂肺的惨叫声。

我一时没有反应过来——那声音竟然是陆彤发出来的。

梁洁的手臂还保持着高高抬起的姿势,手里握着的玻璃瓶里还残存着三分之一的透明液体。她面无表情,冷冷地看着陆彤,看着那一张原本白皙娇嫩的脸,渐渐变得像焦炭一样黑,还伴着嗞嗞嗞的皮肤烧焦的声音。

我目瞪口呆地看着这眼前突如其来的一切,恐惧一瞬间袭击了我。我看到梁洁转身离去,竟然因为恐慌而忘了拦住她,只是浑身颤抖个不停,竟然忘了尖叫。我眼睁睁地看着陆彤在车里痛得直打滚,从驾驶座上一直滚到车门外的地上,我才像疯了一样猛地意识到发生了什么。

我抓起一瓶矿泉水就从车上冲了出去,黑暗中陆彤已经完全没有了面孔,黑乎乎的一片,像是一块焦炭。我记得化学课上学过,要是不小心沾到硫酸,必须立即用大量清水冲洗。我把矿泉水全部洒到了她的脸上,瞬间冒起了白烟,伴着嗞的一声响。刺鼻的浓硫酸味道和肉烤焦了的糊味儿,直冲冲地钻进我的鼻腔,熏得我一阵头晕目眩。我听着陆彤渐渐微弱的呻吟声,眼泪哗哗地往外流。

林静淑这个时候跑了过来,一边跑一边对我喊:"袁艺啊!是不是很出乎意料啊？这可是我精心设计好的惊喜哦！"

当她跑到陆彤跟前的时候，惊声尖叫起来："啊啊啊——鬼啊！鬼啊！啊啊啊——"

我抬起头，狠狠地瞪着她，我咬牙切齿地说："她不是鬼，她是陆彤。我替她谢谢你的'惊喜'。"

2. 毁容

病床上的陆彤，已经完全失去了往日的美貌。甚至——连个完整的人样都没有了。

她的头发已经剃光，身上严实地裹着白色的被单，整张脸呈现焦炭一般的黑色，并有大面积的皮肤脱落。左耳缺失，耳孔闭合。她的嘴唇和脸部严重肿胀，上嘴唇外翻，下嘴唇内翻，喉部被切，插着导管以助呼吸。

病房里是一片撕心裂肺的哭喊声，唯独陆彤不能发出任何声音。我猜想她此时，一定很想抱着我大哭一场，就像很多次她受了委屈，都喜欢将所有的鼻涕和眼泪一股脑儿地抹在我的衣服上面。但是现在，她连哭都流不出眼泪。

林静淑哭着对我说："我根本没有想到梁洁竟然会做出这种事儿来，前几天她在宿舍对我说，她已经知道错了，态度特别诚恳，说她现在非常想你俩，她说她怀念我们四个人在宿舍里打打闹闹的日子，她希望能得到你俩的原谅。当时我觉得她终于醒悟了，知错就改还是可以继续当朋友的，毕竟大学四年同学一场，感情也不是说断就能断的。她建议通过野营来改善一下四个人之间的关系，说让咱们仨先到约定的地方，她在那儿等着咱们，想给你俩一个惊喜……却没想到……我虽然不知道她俩之间发生过什么矛盾,但是……人怎么可以这样残忍……"

我看着林静淑泪流满面的脸,竟然冷笑了起来。我一边笑,一边流着泪。

"袁艺!你快点叫警察把我抓起来!我就是帮凶啊!你们快把我抓起来吧!啊!快点把我抓起来啊!我就是凶手啊!陆彤这个样子都是我害的啊!都是我的错啊——"林静淑疯了,她受的刺激太大了。她哭喊着尖叫着,她向我伸出双手,让我用手铐把她铐起来。

我把林静淑拖出了病房,好不容易才让她平静下来,她扑在我的怀里,颤抖着身体,像只受了惊吓的兔子。

这个时候,我一抬头,看到了张顺天。

3. 我会照顾你一辈子的,相信我

我把林静淑推开,站起来冲着张顺天就是狠狠一巴掌。他的脸颊立马红了一大片。

他把头转过来,没有任何反应。他的眼睛里布满了血丝,直直地看着我。

我一边使劲地把他往外推,一边冲他大吼:"你来这儿干什么!你还有脸来!要不是因为你!陆彤怎么可能受这么多委屈!她怎么可能变成现在这副模样!你给我滚!滚得越远越好!"

他一把抓住我的肩膀,他的力气实在太大了,导致我根本动弹不得。我看到他通红的眼睛里滚出来晶莹的泪珠,一颗一颗的最终连成了两条小河,在他的脸上缓缓地流淌。

"我今天就是来请求她原谅的！请让我进去——"

我待在原地,看着他走进了陆彤的病房。

这个男人,跪在陆彤的床边,声泪俱下。我第一次见他哭得这么伤心,在杨小夕葬礼上,他都没有流过如此多的泪水。

"我知道,现在说什么都晚了,不过,我还是希望你能原谅我。我想了很多很多,我不知道我该不该来,但是我怕以后就没有机会了……之前的一切都是我的错,我不该被梁洁那个贱人迷惑,我不该对你那么绝情,我……我真的知错了,你不是曾经说过吗,无论我做错了什么,只要肯道歉,就能够原谅我,现在你原谅我吧！我愿意用一辈子的时间照顾你,相信我……我不在乎你变成什么模样,我也不在乎别人怎么说我,只要我能一直和你在一起就够了！让我照顾你吧！彤彤……"

我想陆彤应该已经在心里原谅张顺天了吧,或者,她一直就没有怨恨过他。没有人比我更了解陆彤了,她就是刀子嘴豆腐心。每次陆彤喝醉了就开始叫张顺天的名字,我知道,她一直没有忘记他。

4.一切都会好起来的

我无法想象毁容对于一个曾经那么美丽的女人来说是多么痛苦的一件事情,在进行了植皮手术之后,陆彤的脸没有刚开始那么恐怖了,黑色的部分渐渐变少,也可以少量进食了。但是她的脾气还是那么的暴躁,动不动就会把张顺天端来的粥掀翻在地,张顺天也从来不发火,默默地将碗捡起来,重新再盛一碗。

就这样一次又一次,我站在病房外面,都看不下去了,正打算转身离开,却看到了陆彤母亲站在我的后面。她一边抹眼泪一边说:"都这么长时间了,还是不吃不喝的……"

我哽咽着说:"阿姨,都会过去的,一切都会好起来的。"

是啊,一切都会好起来的。陆彤以前常常这样对我说:高中考试考砸了,我趴在桌子上哭,是陆彤告诉我,一切都会过去的;我和杨小夕分手,哭得稀里哗啦的,是陆彤告诉我,一切都会变好的。她总是这样乐观地看待世上的一切事情,我很羡慕她这种无忧无虑的乐天派性格,但是现在,一切都变了。

她的人生就这样在一瞬间——被毁了。

还记得有一次陆彤看到一则新闻,一个女孩因为拒绝求爱者后惨遭报复被泼了硫酸导致毁容,陆彤指着上面的那张被马赛克后依然触目惊心的照片对我说,太恐怖了,我要是那个女的我就直接自杀算了。

当时随口一说的话,现在竟然一语成谶。不过陆彤没有选择自杀,因为她根本没有任何能够自杀的机会。每天二十四小时张顺天都会陪伴在她旁边,照顾她的起居生活,开导她,给她讲许许多多身残志坚的故事听。不知道是不是这些例子感染了她,抑亦或是张顺天的诚意感动了她,她渐渐地不那么抵触他了。张顺天帮她擦洗身子的时候,她很乖地一动不动,像生病后听妈妈话的孩子。

偶尔我还会看到陆彤使劲捶着张顺天的肩膀,发泄着心中郁积的痛苦,他就默默地承受着。我知道,他是在用这种方式赎罪。

我常常握着陆彤的手,给她回忆一些过去的事情,讲我们的高中,讲我们的大学,讲我们的爱情,讲我们即将逝去的青春年华。

我希望她可以走出阴影,重新回到外面的美好世界中。我给她买了漂亮的长假发,买了蛤蟆大墨镜,买了口罩,买了脖套。她穿戴好这一切后,照了照镜子,她已经和正常人差不多了,如果不仔细看的话,是分辨不出来的。

陆彤的左胳膊挽着我,右胳膊挽着张顺天,她走在中间,幸福地仰起头。我听到她发出咯咯的笑声,我知道,那个乐观的陆彤又回到了我们身边。

因为她说过,一切都会过去的,一切都会好起来的。

5. 怀念那段美好的时光

梁洁因为故意伤害罪,被判处无期徒刑。知道这个消息后,说实话我心里其实挺难受的。以后的日子,她都将在高墙内度过,重复每天一样的单调枯燥的生活。这个代价,她付得太大了。

我至今也想不明白,究竟是多大的仇恨,竟然能够让她牺牲一生的幸福,来彻底毁灭另外一个人的世界。两败俱伤,难道是她所希望看到的?

人们什么时候能将所有怨恨放下,什么时候——这个世界才会永远没有纷争。

我瞒着陆彤去监狱看过梁洁一次,玻璃墙内,灰色的宽大囚服松松垮垮地套在她的身上,像个麻袋一样。原先齐腰的长发剪短了,显得有些凌乱。她比以前更加瘦削了,下巴像锥子一样尖,颧骨凸起,眼神空洞,充满了对生活的绝望。她坐在椅子上一言不发,目光呆滞地看着脚下的地板,面无表情。

她不再是那个盛气凌人、不可一世的梁洁了，她再也骄傲不起来了。

梁洁是我们宿舍中唯一来自农村的孩子，家里也是最困难的。她从一开学就领着助学金，每天刻苦学习，为的就是再拿到奖学金，她真的做到了。因为在我们上网聊天看视频的时候，她在背单词；在我们购物聚餐唱歌的时候，她留在宿舍翻译古文；在我们忙于恋爱搂搂抱抱甜言蜜语的时候，她坐在图书馆里安静地看书。

她就是这样一个努力的孩子，当我们都不去上课的时候，她就会替我们顶着，老师点名点到我们，她就会替我们请假，编各种各样的理由。我们都很感激她，经常分给她吃不完的零食和穿不完的衣服，我们都知道她自尊心特别强，所以变着法的照顾她。

后来梁洁找到了工作，面试的时候我还见到了她。她渐渐有了不菲的收入，经常早出晚归的，在宿舍里的时候也是一副盛气凌人的样子，好像谁惹了她似的。她动不动就和陆彤因为一点小事情吵起来，好几次都要动手了，每次都是在我和林静淑的好言相劝下才平息了怒火。

那时候我就经常怀念我们四个人刚开学的那段美好的时光，晚上关了灯围在一个笔记本电脑前看恐怖片，一边看一边尖叫。半夜我被吓醒了，就爬到梁洁的床上，钻进她的被窝，和她在一起挤着才睡着。我还记得，我抱着她，她也抱着我，她的皮肤特别光滑细腻，摸上去就像是丝绸一样柔顺。她呼出的气打在我的鼻尖，又麻又痒的，让我差点就冲她打一个喷嚏。我们一直抱着直到天亮，那一觉是我睡得最安稳的。

第十六章 蓦然回首许多年

我的床头还摆着梁洁在我生日时送给我的可爱的泰迪熊,我知道她没有多少零花钱,但是她却省下了一周的晚饭,才凑足了钱帮我买的。我知道她这样做了之后特别后悔,当时我的确是随口一说,要是真的特别需要的话我一定会当场买下来的。我现在还忘不了梁洁抱着它对我说的话,她说——如果人可以像泰迪熊一样无忧无虑该有多好,虽然看起来傻傻的、呆呆的,但是很快乐。那时候,她的眼睛里仿佛有什么东西一闪而过。

我们四个经常在宿舍里大声唱歌,一首接着一首,有时候都吵到隔壁宿舍了,我们依然兴致不减。每次去食堂,我们四个都坐在一起,互相夹彼此餐盘里的菜,看起来其乐融融的。

可是现在,陆彤被毁了容失去了青春,梁洁进了监狱失去了自由,林静淑被吓得神志不清失去了快乐。

人生若只如初见,该多好。

我关切地问梁洁:"最近过得好不好?饭吃得怎么样?晚上还能睡着觉吧?要是有什么需要的就和我说,我尽量满足你。"她却始终沉默,像是一尊雕塑,坐在那里一动不动的。

我知道我再待下去也不会有任何结果的,于是我转身想要离开。我走了三步,她突然开口说话了:"袁艺,上次是我骗你的,我肚里死掉的那个孩子,根本不是苏志浩的,也不是张顺天的。苏志浩是个好人,他还是很专一的。"她的语气异常平静,像是在说一件与自己毫无关联的事情。

我愣在原地,瞬间像被冻住了一样。

然后我缓缓地转过身,走过去。

"现在和我说这些还有什么用?"

我冷笑一声,头也不回地走了。

出了监狱,我抬头望向蓝蓝的天空,阳光很刺眼,我的眼泪缓缓地流了出来。

6. 我一直等着你

我回到和陆彤合租的那个屋子,帮她收拾出一些生活必需品,出门的时候,我看到苏志浩站在楼道里,一手插在兜里,一手拿着手机。

这是他等人的时候一成不变的姿势。很多次,他都是用这样的姿势站在远处,安安静静地等着我。

看着他熟悉的样子,我想起了许多往事,禁不住酸了鼻子。

我和苏志浩相遇在东城的火车站,那时候他戴着一个黑色的口罩,像极了《城市猎人》中的李敏镐。我俩都是去西城的 W 大,就这样认识了。之后我在和杨小夕的争执中出了车祸,苏志浩把我送到了医院,一直照顾我直到出院。回到东城的时候,他还给我庆祝生日,带我去看喷泉,在浪漫的彩灯中接吻。他给我摊鸡蛋饼,给我热牛奶,给我做炸酱面,做一大桌子好吃的菜。他说不让我减肥,让我吃得胖胖的,那样才可爱。那时候我觉得我特别幸福。

我刚想张口问他怎么在这儿站着,他就先说话了:"你说你还会来拿行李的,我等你等了好长时间,也没见你来拿。我嫌你到时候收拾起来太麻烦,就帮你全都收拾好了,我放在客厅的沙发上,你要是有时间就上楼拿一趟吧。还有,这些天我好好反思了自己,但是实在找不出来什么理由让你这么讨厌我。我不知道我们为什么会突然之间变成这样,但是我觉得你肯定没有错,要错也是我错了,一定是我哪里对不起你了,你告诉我吧,我马上就改。我一直没有搬回家,是因为我怕你突然有一天回来发现我不在了,我怕你找不到我,所以一直在这里等着你,我知道总有一天你会回来的……"

我听着苏志浩说完这些话,早已哭得泣不成声。我把手里的东西放到地上,冲到他面前,紧紧地抱住了他。

我一边哭一边说:"我这不是回来了吗……我再也不走了……"

我在心里对我肚子里的孩子说:宝贝,你要记住——你爸爸是全天下最好的爸爸。

7. 蓦然回首许多年

今年的冬天,飘起了第一场雪。鹅毛大雪随风飘飘洒洒,将这个城市装扮得格外美丽,到处都是银装素裹,这便是雪的魅力——纯洁而不沾染一丝杂质。

我爸妈知道我怀了苏志浩的孩子后,并没有大吵大闹的,他们只是说,让我和苏志浩赶紧登记结婚。我看着他们眼角的鱼尾纹,因为笑意像花儿一样绽放。我知道,他们急着抱孙子了。

我望着窗外的雪正发呆呢,听到我妈敲了敲卧室的门。她轻轻地走了进来,她现在已经不再忙于工作了,她抽出了大部分的时间待在家里陪着我。她端了一碗乌鸡汤,说是刚熬好的,让我趁热喝了,补补身子。

她问我:"陆彤最近怎么样了?看了心理医生后好些了吧?哎……也苦了她了,这么大的打击啊!搁谁身上谁受得了啊!哎……"我妈一直叹气,都开始抹眼泪了。

我安慰她,我说:"陆彤已经没事儿了,她现在看得挺开的,她马上就会去国外做整容手术了,张顺天陪着她,说是等她做完手术,他俩就结婚,妈你就别瞎操心了。"

"这就好啊,这就好,"我妈重复道,"对了,那个在监狱里的孩子呢?你这些天有没有去看过她?"

"有,前天刚去了,可……她还是老样子,谁去探监都不说话,比以前更瘦了……"我无奈地说。

"真是作孽啊!作孽啊!"我妈一边擦眼泪一边走出了卧室。

我一个人在屋里安静地整理着我的东西,积攒在角落里都落了灰。翻着翻着,我突然看到了一个心形的盒子,我轻轻地用抹布将上面的灰擦干净,打开了它。

全是我高中时候一点一点积攒下来的小零碎们,每一个都有一段回忆,属于我和杨小夕的美好回忆。

这张糖纸,是杨小夕第一次送给我的水果糖,我吃完了却舍不得扔掉,于是就把它放到了盒子里。

这张大头贴,是我和杨小夕合照的,照片里的我们都笑得傻傻的,仿佛不

第十六章 蓦然回首许多年

知道什么叫作烦恼。

这个作业本,每一页都是杨小夕给我记的作业,工工整整的,看来是很用心写的,有时候还会在作业的最下面画一个加油的笑脸。

我还翻出来一张旧照片,照的是我们几个:我、杨小夕、陆彤、张顺天。那个时候我们几个手拉手坐在教学楼的天台上,远处的蓝天格外美丽,大朵大朵的白云从我们的头顶飘过。画面中的我们无忧无虑地咧开嘴大笑,扎着马尾辫穿粉红色裙子的是我,头发竖起来像刺猬一样的是杨小夕,梳两条辫子穿白色雪纺纱裙的是陆彤,理着一个干净利落小平头的是张顺天。

我看着看着视线就有些模糊,那么干净纯洁的笑容,那么天真无邪的年纪,就这样一去不复返了。

我把照片放回去,刚想合上盒子,突然看到了一张泛黄的画。

我轻轻地将它从最底下抽出来,拿在手里仔细端详着。

那是杨小夕画的,他说画面中的女子是我。没有华丽的背景,没有绚丽的颜色,只有黑色铅笔线条的简单勾勒。

那时候我们正好学到了"回眸一笑百媚生,六宫粉黛无颜色"这句诗,于是杨小夕闲得无聊就在草稿纸上画了一个女人回头的样子,他拿过来让我评价,我说我总觉得还缺点儿什么,想了想说少一个名字。杨小夕说那你就给我起一个吧,你这么有才华,就起一个文艺范儿十足的。我想了一会儿说不然就叫《蓦然回首许多年》吧。杨小夕一拍桌子大声说好!说完才发现语文老师向他翻了好几个白眼,他要是再没有注意到估计老师的眼珠子都要翻出来了,于是杨小夕立马安静了。

他将那幅画往桌子上一摊,用手抚平,然后撸起袖子,那郑重的架势整得跟练书法一样。他从笔袋里拿出来一只黑色水笔,刚下笔突然扭过头来,压低了声音问我,蓦然回首的"蓦"字怎么写?我当时就想骂丫学了这么多年语文敢情都是体育老师教的哇,却被我忍了回去。我严肃地说,就这么写啊——草日大马。他愣了一下,起先没有听懂,突然又恍然大悟地一拍脑门,说了句袁艺你真聪明,就将这几个字认认真真地写到了画的上面。

而如今,我跪在地上,抱着这幅画,泪水啪嗒啪嗒地掉在上面,哭成了一个泪人儿。

蓦然回首许多年,我们却早已不再是当年的模样。

番 外 篇

1.苏志浩——我真的很傻,傻到爱上了你

我一直以来就想找一个专心爱我的女朋友,而不是爱我家的钱。我必须承认有钱有时候并不是一件很好的事情,你并不知道那些女的接近你是出于什么目的,虽然嘴上不说,但我知道她们就是这么想的——找男朋友就是找个钱包。

因为这个我伤过很多次心,后来我便想了一招,无论如何也不提我家庭,哪怕对方认为我从小就失去了双亲一个人在外流浪我也不在乎,我只是想找一个真心爱我的人。

我和那个女的交往了两年,她在我面前从来不多问我的情况,只是单纯地恋爱,我们过着像言情剧里一样的浪漫生活。看来她对我是真心的了,那么我愿意和她相伴度过一生,我那时就是这么想的,很简单。当我对她说我们毕了业就结婚吧,她一把将我推开,说你开什么玩笑啊。

当时我就愣住了,我没想到她竟然只是和我玩玩,她早就傍上了一个大

款,她说那个人比我有安全感。后来我才知道,她说的那个大款其实是我手下的一个经理。

我失恋了,生平第一次被别人甩。这让我很不爽。听同学说西城 W 大里的桃花特别美,于是我背上包,决定一个人去赏花,还可以散散心。

我就是在东城火车站的候车室里遇到的她,当时她也是一个人,背着一个双肩包,有些局促地站在我的前面,小脸涨得通红,像番茄一样,支支吾吾地不知道她要说什么。我让她坐在了我的旁边,我不知道为什么,就是觉得她挺亲切的,像是冥冥之中的缘分一样。

后来我知道了她叫袁艺,是我的学妹,和我去一样的地方,而且座位还是挨着的。世界上竟然会有这样巧合的事情,我顿时对她非常有好感,好像是很久之前就认识的老朋友重逢似的。

她问我看没看过《城市猎人》,我说没有怎么了,她说我长得特别像里面的男主角,好像是叫李敏镐,我说没听说过,她就说我没文化连李敏镐都不知道。

袁艺是一个很可爱的女生,有时候看起来傻傻的,她一坐上火车就睡着了,头直往玻璃窗上磕,我看着都替她心疼,就轻轻地将她的脑袋扳到了我的肩膀上。她睡着的样子很特别,眉头皱在一起,嘴角还流口水,我情不自禁地用手机拍下来了,每次一看到那张照片我都会笑到肚子疼。

她一点儿也不让人省心,到了西城竟然没有订宾馆,她想睡大街啊,真不知道她要大脑干什么,好像她顶着一个脑袋全是为了增加身高似的。我正要帮她想想办法,毕竟我在西城有很多认识的朋友,可是她却把我想成了坏人,我一生气扭头就走了。其实马上我就又回来了,因为我还是不放心,但她像是人间蒸发了一样,一眨眼就不见了,我只好出了火车站。

我到了W大,却没有心情看桃花了,我不知道自己怎么总也忘不了她,之后我竟然看见了她,她曾说她是去找她男朋友,那她应该走进的就是她男朋友的宿舍楼吧。我坐在外面一直等,后来下起了雨,我就把伞打开,但是等到天黑了她也没出来,我觉得我挺傻的,为一个才见了一面的女生等待,于是我准备走。她就是在这个时候跑出了宿舍楼,一边跑一边哭,像是受了很大的委屈。我一直跟在她的后面。

她和一个男的发生了很大的争执,在雨中快打起来了,我正想上去劝架呢,却看到她出了车祸。我将她送到医院,肇事司机已经逃跑了,我没有告诉她治疗费和住院费都是我掏的,我不想让她觉得对我有所亏欠。

住院期间,我看到了她真实的一面,她的直率天真,还有偶尔耍些小性子,我都觉得特别可爱。我不知道为什么会对她那么好,难道这就是一见钟情?

回到学校的时候,她们宿舍聚餐把我也叫上了。那天吃的烧烤,她喝了很多酒,我也醉了,她吐得很厉害,衣服上全是,再加上宿舍早已锁门了,所以我把她带回了我租的房子里。我帮她脱下脏衣服,我发誓我当时真的对她没有任何邪恶的想法。

后来我打听到了她最喜欢吃黑森林蛋糕,于是就在她生日那天订购了一个。看着她开心的样子,我的心情顿时也变得很好了。真是奇妙,快乐也可以传染。

再后来，我俩就在一起了，我发现我们之间有很多共同点。她并不像我以前交往的那些人，看中的只是钱，她对她前男友的痴情让我既感动又敬佩，所以我确定，她一定是一个善良专一的人，是值得我付出全部爱的女人。

每次我俩闹矛盾了，都是我主动道歉，我不想轻易地破坏一段好不容易才建立起来的感情，我希望我俩可以走得更长远。

但是那一次我是真的生气了，她冲进卧室将我的笔记本电脑摔在地上。那时候我正在画漫画的结尾，我是想着把画结束了再告诉她的，竟没想到，因为这一摔，我所有未上传的画稿全部丢失了，摔坏的地方恰好是硬盘部分，我找了很多专业维修的人都说没办法修复，这让我难过了很长时间。那可是我辛辛苦苦熬夜好几个星期的成果啊，因为这个我开始与她冷战。

不过我们并未坚持多久，就又重新和好了。她知道了我的背景，知道了她进公司是通过我的关系，她只是很惊讶，我竟然用这种方法来寻找真爱。也许我真的很傻。

我们将彼此最珍贵的东西献给了对方，一直深爱着。可是有一天她突然要分手，还将所有的行李都收拾了出来，我以为她只是闹着玩的，就和之前的几次一样，过一会儿就会回来。但是那一次我错了，我一直等她等了好长时间，等到租房子的合同马上就要到期，她也没有回来。

我每天把自己关在屋里，喝酒，一边喝一边反省自己到底是哪里做错了，却始终没有结果。我记得她说她会把行李陆续拿走的，我怕她收拾起来太麻烦，就帮她整理好了。她还留着上回我们去爬山的时候买的那个弹簧木偶，拽在手里，会一跳一跳的。我看着那些象征美好回忆的东西，不知不觉哭了起来。

我这时才发现,原来那些没有爱情的日子,才是最无忧无虑的。

也许我一直很傻,傻到爱上了她,傻到一直等着她。我仅仅是想诠释,什么是不离不弃。

我没有等错人,她回来了。没有问为什么,也没有问这段时间都发生了什么,也许我这样很傻,但没有关系。

因为我相信她,我爱她,仅此而已。

2. 梁洁——监狱里的墙很高,但是也能够看得到太阳

以前在学校的图书馆里,我看过很多本海岩的小说,他那些描写高墙内犯人们生活的段落,便是我对于监狱的全部印象了。

但是我从来没有想过,有一天我也会在这里生活。

每天都要早起,然后和其他女犯人们一起到院子里做早操,胳膊如果伸不直,还会被训成态度不认真。如果因此扣分的话,对于减刑是极其不利的。这让我突然想起了我的高中,前两节课下了后,大家一窝蜂地全部跑到操场上做广播体操,教导主任在每个班之间转来转去,抓到不认真的学生就会用一根棒子敲打那人的手臂,还会扣除他们班平时的纪律分。

做完早操后排队去打饭,早饭是馒头玉米粥和咸菜,吃饱了才有力气去工厂干活,但是我常常没有胃口。

我不知道老天爷为什么如此的不公平,陆彤和袁艺家里有钱,长得又好看,不愁吃不愁穿,每天逃课逛街,享受生活的美好,毕了业还不愁找不上工作。而我呢，从山里走出来的孩子，全凭着自己的努力考进了大学，凭着自己的努力进了公司，而不是像袁艺那样走的后门。我本以为我会因此得到所有人的尊重，却没想到我在她们眼里——还是一个任人欺负的可怜虫。

大学这几年，我一直在宿舍默默地容忍着她俩。那个有着典型公主病的陆彤，以为所有人都是她的丫鬟，指使我干这儿干那儿的，又是打扫卫生又是端茶倒水。她让我帮她冲咖啡的时候，我都恨不得将满满一杯咖啡泼到她的身上。还有那个袁艺，我本来以为她是一个挺好的人，没想到她吃着碗里的还看着锅里的，和苏志浩在一起的时候还总是想着杨小夕，真是不知好歹，为什么苏志浩没有看上我呢？要知道，我暗恋那个学长很久了。

我就是看不惯她们，那些随便一双鞋就上千，随便一顿饭就好几百的人，都不知道挣钱的艰辛，挥霍着父母的银子，还那么的理所当然。一想到家里年迈的父母还在太阳底下种田，我的哥哥还在外地打工养家，我的心里就和刀割一样难受。

我也不知道是什么时候就突然对生活失去了希望，也许是从那天晚上的噩梦开始的吧。我加完班，很晚才从公司出来，为了省钱，就让出租车停到了距离学校还有一段路程的地方，我决定走回去。可是我怎么也没有想到，在穿过一个空无一人的小街道时，我竟然被一个喝醉了酒的男人强暴了。

他的力气很大，将我拖到了一个漆黑的角落里，我大喊大叫，却被他用东西堵住了嘴。那是个绝望的瞬间，他把我的衣服全部撕扯下来，就在我准备放弃的时候，我看到了陆彤。她一边打电话一边从前方走过来，可是我却被前面的杂物筐挡住了，我拼命地用脚踹那个醉鬼，弄出了很大的响声，我看到陆彤停住了脚步,看向了我。正当我以为我得救了的时候,却没想到她竟然尖叫一声,没命地逃跑了。

我在一阵剧痛中流下了眼泪。我确信她看到了,但是她没有继续往前走,她害怕地逃跑了。这个懦夫,我恨恨地骂道。

从那以后我就开始了我的复仇计划,我要彻底毁掉陆彤的人生。我勾引了张顺天,让她失去了她爱了那么多年的男人,看着张顺天因为我狠狠地抽了陆彤一巴掌的时候,我心里充满了快感。我骄傲地看着她,我也要让她尝尝什么叫作得不到的滋味。

可是那天晚上,当我回到宿舍,打开灯的时候,我看到我的床上一片狼藉,我的书桌上所有的东西都被扔到了地上,从床上流下来的那些混杂在一起的液体滴在我的笔记本上,像是一幅水墨画。

我没有尖叫,也没有难过,我很平静地走过去,用抹布将床上那些肮脏的东西擦干。我拼命地擦着,大颗大颗的泪水从我的眼睛里滚落出来,滴在床板上,发出清脆的声音。

那晚,我折腾完了躺在床上,望着天花板,安安静静地流了一脸的泪水。

一夜无眠。

我彻底与她们决裂了。我毫不留情地赶走了她们,只留下了林静淑,她的确没有做错什么——至少对我,她还是相当仁慈的。

我以为我的生活可以平静地走下去,却没想到,最害怕最担心的事情还是到来了——我怀孕了。

我查到了一家做无痛人流口碑很好的妇科医院,我知道堕胎是一件极其危险的事情，一不注意，就有可能留下终身祸患，所以，才选择了这家昂贵的医院。为此，我将几个月来的工资全部拿了出来，还预支了下个月的工资，我抱着好不容易凑全的医药费，忐忑不安地去了。

令我没有想到的是，竟然在那里看到了陆彤和袁艺。我不想在医院里闹起来，就装作陌生人擦肩而过。可是陆彤却像疯狗一样拽住了我，还把我肚子里的孩子误会成了张顺天的。我没工夫和她解释，把她推倒在地后，我快步走了过去。

谁知道过了一会儿陆彤又追回来了，她把我一直拽到了医院旁边的一个废弃的院子里，用膝盖撞击我的小腹，当时我只感觉一阵又一阵钻心的疼痛，像是要死了一样。我感到下身一股股温热的液体流了出来，浑身像棉花一样，瘫软了下去。

要不是袁艺来得及时，我可能真的会命丧她手中了。袁艺把我搀到了医院，抢救的时候我完全昏迷了。那时候我做了一个长长的梦，梦见我和苏志浩在一起，我俩安静地坐在自习室里复习功课，他戴着黑框眼镜，认真的表情是那么的迷人。

醒来的时候，我偶然听到袁艺和医生说，我是因为不小心摔下楼梯导致的大出血。我冷笑一声，这些人就是懦弱，自己做的错事连承担的勇气都没有。

可是当我知道我再也不能生育的时候，我真有一种想立马撞死的冲动。我的人生，原本是被我勾勒得很美好的——和我爱的人结婚，然后为他生很多很多孩子。我从小就喜欢小孩儿，看着他们粉嫩的肉嘟嘟的小脸，我就特别的开心，但是我却再也没有这个机会了。

我面无表情地望向窗外,蓝蓝的天空,白白的云朵,鸟儿在树枝上跳跃,这一切是那么的美好,却全都不属于我。

我一无所有了。

我骗了袁艺,说死去的孩子是我和苏志浩的。我告诉她的那段话里,前半段是真的,只不过我把结尾改了。我是多么希望为他生一个宝宝啊!他却拒绝了我,将我赶了出去。

多一个人陪我难过,我的心里就会好受一点。

失去生育能力的痛苦折磨了我很长时间,一想到陆彤撞击我肚子时那张美丽但是却狠毒的脸,我就想毁掉它。

我想方设法才搞来一瓶工业上用的纯度为百分之九十八的浓硫酸,利用林静淑单纯的头脑,精心策划了一场阴谋。看着陆彤美丽的脸一点点变黑、烧焦,我竟然没有一点心疼。

那张美丽的脸下,是一颗丑恶的心灵。

留着它——又有什么用呢?

我没有想到警察会来得这么快,当冰凉的手铐铐在我的手腕上时,我才猛地醒悟了,我付出的代价,实在是太大了。

监狱里的墙都很高,窗户也很高,但是也能够看得到太阳。我每天除了干活,就是坐在椅子上,看窗户外面的阳光射进来,将所有的黑暗都照亮。

我不知道会不会有一天,阳光也能够把我照亮。

3. 陆彤——真正爱你的人，会陪你一起不幸

毁了容之后的日子，每天都像在噩梦中一样。尽管戴着口罩和墨镜，走在大街上还是会吓到别人。那些小朋友看到我后，尖叫着怪物啊怪物啊就拼命地跑开了。原谅我，我真的不是故意的。

还有胆子大的小男孩，用石头砸我，说是斩妖除魔替天行道，我心想这丫的《西游记》看多了吧！我把墨镜摘下来，死死地盯着那个小孩儿，吓得他屁滚尿流地撒丫子就跑。

我哈哈大笑起来，笑完了，一阵深深的难过袭来，挡也挡不住。我的眼泪无声无息地流了下来。我把墨镜重新戴上，这样就没有人看得到我的泪水了。

我回到病房的时候，张顺天一脸焦急地问我去哪儿了，怪我没有提前告诉他，让他担心了。

这个男人，我从来没有忘记过。我记得曾经在书上看到过这样一句话：一生一世就是尽管那个人背叛了你，你仍然希望他回到你身边。我想，张顺天就是我想要一生一世在一起的那个人。

我猜到了他可能会回来，但是却没想到——我会以这样的姿态出现。

我不希望他看到我现在的模样，曾经的我在他心中是多么的完美啊！他说我是世界上最美丽的女人。

因为我爱他，所以我不希望拖累他。他的条件那么好，完全可以再找到新的女友，何必在我这儿耽误青春呢？

所以，我将所有的愤怒、伤心、痛苦全都发泄在他的身上，我猜他有一天受

不了了一定会离我而去的。虽然到那个时候我会难过,但是我不后悔,我不能自私地让他永远留在我身边。

我不想耽误他一生的幸福。

我将他端来的粥打翻,看着他默默地捡起碗,重新再盛一碗,递到我的嘴边,我多少次都不忍心了,但我还是一挥手。

碗落地的一瞬间,我觉得我的心都碎了。

直到有一天,我因为植皮手术之后麻醉剂的反应,浑身疼痛,我抓住张顺天,狠狠地捶着他的胸膛。我哭喊着你快点走啊,别在这儿耽误时间了,我不再是以前的陆彤了,那个陆彤已经死了,你走吧走吧……他一把抱住我,紧紧地抱着我。我在他的怀里一瞬间崩溃了,终于放声大哭起来。

他说——我不会走的,你要好好配合医生的治疗,等过一阵就去国外整容,整完容咱俩就结婚,好不好?

我在他怀里哭着点了点头。

那一刻我终于明白了——真正爱你的人,会陪你一起面对不幸。

袁艺给我带来了假发、蛤蟆镜、口罩,她说要坚强,生活还是要继续下去。我看着她心疼的泪水,伸出手替她擦掉了。

袁艺一直把我当姐,她说我是天生的乐天派,笑对一切,乐观地生活,从来没有烦恼,她也一直在向我学习。可我现在这个样子,如何做一个好榜样呢?

我不能让她失望,我决心改变自己。

于是,那个乐观向上的陆彤,又回来了。

席慕容说过,每一条走过来的路都有不得不这样跋涉的理由,每一条要走下去的路都有不得不这样选择的方向。

我知道,我人生的路,还很长。

生活还是要继续下去。

（完稿于 2013 年 5 月 18 日）

后记：一切都会过去的，一切都会好起来的

故事讲完了。

写《前言》和《后记》之前，我又花了一个下午的时间看了一遍。如果现在的你和我一样，也是完完整整一字不差看完的，那么我想，此刻你的心情，也一定和我一样沉重。

因为知道结局，所以在前面用非常欢乐的语调铺叙的时候，内心其实是超级难过的。

就像搭积木，一块一块地搭成一幢高楼，可你在搭建的过程中，明知道这高楼不久后就会轰然坍塌。

像是命运开的一个玩笑。

袁艺、陆彤、杨小夕、苏志浩、张顺天、梁洁……我仍旧可以清晰地回忆起一年前的情景，很长一段时间，我都融进了他们的故事当中，和他们一同欢笑一同悲伤，一同经历青春的美好和残酷。

刚开始，我是一边写一边乐呵，常常被他们在我耳边的谈话逗到笑个不停，可是写到最后，眼泪就止不住地往键盘上掉，哗哗的。抬手一抹，脸上全

■ 蓦然回首许多年

是水。

我看到袁艺跪在我面前,抱着那幅名叫《蓦然回首许多年》的画,哭成了一个泪人儿。

我看到苏志浩就站在楼道里,和往常一样一手插进兜里,一手拿着手机,用那一成不变的姿势等着袁艺,对她说:"我一直没有搬回家,是因为我怕你突然有一天回来发现我不在了,我怕你找不到我,所以一直在这里等着你,我知道总有一天你会回来的……"

我看到陆彤躺在病床上,将张顺天端来的粥一次次地打翻在地,又看着张顺天一次次地默默将碗拾起来,重新盛满,递到她的嘴边。

我看到袁艺抱着陆彤,对她说:"一切都会过去的,一切都会好起来的……"

我看到梁洁坐在监狱里,抬头望着小小的窗户,留下了忏悔的泪水。

……

当敲上最后一个句号的时候,像是做完了一个漫长又美好的梦。

不知道你们有没有从这个梦中醒来。

大故事讲完了,小故事还没有讲完。

你们还记不记得我在前言里提到的那个问题:如果你是那个女孩儿,你能够原谅那个男孩儿吗?

我说当你们读完这本书后就会知道答案,不知道你们是否猜到了。

没错,那个女孩儿就是我。

那天已经到了凌晨,我跑到空无一人的大街上,蹲下去抱头痛哭。你们无

后记：一切都会过去的，一切都会好起来的

法想象那时我心里是多么的绝望与无助，一瞬间感觉全世界都背叛了我，眼前的一切都是黑暗。

可是后来，我还是原谅了他。

也许有人会笑我，说我还是那么傻，那么单纯，那么容易被人欺骗。

但我想说的是，每个人都会犯错误，心中都会有一个小恶魔的存在，让你偶尔会冒出点邪念，这与一个人的本性无关。

就像杨小夕，因为诱惑，选择了妥协，可最终还是放弃了那些名利，找回了自我；就像张顺天，因为诱惑，选择了背叛，可最终还是回到了陆彤身边，用一辈子的时间诠释，什么是不离不弃；就像梁洁，可怜又可恨，可悲又可叹，可最后也是面对监狱高高的墙壁忏悔，渴盼阳光将自己黑暗的内心照亮。

而原谅一个人，宽容一个人，也是需要勇气的。

无论这个世界怎么欺骗我，我都会一直相信这个世界。

无论生活带给我多大灾难，我都会告诉自己：一切都会过去的，一切都会好起来的。

最后，必须要感谢一直支持我的读者们，没有你们，也就没有我继续写下去的动力。感谢安徽文艺出版社给我这个机会，让我能将这个故事说给更多的人听。

未来的路还很漫长，祥宁会继续努力，把故事写好，不让你们失望。

2014 年 3 月 28 日